미스트본 1부
마지막 제국 I

MISTBORN by Brandon Sanderson

MISTBORN

미스트본 1부
마지막 제국

브랜던 샌더슨 장편소설
송경아 옮김

I

나무옆의자

내가 살아온 시간보다 더 오래 판타지를 읽었으며
당신만큼 괴짜인 손자를 둘 자격이 충분한 할머니,
베스 샌더슨을 위하여

차례

마지막 제국

프롤로그

때때로, 내가 모든 사람이 생각하는 영웅이 아닐까 봐 걱정스럽다.

학자들은 지금이 그때라고, 징후들이 맞아떨어진다고 내게 장담한다. 그러나 나는 여전히 그들이 사람을 잘못 본 것이 아닐까 생각한다. 내게 의지하는 사람들이 너무나 많다. 그들은 전 세계의 미래가 내 손에 달려 있다고 말한다.

자신들의 전사, '영원의 영웅', 자신들의 구원자가 스스로를 의심한다는 걸 알면 그들은 어떻게 생각할까? 어쩌면 그들은 전혀 충격받지 않을 것이다. 어떤 면에서는, 내가 가장 걱정하는 것이 바로 그것이다. 아마 마음속으로는 그들도 궁금해할 것이다. 나와 마찬가지로.

그들은 나를 거짓말쟁이로 보고 있을까?

하늘에서 재가 떨어졌다.

로드 트레스팅이 얼굴을 찌푸리며 위를 쳐다보자, 하인들이 서둘러 달려가 트레스팅과 그의 위엄 있는 손님 위로 파라솔을 폈다. '마지막 제국'에서 화산재는 별로 드물지 않지만, 트레스팅은 루서델*에서부터 운하용 보트에 실려 갓 도착한 멋진 새 정복 코트와 붉은 조끼에 검댕 얼룩을 묻히기 싫었다. 다행히 바람은 세지 않았다. 파라솔이 제 역할을 해줄 것 같았다.

---

* 루서델(LUTHADEL): 로드 룰러[神]가 지배하는 '마지막 제국(FINAL EMPIRE)'의 수도. '중앙 지배지(CENTRAL DOMINANCE)' 안에 있다.

트레스팅은 들판이 내려다보이는 작은 언덕 꼭대기의 파티오 (담이나 건물에 둘러싸인 스페인식 안뜰) 위에 손님과 함께 서 있었다. 떨어지는 재 속에서 갈색 작업복을 입은 사람 수백 명이 농작물을 돌보고 있었다. 그들은 느릿느릿 일했다. 하지만 스카*들이 일하는 방식이 원래 그랬다. 농부들은 게으르고 비생산적인 종자들이었다. 그들은 물론 불평하지 않았다. 그 정도로 어리석지는 않으니까. 대신 머리를 숙인 채 성의 없게 조용히 돌아다니며 일했다. 작업 감독이 잠깐 채찍을 휘두르면 잠시 동안 억지로 열심히 일하는 척하겠지만, 작업 감독이 지나가자마자 도로 나태한 태도를 취할 것이다.

트레스팅은 언덕 위, 자기 옆자리에 선 사람을 보고 말했다.

"저놈들이 일하는 걸 보지 못한 사람들은 천 년 동안 들판에서 일했으니 약간은 일을 더 능률적으로 할 거라고들 생각하겠죠."

오블리게이터**는 한쪽 눈썹을 치켜세우고 그를 돌아보았다. 그 동작은 그의 가장 독특한 특징인, 눈 주위 피부에 수놓인 복잡한 문신을 강조하기 위한 것 같았다. 그의 문신은 엄청나게 커서 이마 전체와 코 옆쪽을 다 덮고 있었다. 즉 훈련을 다 마친 프렐란, 매우 중요한 오블리게이터라는 뜻이었다. 트레스팅은 영지에 개인 오블리게이터를 두고 있었지만, 그들은 눈 주위에 겨우 몇 개의 표시만 있는 하위 공무원들일 뿐이었다. 이 남자는 트레스팅의 새 정복을

---

* 스카(SKAA): '미스트본'의 배경 세계 스카드리알에 사는 여러 인종 중 하나. 인간의 대부분을 차지하며, 귀족의 농노나 도시의 노동자, 직공 등으로 일한다.

** 오블리게이터(OBLIGATOR): '마지막 제국'에서 온갖 일의 공증을 서는 공무원이자, 로드 룰러를 섬기는 종교적 지도자다. 그들은 로드 룰러의 교의를 귀족과 스카 양쪽 모두에 가르친다. 눈 주위에 복잡한 문신을 한다. 프렐란(PRELAN)은 고위 오블리게이터다.

실어온 운하용 보트를 타고 루서델에서 왔다.

"당신이 도시 스카들을 보셔야 합니다, 트레스팅." 오블리게이터는 다시 몸을 돌려 스카 일꾼들을 바라보며 말했다. "이자들은 루서델 안의 스카들에 비교하면 사실 아주 부지런한 겁니다. 당신은 여기 있는 당신의 스카들을 더…… 직접적으로 통제하니까요. 한 달에 얼마씩 줄어듭니까?"

"아, 대여섯 정도지요. 어떤 놈은 맞아서, 어떤 놈은 지쳐서 죽습니다." 트레스팅이 말했다.

"도망자는?"

"절대 없습니다! 아버지에게 처음 이 땅을 상속받았을 때는 도망자가 몇 명 있었습니다. 하지만 나는 그놈들 가족들을 처형했어요. 그러자 나머지는 금세 용기를 잃었지요. 난 자기 스카 때문에 고생하는 사람들을 전혀 이해할 수가 없습니다. 저놈들은 적당히 매운 매맛만 보여주면 다스리기 쉽거든요."

회색 로브를 입은 오블리게이터는 조용히 서서 고개를 끄덕였다. 그는 만족하는 것 같았다. 좋은 일이었다. 스카는 사실 트레스팅의 재산이 아니었다. 모든 스카들은 로드 룰러의 것이었다. 로드 룰러의 오블리게이터가 제공하는 서비스에 돈을 지불하는 것과 마찬가지로, 트레스팅은 신(神)인 로드 룰러에게서 일꾼들을 빌린 것뿐이었다.

오블리게이터는 아래를 내려다보며 회중시계를 살핀 후 태양을 쳐다보았다. 이날은 화산재가 내렸지만 해는 밝았다. 검고 연기 자욱한 하늘 뒤에서 밝은 진홍빛을 비추고 있었다. 트레스팅은 손수건을 꺼내 이마를 닦으며, 대낮의 열기를 막아주는 파라솔 그늘이 있어서 다행이라고 생각했다.

"좋습니다, 트레스팅. 요청하신 대로 당신의 제안을 로드 벤처에게 전하겠습니다. 당신이 이곳에서 하는 활동에 대해서는 호의적으로 보고하겠습니다."

트레스팅은 안도의 한숨을 억눌렀다. 오블리게이터는 귀족들 사이의 모든 계약이나 사업상 거래에 입회하여 증언해야 했다. 사실, 트레스팅이 고용한 하위 오블리게이터도 그런 증인이 될 수 있었다. 그러나 스트라프 벤처의 오블리게이터에게 좋은 인상을 주는 것은 훨씬 더 큰 의미가 있었다.

오블리게이터가 그를 보았다.

"저는 오후에 도로 운하를 타고 떠나겠습니다."

"그렇게 빨리요? 저녁을 드시고 가지 않으시겠습니까?"

트레스팅이 물었다.

"아닙니다." 오블리게이터가 대답했다. "하지만 당신과 의논하고 싶은 일이 또 하나 있습니다. 나는 로드 벤처의 명령만을 받고 온 것이 아니라…… '심문 캔턴*'의 일도 처리하러 왔습니다. 소문으로는 스카 여자들을 갖고 노신다면서요."

트레스팅은 오싹했다.

오블리게이터가 미소 지었다. 경계심을 누그러뜨리려고 지은 것

---

* 심문 캔턴(CANTON OF INQUISITION): 로드 룰러의 정부 조직 중 하나. 강철 미니스트리(STEEL MINISTRY) 산하에 있으며, 알로맨시(ALLOMANCY, 27쪽 참고) 사용자들 사이에서 경찰 역할을 한다.

이었겠지만, 트레스팅이 보기에는 으스스할 뿐이었다. 오블리게이터가 말했다.

"걱정 마십시오, 트레스팅. 당신 행동이 진짜로 걱정할 만한 것이었다면, 여기에 나 대신 '강철 심문관*'이 파견되었을 겁니다."

트레스팅은 천천히 고개를 끄덕였다. 그는 인간이 아니라는 그 괴물을 한 번도 본 적이 없었다. 그러나…… 이야기는 들었다.

"당신이 스카 여자들을 처리한 건 만족스러웠습니다." 오블리게이터는 다시 들판을 바라보며 말했다. "여기서 보고 듣기로는 당신은 언제나 뒤처리를 깔끔하게 하는 것 같더군요. 당신같이 효율적이고 생산적인 사람은 루서델에서도 성공할 수 있어요. 몇 년 더 일하면서 탁월한 무역거래 솜씨를 보인다면, 그다음은 누가 알겠습니까?"

오블리게이터는 시선을 다른 곳으로 돌렸고, 트레스팅은 자기도 모르게 미소 짓고 있었다. 그 말은 약속도 보증도 아니었다. 오블리게이터는 성직자보다는 관료이자 증인에 가까운 역할을 했다. 그러나 로드 룰러의 종에게서 그런 말을 듣는다는 것은……. 트레스팅은 어떤 귀족들은 오블리게이터가 있으면 불안해한다는 것을 알고 있었다. 어떤 사람들은 그들을 불편한 존재라고 생각하기까지 했다. 그러나 그 순간만큼은, 트레스팅은 자기의 위엄 있는 손님에게 키스라도 할 수 있을 것 같았다.

---

* 강철 심문관(STEEL INQUISITOR): 강철 미니스트리를 구성한다. 두 눈이 있어야 할 곳을 커다란 대못이 관통하고 있다. 알로맨시의 사용자들을 감찰하고 통제한다.

트레스팅은 다시 스카들을 보았다. 그들은 핏빛 태양과 느릿하게 떨어지는 재 조각들 아래에서 조용히 일하고 있었다. 트레스팅은 언제나 시골 귀족이었다. 농장에서 나오는 것으로 먹고살면서 루서델로 이사 가는 꿈을 꾸었다. 그는 무도회와 파티, 부유함과 음모 따위의 이야기를 들으면서 흥분했으나 실제로 자기가 낄 수 있는 곳은 없었다.

'오늘 밤에는 축하를 해야겠군.' 그는 생각했다. 열네 번째 우리에 얼마 동안 지켜봤던 젊은 여자가 있었다…….

그는 다시 미소 지었다. 오블리게이터는 '몇 년 더 일하면서'라고 말했지만, 좀 더 열심히 일하면 그 시기를 앞당길 수 있지 않을까? 최근에 그의 스카 수는 늘어나고 있었다. 그들을 약간만 더 밀어붙이면 이번 여름에는 더 많은 수확을 얻어내 로드 벤처와 한 계약을 초과 달성할 수 있을 것이다.

트레스팅은 고개를 끄덕이며 게으른 스카 무리를 지켜보았다. 어떤 이들은 괭이를 쥐고 일했고, 어떤 이들은 손과 무릎으로 땅을 짚고 어린 작물들에서 재를 떨어내고 있었다. 그들은 불평하지 않았다. 희망을 갖지 않았다. 감히 생각하지도 않았다. 당연히 그래야 했다. 그들은 스카니까, 그들은…….

스카 한 명이 위를 쳐다보는 바람에 트레스팅은 얼어붙었다. 그자는 트레스팅과 눈을 마주쳤다. 그의 표정에서 반항의 불꽃, 아니 불길이 타올랐다. 트레스팅은 스카의 얼굴에서 그런 표정을 한 번도 본 적이 없었다. 트레스팅은 반사적으로 뒤로 물러났다. 등이 꼿꼿한 이상한 스카가 그의 눈을 쳐다보자 몸에 한기가 흘렀다.

그 스카가 미소 지었다.

트레스팅은 시선을 돌리며 소리쳤다.

"커돈!"

건장한 작업 감독이 비탈길을 달려 올라왔다.

"예, 주인님?"

트레스팅은 몸을 돌려 그자를 가리키려고……

그는 얼굴을 찌푸렸다. 그 스카가 어디 서 있었지? 스카들은 모두 머리를 숙이고 일하는 데다 몸은 검댕과 땀으로 얼룩졌기 때문에 그들을 분간하기는 매우 어려웠다. 트레스팅은 주저하며 그자를 찾았다. 그자가 서 있던 곳을 알 것 같았다. 그러나 그 자리에 지금은 아무도 없었다.

아니다, 그럴 리가 없었다. 그 남자가 무리에서 그렇게 빨리 사라질 수는 없었다. 그 근처에서 이제는 제대로 머리를 숙인 채 일하고 있을 것이다. 하지만 명백히 보였던 순간적인 반항을 용납할 수는 없었다.

"주인님?" 커돈이 다시 물었다.

오블리게이터는 옆에 서서 무슨 일인가 하고 지켜보고 있었다. 스카 한 명이 그렇게 뻔뻔스럽게 행동한 것을 그가 알게 내버려둘 수는 없었다.

"저 남쪽 구역 스카들을 좀 더 열심히 일하게 해라." 트레스팅은 그쪽을 가리키며 명령했다. "스카인 걸 감안해도 게으르게 굴고 있는 게 보여. 몇 명 때려라."

커돈은 어깨를 움츠렸으나 곧 고개를 끄덕였다. 크게 때릴 만한 이유는 아니었지만, 일꾼을 때리는 데 별 이유가 필요하지는 않았다.

그들은 결국 스카가 아닌가.

켈시어는 여러 가지 이야기를 들었다.

그는 오래전, 태양이 빨갛지 않던 시절에 대해 수군거리는 말들을 들었다. 하늘이 연기로 덮이고 식물들이 기를 쓰고 자라야 하기전, 스카들이 노예가 아니던 때. 로드 룰러 이전의 시간. 그러나 그시절은 거의 잊혔다. 전설들조차 희미해지고 있었다.

켈시어는 태양을 지켜보았다. 서쪽 지평선으로 조금씩 움직이는거대한 붉은 원반을 눈으로 따라갔다. 그는 빈 들판에 오랫동안 홀로 조용히 서 있었다. 그날의 일은 다 끝났다. 스카들은 도로 우리로 끌려갔다. 곧 안개가 피어날 것이다.

켈시어는 한숨을 쉰 다음 돌아서서, 고랑과 오솔길들을 가로질러커다란 잿더미 사이를 누비며 조심조심 나아갔다. 그는 식물들을 피해 지나갔지만, 왜 그런 걸 신경 쓰고 있는지 자신도 몰랐다. 작물들은 그런 신경을 써줄 가치가 없어 보였다. 시든 갈색 잎이 달린 힘없는 식물들은 식물을 돌보는 사람들만큼이나 암울해 보였다.

스카 우리는 이울어가는 빛 속에 우뚝 솟아 있었다. 안개가 솟아나기 시작한 게 보였다. 안개는 공중을 흐리고, 흙더미 같은 건물들에 형언할 수 없는 초현실적인 모습을 부여하고 있었다. 우리에는경비가 없었다. 밤이 오면 어떤 스카도 감히 밖으로 나가지 못하기때문에 경비병은 필요 없었다. 안개에 대한 스카의 공포는 너무나강했다.

'언젠가는 스카들이 공포에서 벗어나게 만들어줘야겠지.' 켈시어는 꽤 큰 건물로 다가가면서 생각했다. '하지만 모든 것엔 때가 있는 법이야.' 그는 문을 당겨 열고 미끄러지듯이 안으로 들어갔다.

오가던 대화가 즉시 멈췄다. 켈시어는 문을 닫은 후, 미소 지으며 돌아서서 방을 마주 보았다. 스카가 서른 명 정도 있었다. 한가운데 화덕이 약하게 타올랐고, 그 옆 커다란 가마솥에는 채소가 듬성듬성 떠 있는 물이 들어 있었다. 저녁을 먹으려는 참이었다. 물론 스프는 별맛이 없겠지만, 그래도 냄새는 좋았다.

"모두 안녕하십니까?" 켈시어는 미소를 지으며 발치에 꾸러미를 놓고 문에 기댔다. "오늘 어땠습니까?"

그의 말에 침묵이 깨지자 여자들은 저녁 준비로 돌아갔다. 그러나 조잡한 식탁에 앉은 한 무리의 남자들은 계속 불만스러운 표정으로 켈시어를 쳐다보았다.

"일로 꽉 찬 하루였지, 여행자. 당신이 피해낸 일로." 스카 노인 중 한 명인 테퍼가 말했다.

"나한테는 언제나 들일이 안 맞았어요. 내 연약한 피부에는 너무 힘들더군요."

켈시어는 웃으며, 가는 흉터로 겹겹이 선이 그어진 팔과 손을 위로 들었다. 무슨 짐승이 되풀이하여 발톱으로 팔을 위아래로 긁은 것같이, 흉터는 그의 피부를 세로로 덮고 있었다.

테퍼는 코웃음을 쳤다. 그는 노인이라기에는 젊었다. 아마 갓 40대일 것이다. 기껏해야 켈시어보다 다섯 살 더 먹었을 것 같았다. 그러나 비쩍 마른 테퍼는 한자리하기 좋아하는 사람의 태도를 보이고 있었다.

"까불거릴 때가 아니야." 테퍼가 엄격하게 말했다. "우리가 여행자를 숨겨줄 때는 그 여행자가 예의 바르게 행동하고, 의심받을 일을 피할 거라고 생각하기 때문이야. 자네가 오늘 아침 들판에서 빠져나왔을 때, 자네 주변 사람들이 자네 때문에 채찍질을 당했을 수도 있어."

"맞아요. 하지만 일어서서는 안 되는 장소에서 일어섰다고, 너무 오래 쉬었다고, 아니면 작업 감독이 지나갈 때 기침했다고 채찍질 당했을 수도 있죠. 난 주인이 '눈을 잘못 깜박였다'고 트집을 잡는 바람에 맞는 사람도 본 적 있어요." 켈시어가 말했다.

테퍼는 눈을 가늘게 뜨고 식탁 위에 팔을 놓은 채 뻣뻣한 자세로 앉아 단호한 표정을 지었다.

켈시어는 한숨을 쉬며 눈을 굴렸다.

"좋아요. 내가 가는 게 좋겠다면, 꺼질게요."

그는 어깨에 꾸러미를 휙 둘러메고 태연하게 문을 당겨 열었다.

즉시 짙은 안개가 입구로 쏟아져 들어오기 시작해 켈시어를 느릿느릿 지나 바닥에 고이더니, 머뭇거리는 짐승처럼 땅 위로 기어왔다. 몇 사람이 공포에 질려 숨을 들이켰다. 하지만 대부분은 너무 놀라 소리도 내지 못했다. 켈시어는 잠시 서서 짙은 안개 속을 뚫어져라 내다보고 있었다. 화덕에서 타는 석탄 불빛이 안개의 흐름을 약하게 비추었다.

"문 닫게."

테퍼의 말은 명령이 아니라 간청이었다.

켈시어는 부탁받은 대로 문을 밀어 닫아 흰 안개가 흘러 들어오지 못하게 막았다.

"안개는 당신들 생각과 달라요. 당신들은 안개를 너무 무서워합니다."

"겁 없이 안개 속으로 들어간 사람들은 영혼을 잃어버려." 한 여자가 속삭였다. 그녀의 말은 한 가지 의문을 불러일으켰다. 켈시어는 안개 속을 걸어보았을까? 그렇다면, 그의 영혼은 어떻게 되었을까?

'당신들이 그 정체를 알기만 한다면.' 켈시어는 생각했다.

"뭐, 이건 내가 머물러도 된다는 뜻이겠죠?" 그는 한 소년에게 등받이 없는 의자를 갖다 달라고 손짓했다. "그것도 좋은 일입니다. 내가 가진 소식을 알려주지 않고 떠났다면 나도 부끄러웠을 테니까."

그 말에 여러 사람의 얼굴에 생기가 돌았다. 그들이 그를 참아주는 진짜 이유는 바로 이것이었다. 켈시어같이 로드 룰러의 의지에 반항해 농장에서 농장으로 여행하는 스카를 소심한 농부들까지도 숨겨주는 이유였다. 그는 사회 전체의 위험 요소인 배교자일 수도 있었지만, 바깥 세계의 소식을 가져오는 사람이기도 했다.

"난 북쪽에서 왔습니다. 로드 룰러의 손길을 덜 느낄 수 있는 땅이죠." 켈시어는 또렷한 목소리로 말했고, 사람들은 일을 하면서도 무의식적으로 그 쪽으로 몸을 기울였다. 다음 날이면 켈시어의 말은 다른 우리에 사는 몇백 명에게 되풀이될 것이다. 스카들은 순종적일지는 몰라도 구제불능의 수다쟁이들이었다.

"서쪽에서는 지역 영주들이 다스리는데, 그들은 로드 룰러나 그의 오블리게이터들같이 철권통치를 하지 않아요. 이렇게 멀리 있는 귀족 중에는 학대당하는 스카보다 행복한 스카가 더 좋은 일꾼이 된다는 걸 깨닫는 사람도 있습니다. 심지어 로드 르노라는 사람은 작업 감독들에게 스카를 때릴 때 자기 허가를 받으라고 명령했어요. 그는 도시 공예가들이 돈을 버는 것처럼 자기 농장 스카들에게 임금을 주려고 생각한다는 소문도 돌고 있고요."

"말도 안 돼." 테퍼가 말했다.

"미안합니다. 굿맨 테퍼가 최근 로드 르노의 영토에 다녀오신 걸 몰랐네요. 로드 르노와 마지막으로 만찬을 함께할 때, 그가 나한테는 말하지 않은 이야기를 해주던가요?" 켈시어가 말했다.

테퍼의 얼굴이 붉어졌다. 스카는 여행을 하지 않을뿐더러, 영주들과 만찬을 하지 않는 건 말할 나위가 없다. 테퍼가 말했다.

"날 바보로 알고 있군, 여행자. 하지만 난 자네가 무슨 일을 하는지 알고 있어. 자네가 바로 사람들이 말하는 '생존자'지. 자네 팔의 흉터를 보면 다 알 수 있어. 자넨 말썽꾼이야. 농장들을 여행하고, 불만을 불러일으키지. 우리 음식을 먹고 근사한 이야기와 거짓말을 한 다음 사라지면, 나 같은 사람들이 남아서 자네가 우리 아이들에게 준 허황한 희망을 처리해야 해."

켈시어는 한쪽 눈썹을 치켜세웠다.

"자, 자, 굿맨 테퍼. 그런 걱정은 전혀 근거 없어요. 난 당신들 음식을 먹을 생각이 없어요. 내 음식을 가져왔으니까요."

그 말과 함께 켈시어는 손을 뻗어 테퍼의 식탁 앞 바닥에 꾸러미를 던졌다. 느슨한 꾸러미가 옆으로 쓰러지며 음식 무더기가 땅에 쏟아졌다. 좋은 빵과 과일, 심지어 소금에 절인 두꺼운 소시지 몇 개도 제멋대로 튀어 굴렀다.

여름 과일 한 개가 다져진 땅바닥을 가로질러 굴러다니다 테퍼의 발에 가볍게 부딪혔다. 중년 스카는 그 과일을 어리둥절한 눈으로 바라보았다.

"저건 귀족 음식이야!"

켈시어는 코웃음을 쳤다.

"그렇다고 칩시다. 있잖아요, 유명한 특권 계급의 사람치고 당신네 로드 트레스팅의 취향은 대단히 형편없어요. 그의 식료품실은 자기 귀족 지위에 먹칠을 하죠."

테퍼는 훨씬 더 창백해졌다.

"오늘 오후 자네가 간 곳이 거기군. 자네는 영주 저택에 갔어. 주인에게서…… 훔쳤어!"

"맞아요. 한마디 덧붙여도 된다면, 당신네 영주의 음식 취향은 형편없는데 병사 보는 눈은 그보다 훨씬 좋더군요. 낮에 그 저택에 숨어드는 건 상당히 어려운 도전이었어요." 켈시어가 말했다.

테퍼는 아직 음식 꾸러미를 뚫어져라 쳐다보고 있었다.

"작업 감독이 여기서 이걸 발견하면……."

"자, 그럼 이걸 없애버리시죠. 맹탕 팔렛* 수프보다는 훨씬 맛이 나을 거라고 내기해도 좋은데요." 켈시어가 말했다.

스물네 쌍의 굶주린 눈이 그 음식을 살펴보았다. 테퍼가 입씨름을 더 하고 싶었다면, 자기는 반대한다고 더 빨리 말했어야 할 것

---

* 팔렛(FARLET): '마지막 제국'에서 키우는 식용 채소.

이다. 그의 침묵은 동의로 받아들여졌다. 몇 분 만에 그들은 꾸러미 안에 들어 있던 물건을 조사하고, 나누었다. 솥에 든 수프가 끓어올랐지만 무시당했고, 스카들은 훨씬 더 이색적인 음식으로 잔치를 벌였다.

켈시어는 우리의 나무 벽에 편히 기대서서 사람들이 우걱우걱 음식을 먹는 모습을 지켜보았다. 그의 말은 정말이었다. 식료품실에서 나온 물건은 맥이 빠질 정도로 평범했다. 그러나 이 사람들은 어렸을 적부터 수프와 죽밖에 먹지 못한 사람들이었다. 그들에게 빵과 과일은 드물게 맛보는 진미였다. 보통은 집 하인들이 오래돼 버릴 물건을 가져다줄 때나 먹었다.

"자네 이야기가 끊겼군, 젊은이."

초로의 스카가 절뚝거리며 걸어와, 켈시어 옆에 있던 등받이 없는 의자에 앉았다.

"아, 나중에 더 이야기할 시간이 있겠지요. 일단 내가 도둑질한 증거를 전부 먹어치운 다음에요. 어르신께선 하나도 안 드십니까?" 켈시어가 말했다.

"필요 없네. 마지막으로 영주의 음식을 먹었을 때 사흘 동안 배를 앓았어. 새 맛은 새로운 생각과 비슷해, 젊은이. 나이 들수록 소화시키기가 더 어렵다네." 노인이 말했다.

켈시어는 흠칫했다. 노인은 그다지 눈에 띄는 모습이 아니었다. 피부가 가죽 같고 머리가 벗어진 그는 현명해 보인다기보다 연약해 보였다. 그러나 그는 겉보기보다 더 강한 것이 틀림없었다. 농장 스카가 그 정도 나이까지 살아남는 일은 거의 없다. 노인들이

낮일을 하지 않고 집에 남아 있어도 된다고 허락하는 영주는 많지 않았고, 스카의 삶에서 빠질 수 없는 잦은 매질이 노인에게서 가져가는 대가는 끔찍했다.

"이름 좀 다시 말씀해주시겠습니까?" 켈시어가 물었다.

"메니스."

켈시어는 도로 테퍼를 흘끗 보았다.

"음, 굿맨 메니스. 말씀해주시죠. 왜 그가 앞에 나서게 내버려두시죠?"

메니스는 어깨를 으쓱했다.

"내 나이가 되면 기운을 낭비하지 않도록 아주 조심해야 하네. 어떤 싸움은 전혀 할 필요가 없지." 메니스의 눈은 뭔가를 암시하고 있었다. 테퍼와 자기의 싸움보다 더 큰 일을 이야기하고 있다는 암시.

"그럼 여기에 만족하십니까?" 켈시어가 우리와 그곳에 살며 반쯤 굶어 죽어가는, 과로한 사람들 쪽을 고개로 가리키며 말했다. "매질과 끝없는 고된 일로 가득 찬 삶에 만족하는 겁니까?"

"적어도 삶이잖나." 메니스가 말했다. "난 임금과 불만과 반역이 가져오는 게 뭔지 알고 있어. 매질 몇 번보다 훨씬 더 무서운 로드 룰러의 눈과 '강철 미니스트리'의 분노지. 자네 같은 사람들은 세상이 변화돼야 한다고 설교하지만, 나는 그런 생각이 들어. 이게 우리가 진짜 할 만한 싸움일까?"

"당신은 이미 그 싸움을 하고 있어요, 굿맨 메니스. 다만 지독하게 지고 있을 뿐이지요." 켈시어는 어깨를 으쓱했다. "하지만 내가 뭘 알겠습니까? 난 그저 길 가는 악당이고, 여기 와서 음식을 축내고 여러분의 어린애들을 홀리기나 하는데요."

메니스는 고개를 저었다.

"농담도. 하지만 테퍼 말이 옳을지도 몰라. 자네가 온 것이 우리에게 큰 슬픔을 가져다줄까 봐 두렵네."

켈시어는 미소를 지었다.

"그래서 나도 그에게 반박하지 않은 겁니다. 적어도 말썽꾼이라는 점에 대해서는요." 그는 말을 잠시 멈추고 더 활짝 미소 지었다. "사실 내가 말썽꾼이라는 건 내가 여기 와서 지금까지 테퍼가 한 말 중에서 유일하게 맞는 말일걸요."

"자넨 어떻게 그렇게 하지?" 메니스가 눈살을 찌푸리며 물었다.

"뭘요?"

"그렇게 많이 미소 짓는 거 말이야."

"오, 난 행복한 것뿐이에요."

메니스는 켈시어의 손을 내려다보았다.

"그런데 말이야, 난 이런 흉터를 가진 사람을 딱 한 번 다른 데서 본 적이 있어. 죽은 사람이었지. 그의 시체는 그가 받아야 할 벌을 받았다는 증거로 로드 트레스팅에게 돌아왔어." 메니스는 켈시어를 쳐다보았다. "그는 반역을 일으키자고 이야기하다가 붙잡혔거든. 트레스팅은 그를 '하스신의 갱*'으로 보냈고, 그는 거기서 일하다가 죽었지. 그 녀석은 한 달을 채 못 버텼어."

---

* 하스신의 갱(PITS OF HATHSIN): 루서델 근처에 있는 동굴계(界). 스카들의 강제 노동 수용소로도 쓰인다.

켈시어는 자신의 손과 팔뚝을 내려다보았다. 그곳은 아직도 이따금 타오르듯 아팠지만, 그는 그 고통이 자기 마음속에서 느껴지는 것뿐이라고 확신했다. 그는 메니스를 쳐다보며 미소 지었다.

"내가 왜 미소 짓는지 궁금합니까, 굿맨 메니스? 음, 로드 룰러는 웃음과 기쁨이 자기 것이라고 생각하는 것 같아요. 난 그가 그렇게 여기도록 놔두고 싶지 않고요. 이건 별로 힘들이지 않고 할 수 있는 싸움이죠."

메니스가 켈시어를 뚫어져라 바라보았다. 잠깐 동안 켈시어는 노인이 답례로 미소를 지을지도 모르겠다고 생각했다. 그러나 메니스는 결국 고개만 저었다.

"난 모르겠어. 다만……"

비명 소리에 그의 말이 끊겼다. 바깥에서 난 소리였다. 안개 때문에 소리가 웅웅 울렸지만 아마 북쪽에서 나는 소리인 것 같았다. 우리 안이 조용해지며 사람들이 높고 희미한 외침에 귀를 기울였다. 먼 거리와 안개 속에서도, 켈시어는 그 비명에 담긴 고통을 들을 수 있었다.

켈시어는 주석을 태웠다.

몇 년 동안 연습했기 때문에 이제 그에게는 간단한 일이었다. 주석은 아까 삼킨 다른 알로맨시* 금속들과 함께 배 속에서 그가 써

---

* 알로맨시(ALLOMANCY): '합금(ALLOY)'과 '점, 주술(-MANCY)'의 합성어. 스카드리알에서 일종의 마법 같은 역할을 한다. 알로맨시를 사용하기 위해서는 사용하고 싶은 힘을 끌어내는 금속을 먹고 '태워서(BURN)' 활성화시켜야 한다. 더 강한 힘을 사용하고 싶을 때는 금속을 '폭발시킨다(FLARE)'.

주기를 기다리고 있었다. 그는 마음을 뻗어 주석을 만지며, 아직도 간신히만 이해할 뿐인 그 힘들을 썼다. 몸 안에서 주석이 터지면서, 뜨거운 음료수를 너무 빨리 삼켰을 때처럼 배 속이 화끈거렸다.

알로맨시의 힘이 몸을 휩싸며 오감을 향상시켰다. 주위의 공간이 산뜻해졌고, 흐릿하던 화덕이 눈이 멀 것같이 밝게 불타올랐다. 엉덩이 아래 의자의 나뭇결이 느껴졌다. 아까 가볍게 먹은 빵의 남은 찌꺼기 맛이 아직도 느껴졌다. 그리고 가장 중요한 것, 초자연적인 청력으로 비명을 들을 수 있었다. 서로 다른 사람 두 명이 외치고 있었다. 한 명은 나이 든 여자이고, 다른 한 명은 젊은 여자…… 어린아이 정도 나이인 것 같았다. 어린 쪽의 비명이 점점 더 멀어져가고 있었다.

"가엾은 제스. 제스에게 그 아이는 저주였어. 스카에게는 예쁜 딸이 없는 게 나아."

가까이 있던 여자가 말했다. 그녀의 목소리는 청력이 향상된 켈시어의 귀에서 웅웅 울렸다.

테퍼가 고개를 끄덕였다.

"로드 트레스팅은 조만간 그 아이를 데려오도록 사람을 보냈을 거야. 우리 모두 알고 있었어. 제스도 알고 있었어."

"하지만 안된 일이야."

다른 남자가 말했다.

멀리서 비명이 계속 들려왔다. 주석을 태우고 있었기 때문에, 켈시어는 비명의 방향을 정확히 가늠할 수 있었다. 그 소녀의 목소리는 영주의 저택 쪽으로 움직이고 있었다. 그 소리에 그의 마음속에서 뭔가가 폭발했다. 그는 얼굴이 분노로 붉어지는 것을 느꼈다.

켈시어는 몸을 돌렸다.

"로드 트레스팅은 여자애들과 일을 끝낸 다음 여자애들을 돌려보내나요?"

늙은 메니스는 고개를 저었다.

"로드 트레스팅은 법을 잘 지키는 귀족이야. 몇 주 후 그 아이들을 죽이지. 그는 '심문관'들의 눈길을 끌지 않으려고 해."

그것은 로드 룰러의 명령이었다. 로드 룰러는 서자들이 살아서 돌아다니게 놔둘 수 없었다. 스카라면 그 존재를 알지도 못해야 하는 힘을 가질 수도 있는 아이들을……

비명은 잦아들었지만, 켈시어의 분노는 쌓여가기만 했다. 그 외침을 듣자 다른 비명들이 생각났다. 과거의 한 여인의 비명이. 그는 갑자기 일어섰다. 등받이 없는 의자가 그의 뒤쪽 바닥으로 넘어졌다.

"조심하게, 젊은이." 메니스가 걱정스럽게 말했다. "힘 낭비 문제에 대해서 내가 한 말을 명심해. 오늘 밤에 살해당한다면 자네가 일으킨다던 반역을 절대 하지 못할 거야."

켈시어는 노인을 흘끗 쳐다보았다. 그러고는 비명과 고통을 느끼며 억지로 미소 지었다.

"난 여기서 여러분의 반역을 일으키려는 게 아닙니다, 굿맨 메니스. 약간 말썽을 피우고 싶을 뿐이에요."

"그게 무슨 소용이 있어?"

켈시어의 미소가 짙어졌다.

"새 시대가 오고 있어요. 좀 더 오래 사세요. 그러면 '마지막 제국' 에서 엄청난 사건이 일어나는 걸 볼지도 모르니까요. 여러분의 대접 고마웠어요."

그 말과 함께, 그는 문을 당겨 열고 안개 속으로 성큼성큼 걸어나갔다.

메니스는 이른 아침 잠에서 깬 채 누워 있었다. 늙어갈수록 잠이 더 안 오는 것 같았다. 어떤 일로 괴로워할 때면 더욱 그랬다. 그 여행자가 우리에 돌아오지 않는 일 같은.

메니스는 켈시어가 제정신을 차리고 계속 길을 갈 마음을 먹기를 바랐다. 그러나 그것은 있을 수 없는 일 같았다. 메니스는 켈시어의 눈 속에서 타오르는 불길을 보았다. '갱'에서 살아남은 사람인데, 그곳에서도 죽지 않았으면서 어쩌다 마주친 농장에서 다른 이들은 모두 죽은 것으로 여기고 단념한 소녀를 보호하려 죽는 건 아주 애석한 일 같았다.

로드 트레스팅은 어떻게 대처할까? 사람들은 그가 자기 밤놀이를 방해하는 사람에게 특별히 잔인하다고들 했다. 켈시어가 주인의 기쁨을 방해했다면, 트레스팅은 연좌제를 적용해 나머지 스카도 벌하려고 들 것이다.

결국 다른 스카들도 깨어나기 시작했다. 메니스는 딱딱한 땅에 누운 채로, 일어난다는 것이 과연 그럴 만한 가치가 있는 일일까 판단하려고 애썼다. 뼈가 아프고, 등이 투덜거리고, 근육은 힘이 쫙 빠졌다. 매일 그는 포기하다시피 했다. 매일매일, 일어나기가 조금씩 더 힘들어졌다. 어느 날 그는 결국 우리에 머무른 채, 작업 감독이 너무 아프거나 늙어서 일하지 못하는 자들을 죽이러 오기만을 기다릴 것이다.

그러나 오늘은 아니었다. 스카들의 눈에서 너무도 큰 공포가 보였다. 켈시어의 밤 활동이 말썽을 불러오리라는 것을 그들도 알고 있었다. 그들에게는 메니스가 필요했다. 그들은 그만 바라보았다. 일어나야 했다.

그래서 그는 일어났다. 일단 움직이기 시작하자 나이에서 오는 고통이 약간은 줄어들었다. 그는 우리에서 발을 끌며 걸어 나와, 더 젊은 사람에게 몸을 기대고 들판으로 갈 수 있었다.

그가 공기 중에서 냄새를 맡은 것은 바로 그때였다.

"저게 뭐지? 연기 냄새 나지?" 그가 물었다.

메니스가 기대 있던 청년 섬이 멈추었다. 전날 밤 남은 안개의 마지막 부분은 타서 없어지고, 보통 때와 같이 거무스름한 구름 탓에 희뿌연 하늘 뒤로 붉은 태양이 떠오르고 있었다.

"요즘은 언제나 연기 냄새가 나요. 올해 화산들이 격렬해요." 섬이 말했다.

"아냐." 메니스가 점점 더 불안을 느끼면서 말했다. "이건 달라."

북쪽으로 몸을 돌리자 한 무리의 스카가 모여 있었다. 그는 섬을 놓고 그 무리를 향해 발을 끌며 걸었다. 그의 발길에 먼지와 재가 날아올랐다.

사람들 무리 한가운데에 제스가 있었다. 모두들 로드 트레스팅이 데려갔다고 생각했던 제스의 딸이 그녀 옆에 서 있었다. 어린 소녀의 눈은 수면 부족으로 빨갰지만, 해를 입은 것 같지는 않았다.

"사람들이 데려간 지 얼마 안 돼서 애가 돌아왔어요." 제스가 설명하고 있었다. "애는 돌아와서, 안개 속에서 울면서 문을 두드렸어요. 플렌은 안개유령이 애를 흉내 내는 것뿐이라고 확신했지만 난 애를 안으로 들여야만 했어요! 플렌이 뭐라고 말하든 무슨 상관이에요. 난 이 아이를 포기하지 않아요. 내가 애를 햇빛 속에 데리고 나왔지만 애는 사라지지 않았어요. 애가 안개유령이 아니라는 증명이잖아요!"

군중은 점점 늘어갔고, 메니스는 비틀거리며 뒤로 물러났다. 아무도 이걸 보지 못했나? 작업 감독 중 아무도 무리를 흩으러 오지 않았다. 아침 점호를 하러 오는 병사도 하나 없었다. 뭔가 크게 잘못됐다. 메니스는 계속 북쪽으로, 영주 저택으로 미친 듯이 나아갔다.

그가 도착했을 때, 다른 사람들은 아침 햇빛 속에 비틀린 선을 간신히 그려내는 연기를 바라보고 있었다. 메니스는 얕은 언덕바지 공터가에 늦게 도착했지만, 그가 오자 사람들은 길을 터주었다.

영주 저택은 사라졌다. 그을리고 검게 탄 자국만 남아 있을 뿐이었다.

"로드 룰러시여! 무슨 일이 일어난 건가?" 메니스가 속삭였다.

"그가 모두 죽였어요."

메니스는 돌아보았다. 말한 사람은 제스의 딸이었다. 그녀는 앳된 얼굴에 만족스러운 표정을 띠고 서서 무너진 집을 내려다보고 있었다.

"그 사람이 날 데리고 나올 때 이미 죽어 있었어요. 모두들……

군인, 작업 감독, 귀족 들…… 다 죽었어요. 로드 트레스팅과 그의 오블리게이터들도요. 시끄러운 소리가 시작되자 주인은 살펴보겠다고 나를 놔두고 갔어요. 나가는 길에 주인이 흘린 피 속에 누워 있는 걸 봤어요. 가슴에 찔린 상처가 나 있었고요. 날 구해준 사람은 우리가 떠날 때 건물에 횃불을 던졌어요."

"그 사람은 손과 팔에 흉터가 있었지. 팔꿈치까지던가?" 메니스가 말했다.

소녀는 조용히 고개를 끄덕였다.

"그 작자는 대체 무슨 악마랍니까?" 스카 한 명이 거북해하며 중얼거렸다.

"안개유령이야." 켈시어가 낮에 나가 있었던 것을 잊어버린 듯, 다른 사람이 속삭였다.

'하지만 안개 속으로 가버렸지. 그리고 어떻게 이렇게 대단한 일을 해냈을까……? 로드 트레스팅의 병사들은 스물다섯 명도 넘었어! 켈시어가 반역도 무리를 숨겨두고 있었던 걸까?' 메니스는 생각했다.

전날 밤 켈시어의 말이 귀에 울렸다. '새 시대가 오고 있어요…….'

"하지만 우리는 어쩌죠?" 테퍼가 겁에 질려 물었다. "로드 룰러께서 이 일을 들으면 어떻게 될까요? 그분은 우리가 이 짓을 했다고 생각하실 거예요! 우리를 '갱'으로 보내거나, 아니면 콜로스*를 보

---

* 콜로스(KOLOSS): 로드 룰러의 충실하고 강력한 군대 노릇을 하는 야수종.

내 완전히 학살해버릴 겁니다! 그 말썽꾼은 왜 이런 일을 했지? 자기가 무슨 피해를 끼쳤는지 알까?"

"알아. 그는 우리에게 경고했어, 테퍼. 자기는 말썽을 일으키러 왔다고." 메니스가 말했다.

"하지만 왜요?"

"우리끼리만으로는 절대 반역을 일으키지 않는다는 걸 아니까, 우리가 도망갈 길을 막아버린 거야."

테퍼는 창백해졌다.

'로드 룰러시여, 저는 이 일을 할 수 없습니다. 저는 아침에 일어나는 것도 힘겹습니다. 이 사람들을 구할 수는 없습니다.' 메니스가 생각했다.

하지만 달리 무슨 방법이 있겠는가?

메니스는 돌아섰다. "사람들을 모으게, 테퍼. 우린 이 참사가 로드 룰러 귀에 들어가기 전에 도망쳐야 해."

"어디로 가는 거죠?"

"동쪽 동굴들. 여행자들 말로는 반역도 스카들이 그 속에 숨어 있다고 해. 그들은 우리를 받아줄 거야." 메니스가 말했다.

테퍼는 더욱 창백해졌다. "하지만…… 그러려면 며칠이나 여행해야 해요. 안개 속에서 며칠 밤을 보내야 한다고요."

"우린 그렇게 할 수 있어. 아니면 여기 머물러서 죽을 수도 있고." 메니스가 말했다.

테퍼는 잠시 얼어붙은 듯이 서 있었다. 메니스는 이 일의 충격으로 그가 압도되었는지도 모르겠다고 생각했다. 그러나 결국, 손아래인 테퍼 쪽이 명령받은 대로 서둘러 사람들을 모으러 갔다.

메니스는 한숨을 쉬며, 길게 나부끼는 연기를 쳐다보고 마음속으로 조용히 켈시어를 욕했다.

정말로 새로운 시대였다.

1장

하스신의 생존자

1

나는 내가 원칙을 중요시하는 사람이라고 생각한다. 하지만 그렇지 않은 사람이 어디 있겠는가? 심지어 살인자도 자기 행동이 어느 정도는 '도덕적'이라고 생각한다는 걸 나는 알게 되었다.

내 생애를 다른 사람이 읽는다면 그는 아마 나를 종교적인 폭군으로 부를 것이다. 오만하다고 할지도 모른다. 내 의견보다 그 사람의 의견이 덜 타당할 이유가 무엇이겠는가?

모두 한 가지 사실로 요약될 것이다. 결국, 군대를 가진 자는 나다.

재가 하늘에서 떨어졌다.

빈은 공중을 떠도는 보송보송한 재 조각을 지켜보았다. 느릿하고, 무신경하고, 자유롭게. 검은 눈송이 같은 검댕 조각들이 어두운 도시 루서델 위로 내려왔다. 조각들은 모퉁이에 떠돌고 바람에 날리고 작은 조약돌 위의 돌개바람 속에서 빙빙 돌았다. 아주 무심해 보였다. 저렇게 되면 기분이 어떨까?

빈은 패거리의 감시 구멍에 조용히 앉아 있었다. 안전가옥 옆 벽의 벽돌 속에 만든 숨은 벽감이었다. 그 안에서 패거리 일원은 거리를 지켜보며 위험한 기색이 있나 감시할 수 있었다. 그러나 빈은 당번을 서고 있는 것이 아니었다. 감시 구멍은 그녀가 혼자 있을 수 있는 몇 안 되는 장소 중 하나일 뿐이었다.

그리고 빈은 혼자 있는 것을 좋아했다. '너 혼자 있으면 아무도 널 배신할 수 없어.' 린이 한 말이었다. 빈의 오빠는 그녀에게 아주 많은 것을 가르쳤고, 그런 다음 언제나 할 거라고 약속했던 일을 실행해서—자기가 빈을 배신해서—그 가르침을 보강했다. '네가 배울 방법은 그것뿐이야. 누구라도 널 배신할 거야, 빈. 누구라도.'

재는 계속 떨어졌다. 때때로 빈은 자기가 재라고, 아니면 바람이나 안개라고 상상해보았다. 생각 없이 존재만 할 수 있는 사물이라면, 생각하거나 관심을 갖거나 상처받지 않는다면. 그러면 그녀는…… 자유로워질 수 있을 것이다.

조금 떨어진 곳에서 발을 끄는 소리가 들리더니, 작은 방 뒤쪽의 함정 문이 확 열렸다.

"빈!" 울레프가 방 안으로 머리를 들이밀며 말했다. "여기 있었구나! 카몬이 반 시간째 너를 찾고 있어."

'애초에 그래서 여기 숨었는걸.'

"너, 가봐야 해. 작업 시작할 준비가 거의 다 됐어." 울레프가 말했다.

울레프는 키가 크고 마른 소년이었다. 나름대로 다정했고, 암흑가에서 자란 사람이 '순진하다'는 말을 들을 수 있는 한도 안에서는 순진했다. 물론 그가 그녀를 배신하지 않으리란 뜻은 아니었다. 배신은 우정과 상관없었다. 배신은 생존이라는 현실일 뿐이었다. 거리의 삶은 냉혹했고, 스카 도둑은 잡혀 처형당하기 싫으면 현실적이 되어야 했다.

그리고 무자비함은 가장 현실적인 감정이었다. 린의 또 다른 입버릇이었다.

"너 가야 한다니까. 카몬이 엄청나게 화났어." 울레프가 말했다.

'언제는 안 그랬대?'

빈은 고개를 끄덕이고, 비좁지만 위로가 되었던 감시 구멍에서 재빨리 나왔다. 그녀는 울레프 옆을 스쳐 지나 함정문 밖으로 훌쩍 뛰어나가 복도로 진입해서 황량한 식료품실로 들어갔다. 그 방은 안전가옥을 위장하는 가게 뒤에 있는 여러 공간 중 하나였다. 패거리의 은신처는 건물 아래 뚫어놓은 석굴 속에 숨겨져 있었다.

빈은 뒷문을 통해 건물 밖으로 나갔고, 울레프가 그녀 뒤를 따라갔다. 작업은 이곳에서 몇 블록 떨어진 더 부유한 도시 구역에서 벌어질 것이다. 그것은 복잡한 작업이었다. 빈이 본 것 중 제일 복합적인 작업이었다. 카몬이 잡히지 않는다면 보수가 어마어마할 것이다. 만약 그가 잡힌다면…… 뭐, 귀족과 오블리게이터에게 사기를 치는 것은 매우 위험한 직업이었다. 하지만 대장간이나 방직공장에서 일하는 것보다는 확실히 나았다.

빈은 좁은 길에서 나와, 공동주택이 줄지어 선 어두운 거리로 나왔다. 이 도시의 여러 스카 빈민가 중 하나였다. 너무 아파서 일할 수 없는 스카들이 길모퉁이와 배수로에 몸을 옹송그린 채 모여 있었고, 재가 그들 주위를 떠돌았다. 빈은 계속 고개를 숙이고, 여전히 떨어지는 재 조각들을 막으려고 클록(cloak)의 후드를 덮었다.

'자유라니. 아냐, 난 절대로 자유로워지지 못할 거야. 린이 떠나면서 그렇게 만들었어.'

"여기 왔구나!" 카몬은 땅딸막하고 살찐 손가락을 들어 올려 그녀의 얼굴 쪽으로 찔러댔다. "어디 있었어?"

빈은 증오나 반항심을 눈에 내비치지 않았다. 그녀는 아래를 내려다보며, 카몬이 예상하는 모습만 보여주었다. 강하게 사는 방법에는 여러 가지가 있었다. 그녀는 그 교훈을 스스로 터득했다.

카몬은 약간 딱딱거리더니, 손을 올려 손등으로 빈의 얼굴을 때렸다. 그 힘찬 일격에 그녀의 몸이 뒤로 날아가 벽에 부딪쳤다. 뺨이 아파서 화끈거렸다. 그녀는 나무 벽에 기댄 채 쓰러졌지만, 조용히 벌을 참았다. 그저 또 하나의 멍일 뿐이다. 그녀는 그걸 견딜 수 있을 정도로 강했다. 전에도 견뎠다.

"잘 들어." 카몬이 속삭였다. "이건 중요한 일거리야. 수천 박싱* 짜리야. 너보다 백배는 더 가치 있는 일이라고. 네가 이걸 망치게 놔두진 않을 거야. 알겠어?"

빈은 고개를 끄덕였다.

카몬은 분노로 붉어진 통통한 얼굴로 그녀를 잠시 살펴보았다. 마침내 그는 눈길을 돌리며 혼자 뭐라고 중얼거렸다.

그는 뭔가에 화가 나 있었다. 빈 때문만은 아니었다. 아마 며칠 전 북쪽의 스카 반역 이야기를 들은 것 같다. 지방 영주인 테모스 트레스팅이 살해당했고, 저택은 타서 무너졌다는 것 같았다. 그런 소란이 일면 사업에 좋지 않았다. 귀족들은 더 경계하고, 잘 속지 않게 된다. 그러면 결과적으로 카몬의 이익이 심각하게 줄어들 수 있었다.

---

* 박싱(BOXING): '마지막 제국'의 통화 단위 중 하나.

'아무나 벌줄 사람을 찾고 있는 거야. 일하기 전에는 언제나 초조해 하니까.'

빈은 입술에 피 맛을 느끼며 카몬을 쳐다보았다. 그녀의 자신감이 어느 정도 드러나 보인 게 분명했다. 그가 빈을 곁눈질로 쳐다보더니, 표정이 어두워졌다. 그는 손을 들어 올렸다. 그녀를 다시 때리려는 것 같았다.

빈은 '행운'을 약간 사용했다.

아주 약간만 썼다. 나머지는 그 작업을 할 때 필요할 것이다. 그녀는 카몬에게 '행운'을 겨누어 그의 초조함을 진정시켰다. 패거리의 두목이 손을 멈추었다. 빈의 접촉을 의식하지는 못했지만, 그 효과는 느끼고 있었다. 그는 잠시 서 있다가 한숨을 쉬고, 돌아서서 손을 내렸다.

카몬이 뒤뚱뒤뚱 걸어서 멀어지는 것을 보며 빈은 입술을 닦았다. 도둑 두목은 귀족 정장을 입고 있어도 매우 그럴싸하게 보였다. 빈이 본 것 중에서 제일 값비싼 의상이었다. 문양이 새겨진 금단추가 달린 진한 녹색 조끼와 흰색 셔츠였다. 검은 양복 상의는 요즘 유행대로 길었고, 상의와 어울리는 검은 모자를 썼다. 손가락에선 반지들이 빛났고, 멋진 결투용 지팡이도 들고 있었다. 사실 카몬은 귀족 흉내를 아주 훌륭하게 해냈다. 역할 연기 부문에서 카몬보다 더 능숙한 도둑은 거의 없을 것이다. 그가 성질만 억누를 수 있다면.

방 자체는 평범한 편이었다. 카몬이 다른 패거리 일원에게 쏘아붙이기 시작하자 빈은 일어섰다. 그들은 그 지역 호텔 꼭대기의 스위트룸을 빌렸다. 아주 호화로운 건 아니었지만 괜찮은 아이디어였다. 카몬은 재정적으로 힘든 시기를 맞아 필사적으로 마지막 계약을 따내기 위해 루서델로 온 시골 귀족 '로드 제듀' 역할을 할 예정이었다.

큰 방은 일종의 알현실이 되었다. 카몬이 앉을 커다란 책상이 놓이고, 벽에는 싸구려 미술 작품이 걸렸다. 책상 옆에 정식 관리인 옷을 입은 남자 둘이 서 있었다. 그들은 카몬의 하인 역할을 할 것이다.

"이게 무슨 소동이야?" 한 남자가 방으로 들어오며 물었다. 그는 키가 컸고, 소박한 회색 셔츠와 바지를 입었으며 허리에는 가는 검을 차고 있었다. 테론은 다른 패거리의 두목이었다. 사실 이 사기는 그의 작품이었다. 그는 동업자로 카몬을 끌어들였다. 로드 제듀 역할을 할 사람이 필요했는데, 모두가 카몬이 최고라는 것을 알고 있었다.

카몬은 그를 쳐다보았다.

"흠? 소동이라고? 오, 사소한 훈육 문제야. 신경 쓰지 마, 테론."

카몬은 오만하게 손을 저어 자기 말을 끝맺었다. 그가 귀족 노릇을 그렇게 잘하는 이유가 있었다. 그는 '대가문' 출신이라고 해도 믿을 만큼 오만했다.

테론의 눈이 가늘어졌다. 빈은 그가 무슨 생각을 하고 있는지 알았다. 그는 일단 이번 사기 일이 끝나면 카몬의 풍뚱한 등에 칼을 꽂아 넣는 일이 얼마나 위험할지 가늠하고 있었다. 결국, 키 큰 테론은 카몬에게서 눈을 돌려 빈을 슬쩍 보았다.

"이건 누구야?" 그가 물었다.

"그냥 내 패거리 애야." 카몬이 말했다.

"다른 사람은 필요 없다고 생각했는데."

"음, 그 애는 필요해. 하지만 무시해. 내 작전 목적은 네가 알 바 아니잖아." 카몬이 말했다.

테론은 빈을 처다보았고, 그녀의 입술에 피가 난 것을 알아차렸다. 그녀는 눈길을 돌렸다. 그러나 테론의 눈길은 그녀의 몸에 더 오래 머물더니 몸을 따라 세로로 내려갔다. 빈은 소박한 흰 단추로 잠그는 셔츠와 작업복을 입고 있었다. 사실, 그녀는 전혀 매력이 없었다. 앳된 얼굴에 뼈만 앙상해서 제 나이인 열여섯 살로 보이지도 않을 것이다. 하지만 어떤 남자들은 그런 여자들을 더 좋아했다.

그녀는 그에게 '행운'을 약간 써야 하나 생각했지만, 결국 그는 눈을 돌렸다.

"오블리게이터가 거의 다 왔어. 준비됐어?" 테론이 말했다.

카몬은 눈을 굴리며 책상 뒤 의자에 자리를 잡았다.

"모두 완벽해. 날 놔두고 가, 테론! 네 방에 돌아가서 기다려."

테론은 얼굴을 찌푸리더니, 빙글 돌아 방에서 나가면서 혼자 투덜거렸다.

빈은 방을 훑어보고 실내장식과 하인들, 분위기를 살펴보았다. 마침내 그녀는 카몬의 책상으로 갔다. 패거리 두목은 앉아서 서류 무더기를 휙휙 넘기고 있었다. 어떤 서류를 책상 위에 내놓을까 보는 것 같았다.

"카몬, 하인들이 너무 멋져요." 빈이 조용히 말했다.

카몬은 얼굴을 찌푸리고 쳐다보았다.

"뭐라고 조잘거리는 거야?"

"하인들 말이에요." 빈은 여전히 작게 속삭여서 되풀이했다. "로드 제듀는 절박한 걸로 되어 있잖아요. 전에 남아 있던 비싼 옷이야 입겠지만, 비싼 하인을 둘 여유는 없을 거예요. 스카 하인을 쓸 거예요."

카몬은 그녀를 노려보았지만 입은 다물었다. 육체적으로는, 귀족과 스카 사이의 차이는 거의 없었다. 그러나 카몬이 정한 하인들은 소귀족 차림을 하고 있었다. 그들은 다채로운 조끼를 입어도 된다는 허락을 받고 좀 더 자신 있는 자세로 서 있었다.

"오블리게이터는 당신이 가난하다고 생각해야 해요. 대신 방에다 스카 하인을 많이 채워놔요." 빈이 말했다.

"네가 뭘 알아?" 카몬이 그녀를 노려보며 말했다.

"충분히 알죠."

그녀는 즉시 그 말을 후회했다. 너무 반항적으로 들리는 말이었다. 카몬은 보석을 장식한 손을 올렸고, 빈은 또 한 번 귀싸대기를 맞을 준비를 했다. '행운'을 더 쓸 여유는 없었다. 어쨌든 조금밖에 남지 않았고, 그것은 귀중했다.

그러나 카몬은 그녀를 때리지 않았다. 그러는 대신 한숨을 쉬더니, 통통한 한 손을 그녀의 어깨에 올려놓았다.

"왜 계속 고집을 부리면서 날 화나게 하는 거야, 빈? 네 오빠가 달아날 때 남긴 빚을 알잖아. 나보다 덜 너그러운 사람이면 벌써

오래전에 널 포주에게 팔아넘기고도 남았다는 거, 알아? 어떤 귀족 침대에서 시중들다가 그가 널 질려 했을 때 처형당했으면 좋겠어?"

빈은 자기 발만 내려다보았다.

카몬의 손아귀에 힘이 더 들어가면서, 손가락이 그녀의 피부를 꼬집었다. 목과 어깨가 만나는 곳이었다. 그녀는 자기도 모르게 아파서 헐떡였다. 그 반응을 보고 그는 웃었다.

"솔직히 내가 왜 널 계속 여기 두고 있는지 모르겠어, 빈." 그가 손아귀에 힘을 더 세게 주면서 말했다. "몇 달 전에 네 오빠가 나를 배신했을 때 너도 없애버렸어야 했는데. 난 마음이 너무 다정한가 봐."

마침내 그는 그녀를 놓아준 후, 방 옆쪽에 놓인 키 큰 실내식물 옆에 서 있으라고 손으로 가리켰다. 그녀는 명령대로 하면서 방 전체를 볼 수 있는 위치를 잡았다. 카몬이 눈을 돌리자마자 그녀는 어깨를 문질렀다.

'또 한 번 아팠을 뿐이야. 아픈 건 견딜 수 있어.'

카몬은 잠시 앉아 있더니 예상대로 옆에 서 있던 두 '하인'에게 손을 저었다.

"너희 둘! 너희가 입은 옷은 너무 비싸. 가서 스카 하인처럼 보이는 옷을 걸치고, 올 때 여섯 명 더 데려와."

곧 방은 빈의 제안대로 꾸며졌다. 그러고 나서 조금 후에 오블리게이터가 도착했다.

빈은 오만하게 방에 걸어 들어오는 프렐란* 레어드를 지켜보았다. 그는 모든 오블리게이터가 그렇듯이 완전히 민 대머리에, 짙은 회색 로브를 입었다. 눈 주위에 있는 미니스트리 문신을 보면 그가 미니스트리 '재정 캔턴**'의 고위 관료 프렐란이라는 것을 알 수 있었다. 그의 뒤를 하위 오블리게이터 한 무리가 따랐는데, 그들의 눈 문신은 훨씬 단순했다.

프렐란이 들어오자 카몬은 존경의 표시로 자리에서 일어섰다. '대가문'의 최고위 귀족들도 레어드 서열의 오블리게이터에게는 이런 예의를 보였다. 레어드는 고개를 숙이거나 알았다는 티를 내지 않고, 대신 성큼성큼 앞으로 걸어와 카몬의 책상 앞 의자에 앉았다. 하인으로 꾸민 패거리 일원이 앞으로 달려와, 차갑게 식힌 와인과 과일을 오블리게이터에게 내놓았다.

레어드는 음식 접시를 든 하인을 마치 가구처럼 공손하게 세워 둔 채 과일을 집었다. 그가 드디어 입을 열었다.

"로드 제듀, 마침내 만나게 되어 기쁩니다."

"저도 그렇습니다, 각하." 카몬이 말했다.

"다시 묻겠는데, 제게 여기로 오라고 하는 대신 당신이 캔턴 건물로 올 수 없는 이유가 뭡니까?"

"제 무릎 때문입니다, 각하. 저를 돌보는 의사들은 제게 최대한 적게 여행하라고 했습니다."

'그리고 넌 당연히 미니스트리의 중심지로 끌려가는 게 불안할 테고.' 빈은 생각했다.

---

* 프렐란(PRELAN): 상위 오블리게이터.
** 재정 캔턴(CANTON OF FINANCE): '강철 미니스트리' 산하에 있는 기관. '마지막 제국'의 재정을 관리한다.

"알겠습니다. 무릎이 안 좋으시군요. 운송업을 하는 사람에게는 불행한 일입니다." 레어드가 말했다.

"제가 여행을 갈 필요는 없습니다, 각하. 저는 그냥 여행을 조직하지요." 카몬은 고개를 숙이면서 말했다.

'좋아, 계속 순종적으로 굴어, 카몬. 넌 필사적인 것처럼 보여야 해.' 빈은 생각했다.

빈에게는, 이 사기가 성공해야 했다. 카몬은 그녀를 위협하고 때렸지만, 그녀를 행운의 부적으로 생각하기도 했다. 그녀가 방에 있을 때 자기 계획대로 더 잘되는 이유를 카몬이 아는지는 모르지만, 그 두 가지에 연관이 있음을 느낀 것 같았다. 그래서 그녀는 그에게 귀중해졌다. 그리고 린은 언제나, 암흑가에서 계속 살아남을 수 있는 가장 확실한 방법은 자신을 없어서는 안 되는 존재로 만드는 것이라고 했다.

"알겠습니다." 레어드가 다시 말했다. "음, 우리가 너무 늦게 만나는 바람에 당신의 목적에 도움을 줄 수 없을 것 같아 안타깝습니다. 재정 캔턴은 이미 당신의 제안에 대해 투표했습니다."

"그렇게 빨리요?" 카몬은 진짜로 놀라서 물었다.

"그렇습니다." 레어드는 여전히 하인을 그대로 세워둔 채 와인 한 모금을 마시며 대답했다. "우리는 당신과 계약하지 않기로 결정했습니다."

카몬은 잠시 얼떨떨한 채로 앉아 있었다.

"그런 말씀을 듣게 되어 유감입니다, 각하."

'레어드는 널 만나러 왔잖아. 그건 그가 아직 협상할 수 있는 입장에 있다는 거야.' 빈은 생각했다.

카몬은 빈이 하는 생각을 알고 말을 계속했다.

"사실 제가 미니스트리에 훨씬 더 좋은 제안을 하려고 했기 때문에 더 유감스럽군요."

레어드는 문신한 눈썹을 치켜세웠다.

"그게 중요할지 의심스럽군요. 위원회 회원 중에는 우리가 더 안정적인 가문을 찾아 아랫사람들을 수송해야 캔턴이 더 좋은 서비스를 받을 거라고 생각하는 사람들이 있습니다."

"그건 심각한 오산입니다." 카몬이 차분하게 말했다. "솔직하게 말씀드리지요, 각하. 우리는 둘 다 이 계약이 제듀 가문에 남은 마지막 기회라는 걸 압니다. 이제는 파완 거래선이 없어졌기 때문에 우리는 더 이상 루서델로 운하용 보트를 운행할 여유가 없습니다. 미니스트리의 후원이 없다면 우리 가문은 재정적으로 파멸합니다."

"그걸로는 설득이 안 되는데요, 로드." 오블리게이터가 말했다.

"그런가요?" 카몬이 물었다. "한번 자문해보십시오, 각하. 누가 당신께 더 잘 봉사하겠습니까? 주의를 여러 군데로 나누어 수십 개의 계약을 돌보아야 할 가문이겠습니까, 아니면 당신의 계약을 마지막 희망으로 생각하는 가문이겠습니까? 필사적으로 살아남아야 하는 파트너가 재정 캔턴에게 제일 협조적인 파트너가 될 것입니다. 각하의 견습들을 제 보트로 북쪽에서 실어오게 해주십시오. 제 병사들이 호위를 하도록 해주십시오. 실망하지 않으실 겁니다."

'좋아.' 빈은 생각했다.

"알겠…… 습니다." 오블리게이터가 이제 생각이 복잡해져서 말했다.

"연장 계약서를 1인당 50박싱 가격으로 기꺼이 맞춰드리겠습니다, 각하. 각하의 견습들은 여가 시간에도 우리 보트를 타고 여행할 수 있고, 언제나 필요한 만큼 호위를 받을 겁니다."

오블리게이터는 한쪽 눈썹을 치올렸다.

"그건 예전 수수료의 절반이군요."

"말씀드렸잖습니까. 우리는 필사적입니다. 우리 가문은 보트를 계속 운행해야 합니다. 50박싱으로는 우리에게 이익이 되지 않겠지만, 그건 중요하지 않습니다. 일단 미니스트리와 계약을 하면 우리는 안정될 것이고, 다른 계약을 찾아 우리 금고를 채울 수 있습니다." 카몬이 말했다.

레어드는 생각에 잠긴 듯했다. 환상적인 거래였다. 보통이라면 의심스러울 거래였다. 그러나 카몬의 연기는 재정적으로 붕괴 직전인 가문의 이미지를 창조했다. 다른 패거리 두목인 테론은 이 순간을 만들어내기 위해 5년 동안 계획을 짜고, 사기 치고, 속임수를 썼다. 미니스트리가 태만하지 않다면 이 기회를 고려할 것이다.

레어드도 바로 그것을 깨닫고 있었다. '강철 미니스트리'는 '마지막 제국'의 관료 체제 조직이자 사법 당국일 뿐만 아니라, 독자적인 귀족 가문 같은 데가 있었다. 더 부유하고 더 좋은 거래 계약을 체결할수록, 미니스트리의 캔턴들은 서로에게—그리고 귀족 가문들에—더 큰 영향력을 가질 수 있었다.

그러나 레어드는 여전히 주저하고 있는 것이 분명했다. 빈은 그의 눈에 떠오른 표정을 볼 수 있었다. 그녀가 잘 아는 의심의 표정이었다. 그는 그 계약을 맺지 않을 것이다.

'지금이야, 내 차례야.' 빈은 생각했다.

빈은 레어드에게 '행운'을 썼다. 망설이며 마음을 뻗었다. 그녀는 자기가 뭘 하고 있는지, 어떻게 그렇게 할 수 있는지 제대로 알지도 못했다. 그러나 그녀의 마음의 손길은 본능적이었고, 오랫동안 교묘한 연습으로 훈련된 것이었다. 그녀는 자기가 할 수 있는 일을 다른 사람이 하지 못한다는 것을 열 살 때 깨달았다.

그녀는 레어드의 감정을 밀어붙이고 꺾었다. 그의 수상해하는 마음이 약해지고, 겁이 줄었다. 고분고분해졌다. 걱정이 차츰 사라지면서, 그의 눈에 차분한 통제력이 나타나기 시작하는 게 보였다.

그렇지만 레어드는 여전히 좀 머뭇거리는 것 같았다. 빈은 더 세게 밀어붙였다. 그는 고개를 똑바로 든 채 생각에 잠긴 것 같았다. 말을 하려고 입을 열었지만, 그녀는 그를 더 밀어붙였다. 마지막 '행운' 한 조각까지 다 써서 필사적으로.

그는 다시 머뭇거렸다.

"좋습니다." 그가 마침내 말했다. "새 제안서를 위원회에 들고 가지요. 아직 합의할 여지가 있을 겁니다."

2

만약 사람들이 이 글을 읽는다면, 권력은 무거운 짐이라는 것을 그들에게 알리고 싶다. 권력의 사슬에 묶이지 않도록 애써라. 테리스의 예언자들은 내가 세계를 구할 힘을 갖게 된다고 말한다.

그러나 그들은 내가 세계를 파괴할 힘 또한 갖게 될 것이라고 암시한다.

켈시어가 보기에, 로드 룰러의 보금자리인 루서델 시의 정경은 음울했다. 건물은 대부분 벽돌로 지어졌는데, 부자들은 기와지붕을 얹고 나머지는 소박하고 뾰족한 나무 지붕을 얹었다. 건물들은 빽빽하게 서로 몰려 있어서 평균 3층 높이인데도 땅딸막해 보였다.

공동주택과 가게들의 모습은 획일적이었다. 이곳은 주의를 끌려는 장소가 아니었다. 물론, 고위 귀족이 아닐 때 말이지만.

십여 개의 획일적인 아성(牙城)이 전 도시에 드문드문 흩어져 있었다. 창같이 높은 첨탑이나 깊은 아치 길이 줄줄이 늘어서서 복잡하게 얽힌 이 아성들은 고위 귀족들의 집이었다. 사실, 그것은 고위 귀족 가문의 표시였다. 루서델에 아성을 짓고 눈에 띄는 존재감을 유지할 수 있는 가문은 '대가문'으로 여겨졌다.

도시의 공터는 대부분 이 아성 주변에 있었다. 공동주택들 가운데 조각난 공간들은 숲 속 공터 같았다. 아성들은 나머지 풍경 위로 솟아오른 외로운 산 같았다. 검은 산들. 도시 나머지 부분과 마찬가지로, 아성들은 무수한 세월 동안 떨어진 화산재 때문에 얼룩져 있었다.

루서델의 모든 건물, 켈시어가 본 사실상 모든 건물은 어느 정도 검어져 있었다. 심지어 켈시어가 지금 올라와 서 있는 도시 성벽도 검댕 얼룩으로 검었다. 보통은 재가 모이는 건물 꼭대기가 제일 검었지만, 얼룩은 빗물과 저녁에 맺히는 물방울을 타고 벽의 선반과 아래로 내려갔다. 캔버스 아래로 흘러내리는 물감같이, 어둠이 고르지 않게 번지며 건물 벽을 살살 기어 내려오는 것 같았다.

물론 거리는 완전히 검었다. 켈시어는 도시를 살펴보면서 누군가를 기다리며 서 있었다. 스카 일꾼 한 무리가 아래쪽 거리에서 최근에 쌓인 잿더미를 치우느라 힘겹게 일하고 있었다. 그들은 그 재를 도시 중심부를 거쳐 흐르는 채너럴 강*으로 가져가, 재 무더기가 쌓여 도시를 파묻어버리지 않도록 씻어 내려보냈다. 때때로 켈시어는 왜 제국 전체가 커다란 잿더미로 변하지 않을까 생각했다. 그는 그 재가 결국 분해되어 흙이 될 거라고 짐작했다. 그러나 도시와 들판을 쓸 만하게 치우려면 황당할 정도의 노력을 해야 했다.

다행히 그 일을 할 스카는 언제든 충분했다. 아래쪽에 있는 일꾼들은 그가 몇 주 전 남겨두고 온 농장 일꾼들처럼 재로 얼룩지고 닳은 소박한 코트와 바지를 입고 있었다. 그들은 기진맥진하고 풀죽은 동작으로 일했다. 다른 스카 무리들이 멀리서 울리는 종소리

---

* 채너럴 강(RIVER CHANNEREL): '마지막 제국'의 주요 강 중 하나. 동쪽 산맥에서 발원해 루서델 호수를 지나 루서델 시를 관통해 흐른 후 바다로 간다.

를 들고 그 일꾼들을 지나쳐 갔다. 시간을 알리고, 대장간이나 공장으로 아침 작업을 하러 오라고 부르는 종소리였다. 루서델의 주수출품은 금속이었다. 도시에는 수백 개의 대장간과 제련소가 있었다. 그러나 밀려드는 강물 덕에 곡물을 가는 제분소와 옷감을 만드는 공장을 세우기에도 훌륭한 장소였다.

스카들은 일을 계속했다. 켈시어는 그들에게서 눈을 돌려 멀리 도시 중심부 쪽을 쳐다보았다. 도시 한가운데에는 로드 룰러의 궁전이 여러 개의 가시털이 달린 거대한 곤충처럼 우뚝 솟아 있었다. '천 개의 첨탑 언덕', 크레딕 쇼였다. 궁전은 어떤 귀족의 아성보다 몇 배나 더 컸고, 단연코 도시에서 제일 큰 건물이었다.

켈시어가 도시에 대해 생각하며 서 있는 동안, 또 화산재가 떨어지기 시작했다. 재 조각들이 거리와 건물들에 가볍게 떨어졌다.

'최근에는 화산재가 많이 내리는군.' 그는 클록에 달린 후드를 쓸 핑계가 생긴 것을 반가워하며 생각했다. '화산들이 활동하고 있는 거야.'

루서델에서 누가 그를 알아볼 것 같지는 않았다. 그가 잡혔던 지도 3년이 지났다. 그러나 후드를 쓰면 안심이 되었다. 모든 일이 잘 된다면 켈시어가 남에게 모습을 보이고 사람들이 자기를 알아보기를 바랄 때가 올 것이다. 하지만 지금으로서는 익명인 쪽이 나았다.

마침내 어떤 사람이 벽을 따라 접근해왔다. 독슨이었다. 켈시어보다 키가 작고, 적당히 다부진 체격에 잘 어울리는 네모진 얼굴을 갖고 있었다. 별 특징 없는 갈색 후드 클록으로 검은 머리를 가렸고, 20년쯤 전 그의 얼굴에 처음 구레나룻이 싹트기 시작했을 때부터 자랑스럽게 내보인 짧은 턱수염을 길렀다.

그는 켈시어처럼 귀족 정복을 입고 있었다. 다채로운 조끼, 짙은 색 코트와 바지, 화산재를 막기 위한 얇은 클록. 옷은 비싸지 않았지만 귀족적이었고, 루서델의 중산층이라는 것을 시사했다. 귀족 태생 대부분은 '대가문'으로 여겨질 정도로 부유하지는 않았다. 그러나 '마지막 제국'에서 귀족은 돈으로만 정해지는 것이 아니었다. 혈통과 역사가 필요했다. 로드 룰러는 불멸이었고, 처음 통치할 때 자신을 지원했던 사람들을 아직도 기억하고 있는 것 같았다. 그 사람들의 후예는 아무리 가난해져도 늘 총애받을 것이다.

그 옷차림은 지나가는 순찰 경비병들이 너무 많은 질문을 하지 못하게 막아줄 것이다. 물론 켈시어와 독슨의 경우에는, 그 옷은 위장이었다. 둘 다 사실은 귀족이 아니었다. 엄밀히 말하면 켈시어는 혼혈이었지만, 그것은 보통 스카보다 여러모로 더 나빴다.

독슨은 켈시어 옆에서 걷다가 성가퀴에 기대더니, 탄탄한 양팔을 돌 위에 얹었다.

"며칠 늦었어, 켈."

"북쪽 농장을 몇 군데 더 들렀다 왔거든."

"아, 그럼 네가 로드 트레스팅의 죽음에 뭔가 관계가 있구나." 독슨이 말했다.

켈시어가 미소 지었다.

"그렇다고 말할 수 있지."

"그가 살해되는 바람에 지방 귀족들 사이에 큰 동요가 일어났어."

"그것도 내 의도에 들어 있었지만, 솔직히 그렇게 극적인 일을 계획했던 건 아니었어. 무엇보다도 그 일은 우연에 가까웠어."

독슨은 한쪽 눈썹을 치켜세웠다.

"어떻게 귀족을 자기 저택에서 '우연히' 죽일 수 있냐?"

"가슴에 칼을 하나 꽂아서. 아니면 한 쌍의 칼을 꽂아서. 언제나 신중한 게 좋지." 켈시어가 가볍게 말했다.

독슨은 눈을 굴렸다.

"그가 죽은 게 꼭 손해는 아니야, 독스. 귀족들 사이에서도 트레스팅은 잔인하다고 이름나 있었어." 켈시어가 말했다.

"트레스팅에 대해 신경 쓰는 게 아니야. 그냥 너와 또다시 일할 계획을 짜다니 내가 얼마나 정신이 나간 건가 생각하고 있어. 지방 영주를 경비병들로 둘러싸인 그의 저택에서 공격하다니……. 솔직히 켈, 네가 얼마나 무모하게 구는지 잊어버릴 뻔했어."

"무모하다고?" 켈시어가 웃으며 물었다. "그건 무모한 게 아니었어. 사소한 딴짓이었을 뿐이야. 넌 내가 뭘 계획하고 있는지 알아야 해!"

독슨은 잠시 서 있다가 웃었다.

"로드 룰러시여. 네가 돌아오니 좋구나, 켈! 난 지난 몇 년 동안 내가 좀 재미없어진 것 같아 걱정이었어."

"그건 고쳐질 거야." 켈시어가 약속했다.

그는 깊은숨을 들이쉬었다. 그의 주위에 재가 가볍게 떨어졌다. 스카 청소부들은 아래쪽 거리에서 검은 재를 쓸어내며 다시 일하고 있었다. 뒤에서 순찰 경비병이 지나가며 켈시어와 독슨에게 고개를 끄덕였다. 그들은 그 경비병이 지나갈 동안 침묵 속에서 기다렸다.

"돌아오니까 좋군." 마침내 켈시어가 말했다. "루서델은 어딘가 집 같은 데가 있어. 우울하고 삭막한 갱 같은 도시지만. 회의는 준비했어?"

독슨은 고개를 끄덕였다.

"하지만 오늘 저녁까지는 시작할 수 없어. 그런데 어떻게 들어왔어? 부하들에게 성문을 감시하게 해뒀는데."

"음? 아, 간밤에 슬쩍 들어왔어."

"하지만 어떻게……" 독슨은 말을 멈추었다. "아, 맞아. 익숙해지려면 좀 걸릴 거야."

켈시어는 어깨를 으쓱했다.

"왜 그런지 모르겠는데. 넌 언제나 미스팅*들과 일하잖아."

"그래, 하지만 이건 달라." 독슨은 말했다. 그는 한 손을 들어 더 입씨름하지 말자는 뜻을 표시했다. "필요 없어, 켈. 난 얼버무리려는 게 아니야. 그냥 익숙해지려면 좀 걸릴 거라고만 말했어."

"좋아. 오늘 밤에 누가 와?"

"음, 브리즈와 햄은 당연히 올 거야. 그들은 우리의 이 수수께끼 같은 일을 매우 궁금해하고 있어. 지난 몇 년 동안 네가 뭘 하느라 바쁜지 내가 이야기해주지 않았다는 것 때문에 화가 나 있는 건 말

---

* 미스팅(MISTING): 알로맨시를 사용하는 알로맨서의 일종. 한 가지 금속만 '태울' 수 있기 때문에 팀을 짜서 서로의 능력을 보충하며 일할 때가 많다.

할 필요도 없고."

"좋아." 켈시어가 웃으며 말했다. "궁금해하게 놔둬. 트랩은 어때?"

독슨은 고개를 저었다.

"트랩은 죽었어. 결국 두 달 전에 미니스트리가 그를 체포했지. 놈들은 그를 '갱'에 보내지도 않았어. 현장에서 목을 벴어."

켈시어는 눈을 감고 작게 숨을 내쉬었다. '강철 미니스트리'는 결국 모든 사람을 체포했다. 켈시어는 때때로, 스카 미스팅의 삶은 살아남는 것이 아니라 언제가 죽을 때인지를 고르는 것 같다고 느끼곤 했다.

"그러면 우리에겐 스모커*가 없어졌군." 켈시어가 마침내 눈을 뜨며 말했다. "무슨 제안이 있어?"

"러디." 독슨이 말했다.

켈시어는 고개를 저었다.

"안 돼. 그는 좋은 스모커지만, 좋은 사람은 아니야."

독슨이 미소를 지었다.

"도둑 패거리에 끼지 못할 정도로 좋은 사람이 아니라니……. 켈, 너와 일하던 때가 그리웠어. 좋아, 그럼 누구?"

켈시어는 잠시 생각했다.

"클럽스가 아직 자기 가게를 운영하고 있어?"

---

* 스모커(SMOKER): 구리(COPPER)를 태우는 알로맨서. 다른 알로맨서들을 시커 (SEEKER, 102쪽 참고)의 탐지 능력에서 숨겨준다.

"내가 아는 한에는 그래." 독슨이 천천히 말했다.

"그는 이 도시 최고의 스모커일 거야."

"그럴 거야. 하지만…… 같이 일하기 좀 어렵지 않아?"

"일단 그에게 익숙해지기만 하면 그렇게 나쁘지 않아. 게다가 그는…… 이 일이라면 기꺼이 할 거라고 생각해." 켈시어가 말했다.

"좋아." 독슨이 어깨를 으쓱하며 말했다. "그를 초대할게. 그의 친척 중 하나가 틴아이*라던데, 같이 초대하면 좋겠어?"

"괜찮겠지."

"좋아. 그럼 남은 건 예덴뿐이야. 예덴이 아직 흥미를 갖고 있다면 말이지만……."

"그는 거기 올 거야." 켈시어가 말했다.

"오는 게 좋을걸. 결국 우리한테 돈 줄 사람이 될 테니까." 독슨이 말했다.

켈시어는 고개를 끄덕이다가 얼굴을 찌푸렸다.

"마쉬 이야기는 안 하는군."

독슨이 어깨를 으쓱했다.

"너한테 경고했잖아. 네 형은 우리 방식을 절대 인정하지 않아. 그리고 지금은…… 음, 마쉬를 잘 알잖아. 심지어 예덴이나 반역자들과 더 이상 아무 관계도 갖지 않으려고 한다고. 우리 같은 범죄자 무리는 말할 것도 없고. 오블리게이터들 사이에 잠입할 사람은 다른 사람을 찾아야 할 것 같아."

---

* 틴아이(TINEYE): 주석(TIN)을 태우는 알로맨서. 오감을 더 예민하게 향상시킬 수 있다.

"아냐. 형은 할 거야. 내가 형에게 들러 설득하기만 하면 돼." 켈시어가 말했다.

"네가 그렇게 말한다면야."

그리고 독슨은 침묵에 잠겼고, 둘은 잠시 서서 벽에 몸을 기댄 채 화산재로 얼룩진 도시를 바라보았다.

독슨은 마침내 고개를 저었다.

"이건 미친 짓이야, 그렇지?"

켈시어가 미소 지었다.

"기분 좋잖아, 안 그래?"

독슨은 고개를 끄덕였다.

"환상적이야."

"전대미문의 일이 될 거야." 켈시어가 북쪽을, 도시를 가로질러 도시 중심부에 있는 일그러진 건물 쪽을 보면서 말했다.

독슨은 벽에서 걸어 물러났다.

"모임까지 몇 시간 남았어. 너한테 보여주고 싶은 게 있어. 서두르면 아직 시간이 있을 것 같아."

켈시어는 호기심에 찬 눈으로 돌아보았다.

"음, 난 가서 우리 형이 점잔 빼는 걸 꾸짖어줄 참이었는데. 하지만……."

"네가 시간을 낼 만한 가치가 있을 거야." 독슨이 약속했다.

빈은 안전가옥 주(主) 은신처 구석에 앉아 있었다. 그녀는 보통 때와 같이 계속 그늘에 있었다. 안 보이는 곳에 있을수록 다른 사람들이 그녀를 더 무시할 것이다. 그녀는 사람들의 간섭을 막기 위해 '행운'을 쓸 여유가 없었다. 며칠 전 오블리게이터와 만날 때 써버린 것을 간신히 재생시킬 시간밖에 없었던 것이다.

보통 때처럼 왁자한 무리가 그 방의 테이블마다 느긋이 앉아 주사위 놀이를 하거나 사소한 일 이야기를 하고 있었다. 십여 개의 파이프에서 나온 연기가 방 꼭대기에 모였고, 벽은 무수한 세월 동안 비슷한 취급을 받은 탓에 검게 얼룩져 있었다. 바닥은 재 조각들이 묻어 검었다. 대부분의 도둑 패거리들처럼, 카몬 패거리도 깨끗한 편은 아니었다.

방 뒤에는 문이 하나 있고, 문 너머에는 구부러진 돌계단이 있었다. 그 계단은 좁은 골목길의 가짜 배수구 뚜껑으로 이어졌다. 제국 수도 루서델의 다른 여러 은신처들처럼, 이 방은 존재하지 않는 것으로 되어 있었다.

방 앞쪽에서 거친 웃음소리가 났다. 카몬과 패거리 대여섯 명이 앉아 에일 맥주와 무신경한 농담이 오가는 전형적인 오후를 즐기고 있었다. 카몬의 테이블은 바 옆에 붙어 있었다. 카몬은 자기 부하들을 간단하게 등쳐먹는 방법 중 하나로 바에서 바가지를 씌워 술을 팔았다. 루서델의 범죄자 부류는 귀족들이 가르친 교훈을 아주 잘 배웠다.

빈은 전력을 다해 눈에 띄지 않으려고 했다. 여섯 달 전이었다면, 린이 없으면 자기 삶이 더 나빠질 수 있다는 사실을 믿지 않았을 것이다. 그러나 그녀의 오빠는 폭력적으로 화를 내기는 했어도 패거리의 다른 작자들이 빈에게 집적거리지 못하게 막아주었다. 도둑 패거리에는 상대적으로 여자들이 거의 없었다. 일반적으로 암흑가의 여자들의 삶은 창녀가 되는 신세로 끝이 났다. 린은 언제나 여자애는 억세어야 한다고 말했다. 살아남고 싶으면 남자보다 더 억세어야 한다고.

'어떤 패거리 두목이 자기 팀에 너 같은 골칫거리를 두고 싶겠어? 난 네 오빠인데도 너와 같이 일하고 싶지 않다고.' 그는 이렇게 말한 적도 있었다.

그녀의 등은 아직도 쿵쿵 울렸다. 전날 카몬은 그녀에게 채찍질을 했다. 피가 나면 셔츠가 엉망이 되는데, 그녀는 다른 셔츠를 살 돈이 없었다. 카몬은 린이 남겨놓고 간 빚을 지불하라고 이미 그녀의 급료를 압류하고 있었다.

'하지만 난 강해.' 그녀는 생각했다.

아이러니였다. 매질은 이제 별로 아프지 않았다. 린이 자주 학대한 덕분에 빈은 회복력이 생겼고, 동시에 어떻게 하면 불쌍하고 망가진 것처럼 보이는지 알게 되었다. 어떤 의미로는, 매질은 오히려 허사였다. 멍과 붓기는 나았지만 채찍질을 당할 때마다 빈은 더 단단해졌다. 더 강해졌다.

카몬은 일어섰다. 그는 조끼 주머니에 손을 넣어 금으로 된 회중시계를 꺼냈다. 그는 같이 있던 동료 한 명에게 고개를 끄덕인 후, 방을 훑어보았다……. 그녀를 찾고 있었다.

그의 눈이 빈을 좇아왔다.

"때가 됐어."

빈은 얼굴을 찌푸렸다.

'무슨 때?'

미니스트리의 재정 캔턴은 인상적인 건물이었다. 하지만 그렇게 치면 강철 미니스트리의 거의 모든 것이 인상적이었다.

높고 큰 덩어리 같은 건물 앞쪽에는 거대한 장미꽃 무늬 창이 있었다. 그러나 바깥에서 유리를 보면 어둡기만 했다. 커다란 현수막 두 개가 창문 옆에 매달려 있었다. 검댕으로 얼룩진 붉은 천에는 로드 룰러 찬양 문구가 또렷이 쓰여 있었다.

카몬은 비판적인 눈으로 건물을 살펴보았다. 빈은 그의 불안을 느낄 수 있었다. '재정 캔턴'은 미니스트리의 집무실 중에서는 전혀 위협적인 편이 아니었다. '심문 캔턴'이나 '정교(正敎) 캔턴*'의 명성이 훨씬 더 불길했다. 그러나 미니스트리 집무실에 자발적으로 들어가…… 스스로 오블리게이터의 세력하에 들어가는 것은…… 음, 심각하게 고려한 다음에 할 일이었다.

카몬은 깊은숨을 들이쉰 다음 결투용 지팡이로 바닥의 돌을 두드리며 성큼성큼 앞으로 걸어갔다. 그는 값비싼 귀족 정복을 입었고, 자기 '하인' 역할을 할 패거리 대여섯 명과 함께 있었다. 빈도 그 속에 있었다.

빈은 계단을 올라가는 카몬을 따라갔고, 패거리 한 명이 앞으로 뛰어나가 '주인'을 위해 문을 열어주는 동안 기다렸다. 여섯 명의

---

* 정교 캔턴(CANTON OF ORTHODOXY): 모든 사회적 거래와 의식을 총괄하는 캔턴. 정교 캔턴의 오블리게이터가 목격하지 않은 사건, 봉인하지 않은 문서는 사회적 효력을 갖지 못한다.

수행원 중에서 카몬의 계획에 대해 아무것도 듣지 못한 사람은 빈 뿐인 것 같았다. 미니스트리 사기의 이른바 동업자인 테론은 아무 데도 보이지 않았다.

빈은 캔턴 건물에 들어갔다. 파란색 선이 반짝거리는 강렬한 붉은 빛이 장미창에서 떨어졌다. 눈 주위에 중간 지위급 문신을 한 오블리게이터 한 명이 길게 연장한 입구 통로 끝 책상 뒤에 앉아 있었다.

카몬은 지팡이로 카펫을 두드리며 걸어서 그에게 다가갔다.

"로드 제듀입니다." 그가 말했다.

'뭐하고 있는 거야, 카몬?' 빈은 생각했다. '테론한테는 프렐란 레어드를 캔턴 사무실에서 만나지 않겠다고 했잖아. 그런데 왜 지금 여기 와 있어?'

오블리게이터는 고개를 끄덕이며 장부에 기호를 표시했다. 그는 옆쪽으로 손짓을 했다.

"대기실에는 수행원 한 명만 데려갈 수 있습니다. 나머지는 여기 남아 있어야 합니다."

카몬이 경멸하듯 씩씩거리는 소리를 들으니 그가 그 금지를 어떻게 생각하는지 알 수 있었다. 그러나 오블리게이터는 장부에서 고개를 들지 않았다. 카몬은 잠시 서 있었다. 빈은 그가 정말로 화가 난 건지, 오만한 귀족 역할을 하고 있는 것뿐인지 알 수 없었다. 마침내 그는 한 손가락으로 빈을 찔렀다.

"따라와."

그는 몸을 돌려 오블리게이터가 가리킨 문으로 뒤뚱뒤뚱 걸어갔다.

문 너머의 방은 호화롭고 안락했으며, 귀족 몇 명이 이런저런 자세로 느긋하게 앉아 기다리고 있었다. 카몬은 의자 하나를 골라 앉은 다음, 붉은 당의를 입힌 케이크와 와인이 놓인 테이블 쪽을 가리켰다. 빈은 자신의 배고픔은 숨긴 채, 공손히 그에게 와인 한 잔과 음식 접시를 가져다주었다.

카몬은 작게 입맛을 다시며 게걸스럽게 케이크를 집어 먹기 시작했다.

'초조해하는군. 전보다 더.'

"일단 들어가면 넌 아무 말도 하지 마." 카몬이 먹으면서 낮은 소리로 웅얼거렸다.

"두목은 테론을 배신하고 있군요." 빈이 속삭였다.

카몬은 고개를 끄덕였다.

"하지만 어떻게? 왜?"

테론의 계획은 실행하기엔 복잡했지만 개념은 단순했다. 매년 미니스트리는 새 견습 오블리게이터를 북쪽 훈련 시설에서 남쪽 루서델로 이동시켜 마지막 지도 과정을 밟는다. 그러나 테론은 견습과 그 감독들이 대량의 미니스트리 기금을 루서델에 안전하게 보관하기 위해 짐으로 위장해 갖고 내려온다는 것을 알아냈다.

'마지막 제국'에서는 운하 길을 따라 끊임없이 순찰을 돌기 때문에 강도질이 매우 어려웠다. 그러나 견습들이 타고 있는 운하용 보트를 누군가 조종하고 있다면, 강도질을 할 수도 있었다. 딱 시간에 맞춰 준비해서…… 경비병들이 승객을 공격하기만 하면…… 아주 큰 이익을 낸 다음 모두 강도질 탓으로 돌릴 수 있었다.

"테론 패거리는 약해. 그는 이 일에 너무 많은 자원을 썼어." 카몬이 조용히 말했다.

"하지만 그가 벌어들일 대가는……." 빈이 말했다.

"내가 지금 손에 넣을 수 있는 걸 갖고 튀어버리면 그런 건 결코 생기지 않을걸." 카몬이 미소를 지으며 말했다. "난 오블리게이터들을 설득해서 싼 선금으로 캐러밴 보트(여러 척이 한 부대를 이루어 운반이나 호송을 하는, 육지의 캐러밴 같은 보트)들을 띄우고, 그다음에는 테론을 남겨둔 채 사라질 거야. 미니스트리가 사기당했다는 사실을 알게 될 때 맞을 재앙을 처리하도록."

빈은 약간 충격을 받고 뒤로 물러섰다. 테론은 이 사기를 위해 수천수만 박싱을 들였을 것이다. 거래가 지금 깨지면 그는 파산할 것이다. 그리고 미니스트리가 그를 사냥한다면, 그에게는 복수할 시간도 없을 것이다. 카몬은 더 강력한 적수 하나를 없애버릴 뿐 아니라 즉석에서 이익을 얻을 것이다.

'카몬을 이 일에 끌어들이다니 테론은 바보야.'

그녀는 생각했다. 하지만 그런 것치고는 테론이 카몬에게 주겠다고 약속한 돈이 엄청났다. 테론은 자기가 배신하기 전에는 카몬이 욕심 때문에 정직하게 굴 거라고 생각했을 것이다. 카몬은 다른 누구보다, 심지어 빈조차 예상하지 못했을 정도로 빨리 배신했을 뿐이다. 카몬이 캐러밴 보트에서 물건을 훔치려고 기다리는 대신 그 일의 기반 자체를 약화시키리라는 것을 테론이 어떻게 알 수 있었겠는가?

빈의 뱃속이 뒤틀렸다.

'이건 또 하나의 배신일 뿐이야.' 그녀는 역겨워하며 생각했다. '왜 아직도 이게 이렇게 괴로울까? 모두들 다른 모든 사람을 배신하는데. 삶이란 그런 거야……'

그녀는 구석을 찾아, 어딘가 비좁고 외딴 곳을 찾아가 숨어 있고 싶었다. 혼자서.

'누구든지 널 배신할 거야. 누구든지.'

하지만 갈 곳이 없었다. 드디어 하위 오블리게이터가 들어와 로드 제듀를 불렀다. 빈은 카몬을 따라갔다. 그들은 알현실로 안내받았다.

알현실 접견 책상 뒤에 앉아 기다리는 남자는 프렐란 레어드가 아니었다.

카몬은 문가에서 멈추었다. 방은 꾸밈없었다. 책상 하나와 소박한 회색 카펫뿐이었다. 돌벽에는 아무 장식이 없었고, 단 하나 있는 창은 간신히 한 뼘 정도 될 넓이였다. 그들을 기다리던 오블리게이터의 눈 주위 문신은 빈이 본 것 중에 가장 복잡했다. 그녀는 그 문신이 무슨 서열을 뜻하는지도 잘 몰랐지만, 문신은 오블리게이터의 귀까지 이르는 뒤쪽과 이마 전체를 덮고 있었다.

"로드 제듀시군요." 낯선 오블리게이터가 말했다. 레어드처럼 회색 로브를 입었지만, 그는 카몬이 전에 보았던 근엄하고 관료적인 남자들과 매우 달랐다. 이 남자는 마른 근육질이었고, 깨끗하게 면도한 삼각형 머리 때문에 포식 동물 같아 보였다.

"나는 프렐란 레어드와 만날 거라고 예상하고 있었는데요." 카몬이 여전히 방 안으로 들어가지 않은 채 말했다.

"프렐란 레이드는 다른 일 때문에 불려갔습니다. 나는 하이 프렐란 아리에브입니다. 당신의 제안서를 검토하는 위원회의 회장입니다. 나한테 직접 설명할 수 있는 기회는 드뭅니다. 보통은 내가 직접 상황을 듣지 않지만, 레이드가 없으므로 그의 일을 좀 나누어 할 수밖에 없게 되었습니다."

빈은 본능적으로 긴장했다.

'우린 떠나야 해. 지금.'

카몬은 오랫동안 서 있었고, 빈은 그의 생각을 알 수 있었다. 지금 도망갈까? 아니면 더 큰 보상을 얻기 위해 위험을 무릅쓸까? 빈은 보상 같은 건 상관없었다. 그냥 살고 싶었다. 그러나 카몬은 종종 도박을 하지 않았더라면 패거리 두목이 되지 못했을 것이다. 그는 천천히 방 안으로 들어갔다. 경계하는 눈으로 오블리게이터의 맞은편 자리에 앉았다.

"음, 하이 프렐란 아리에브." 카몬은 조심스러운 목소리로 말했다. "다시 여기 오기로 약속을 잡은 다음부터, 위원회가 내 제안서를 고려하고 있었던 것이 아닌가요?"

"사실 그렇습니다. 이렇게 경제적으로 파멸에 가까운 상황에 처한 가문과 거래하는 것을 불안해하는 위원회 회원들이 있다는 건 인정해야겠습니다만. 미니스트리는 재정 사업에서는 보통 보수적인 쪽을 선호합니다." 오블리게이터가 말했다.

"알겠습니다."

"하지만 위원회에는 당신이 제안한 싼 금액으로 배를 이용하고 싶은 사람들도 있습니다." 아리에브가 말했다.

"그럼 각하는 어느 쪽입니까?"

"나는, 아직까지는 결정하지 않았습니다." 오블리게이터는 앞으로 몸을 숙였다. "그래서 당신이 드문 기회를 잡았다고 말한 겁니다. 날 설득해보시오, 로드 제듀. 그러면 당신은 계약을 따게 될 겁니다."

"우리가 했던 세부적인 제안의 개요는 프렐란 레어드가 분명 이야기했겠지요." 카몬이 말했다.

"그렇습니다. 하지만 그 주장을 당신에게서 직접 듣고 싶습니다. 날 만족시켜주시지요."

빈은 얼굴을 찌푸렸다. 그녀는 방 뒤쪽 문 근처에 남아 있었다. 도망쳐야 한다고 여전히 반쯤 믿고 있었기 때문이다.

"자?" 아리에브가 물었다.

"우리에겐 그 계약이 필요합니다, 각하. 그게 없으면 우리 가문은 운하 수송 활동을 계속할 수 없습니다. 미니스트리에서 계약을 해주신다면 우리에게 매우 필요한 안정기가 생길 겁니다. 우리가 다른 계약을 찾는 동안 캐러밴 보트를 당분간 유지할 수 있는 기간 말입니다."

아리에브는 잠시 카몬을 살펴보았다.

"그것보다 더 잘할 수 있잖소, 로드 제듀. 레어드는 당신이 매우 설득력 있었다고 말했습니다. 당신이 우리에게 지원받을 만하다는 걸 증명해주십시오."

빈은 '행운'을 준비했다. 그녀는 아리에브가 더 믿기 쉽게 만들 수 있었다……. 하지만 뭔가가 그녀를 막았다. 상황이 어딘가 잘못

되었다는 느낌이 들었다.

"여러분이 할 수 있는 최선의 선택은 우리 가문입니다, 각하." 카몬이 말했다. "우리 가문이 경제적으로 실패할까 봐 걱정이십니까? 음, 그렇다고 해도 미니스트리가 무엇을 잃습니까? 최악의 경우 내 거룻배들이 운행을 못 하게 될 것이고, 여러분은 다른 상인을 찾아 거래해야 하겠지요. 그렇지만 여러분이 우리 가문이 유지될 만큼 충분히 후원해주신다면, 여러분은 부러움을 받을 만한 장기 계약처를 찾으신 거겠지요."

"알겠습니다." 아리에브는 부드럽게 말했다. "그런데 왜 미니스트리지요? 왜 다른 사람과 거래하지 않습니까? 당신 보트를 채택할 다른 선택지들은 분명 있을 텐데요. 그런 요금에 달려들 다른 집단들 말입니다."

카몬은 얼굴을 찌푸렸다.

"이건 돈 문제가 아닙니다, 각하. 미니스트리의 계약을 따내면 우리가 승리하는 겁니다. 여러분의 신뢰를 보여주는 거죠. 여러분이 우리를 믿으신다면, 다른 사람들도 믿을 겁니다. 나는 여러분의 지원이 필요합니다." 카몬은 이제 땀을 흘리고 있었다. 그는 이 도박을 후회하기 시작했을 것이다. 그가 배반당한 걸까? 이 이상한 만남 뒤에 테론이 있는 걸까?

오블리게이터는 조용히 기다렸다. 그가 그들을 파멸시킬 수 있다는 것을 빈은 알고 있었다. 그들이 자신에게 사기를 치고 있다는 의심만 가지고도 그는 그들을 '심문 캔턴'에 넘길 수 있었다. 캔턴 건물에 들어왔다가 돌아가지 못한 귀족은 많았다.

빈은 이를 갈면서, 마음을 뻗어 오블리게이터에게 '행운'을 사용해 덜 의심하게 만들었다.

아리에브는 미소 지었다. "흠, 당신이 날 설득시켰습니다." 그가 갑자기 선언했다.

카몬은 안도의 한숨을 쉬었다.

아리에브는 말을 계속했다. "최근에 보낸 편지에서 장비를 재단장하고 배를 다시 운영하려면 3천 박싱이 미리 필요하다고 제안하셨더군요. 본관 복도에서 필경사를 만나 필요한 자금을 요청하기 위한 서류 작업을 끝내고 가십시오."

오블리게이터는 서류 더미에서 두꺼운 관청 문서 한 장을 빼내 아래쪽에 도장을 찍었다. 그는 그 종이를 카몬에게 내밀었다.

"당신의 계약서입니다."

카몬은 크게 미소 지었다.

"미니스트리에 오는 것이 현명한 선택이라는 제 생각이 맞았습니다."

그가 계약서를 받으며 말했다. 그는 일어서서 오블리게이터에게 정중하게 고개를 끄덕인 후, 빈에게 문을 열라고 손짓했다.

그녀는 문을 열었다.

'뭔가 잘못됐어. 매우 잘못됐어.'

카몬이 나갈 때 그녀는 잠깐 멈춰 서서 오블리게이터를 돌아보았다. 그는 여전히 미소 짓고 있었다.

오블리게이터의 기분이 좋다는 건 언제나 나쁜 징조였다.

하지만 대기실과 그곳을 사용 중인 귀족들을 지나쳐 올 때, 아무도 그들을 막지 않았다. 카몬은 계약서를 봉인해서 알맞은 필경사에게 전해주었지만, 군인이 그들을 체포하러 나타나지는 않았다. 필경사는 동전으로 가득 찬 작은 상자를 내밀더니 무관심한 손길로 그것을 카몬에게 건네주었다.

그 후 카몬은 안도감을 드러내 보이며 다른 수행원들을 모았고, 그들은 캔턴 건물을 그냥 떠났다. 경고하는 고함 소리도, 병사들이 쿵쾅거리는 발자국 소리도 없었다. 그들은 자유로웠다. 카몬은 미니스트리와 다른 패거리 두목 양쪽 모두를 성공적으로 속여 넘겼다.

그렇게 보였다.

켈시어는 작고 붉은 당의 케이크를 입에 한 조각 더 집어넣고, 만족스럽게 씹었다. 뚱뚱한 도둑과 그의 깡마른 수행원은 대기실을 지나 그 너머의 입구 통로로 들어갔다. 두 도적을 면접한 오블리게이터는 자기 사무실에 남아 있었다. 겉보기에는 다음 약속을 기다리는 것 같았다.

"자, 어떻게 생각해?" 독슨이 물었다.

켈시어는 케이크를 슬쩍 보았다. "아주 좋군." 그가 또 하나 집으며 말했다. "미니스트리의 취향은 언제나 훌륭해. 일급 간식을 내놓는 것도 이해가 돼."

독슨은 눈을 굴렸다.

"저 여자애 말이야, 켈."

켈시어는 케이크 네 개를 손안에 쌓으면서 미소 지은 다음, 문가 쪽으로 고갯짓을 했다. 까다로운 문제를 이야기하기에는 캔턴 대기실에 사람이 너무 많아졌다. 그는 나가는 길에 잠시 멈춰 구석에 있던 오블리게이터 비서에게 일정을 다시 잡아야겠다고 말했다.

그다음 둘은 입구 방을 가로질러, 선 채로 필경사와 이야기를 하고 있는 과체중 패거리 두목을 지나쳤다. 켈시어는 거리로 발걸음을 내딛으며, 아직도 떨어지고 있는 화산재를 막기 위해 후드를 쓰고 앞장서서 길을 건넜다. 그는 골목 옆에서 걸음을 멈춰 독슨과 함께 캔턴 건물의 문을 지켜볼 수 있는 곳에 섰다.

켈시어는 자기 케이크를 만족스럽게 우적우적 먹었다. "저 여자애는 어떻게 알게 됐어?" 그는 베어 먹는 중간에 물었다.

"네 형 때문에." 독슨이 대답했다. "카몬이 몇 달 전에 마쉬에게 사기를 치려고 했는데, 그때도 저 소녀를 데려왔어. 사실, 카몬의 작은 행운의 부적은 알 만한 사람들 사이에서는 꽤 유명해. 난 카몬이 그녀의 정체를 아는지 모르는지 아직 잘 모르겠어. 도둑들이 얼마나 미신적으로 굴 수 있는지 알잖아."

켈시어는 고개를 끄덕이며 손을 툭툭 털었다.

"그 애가 오늘 여기 올 줄 어떻게 알았어?"

독슨은 어깨를 으쓱했다.

"적당한 곳에 뇌물을 좀 썼지. 마쉬가 나한테 그 애를 지목해주었을 때부터 난 계속 지켜보고 있었어. 네게 그녀가 하는 일을 직접 보여주고 싶었어."

거리 맞은편에서, 마침내 캔턴 건물의 문이 열리고 카몬이 '하인' 무리에 둘러싸여 계단을 내려왔다. 짧은 머리의 키 작은 소녀는 그와 함께 있었다. 그녀의 모습을 보고 켈시어는 얼굴을 찌푸렸다.

발걸음은 초조하고 불안한 데다, 누군가가 빠르게 움직일 때마다 가볍게 펄쩍 뛰곤 했다. 얼굴 오른쪽은 아직 멍이 낫지 않아 약간 색이 변해 있었다.

켈시어는 거드름을 피우는 카몬을 바라보았다.

'저놈한테 특히 잘 맞는 대접을 찾아봐줘야겠어.'

"가엾은 것." 독슨이 중얼거렸다.

켈시어가 고개를 끄덕였다.

"저 애는 곧 카몬에게서 놓여날 거야. 이전에 아무도 저 애를 발견하지 못했던 게 신기하네."

"그럼 네 형 말이 맞아?"

켈시어가 고개를 끄덕였다.

"저 애는 최소한 미스팅이고, 그 이상이라고 마쉬가 말한다면 난 형을 믿는 쪽을 택하겠어. 저 애가 미니스트리 사람에게 알로맨시를 쓰는 걸 보고 약간 놀랐어. 특히 캔턴 건물 안에서. 저 애는 자기 능력을 자기가 사용하고 있다는 것도 모를 거야."

"그럴 수도 있어?" 독슨이 물었다.

켈시어는 고개를 끄덕였다.

"아주 작은 힘만 얻기 위해서라면 물속의 미량 무기물을 태울 수도 있어. 로드 룰러가 자기 도시를 여기 지은 이유 중엔 그것도 있었어. 땅속에 금속이 많다는 거. 내 말하건대……."

켈시어의 말소리가 잦아들었다. 그는 얼굴을 약간 찌푸렸다. 뭔가 잘못됐다. 그는 카몬과 그 패거리들 쪽을 흘긋 보았다. 그들은 여전히 가까운 곳에 보였다. 길을 건너 남쪽으로 향하고 있었다.

캔턴 건물 문가에 한 사람이 나타났다. 호리호리하고 자신만만한 분위기를 띤 그는 눈 주위에 '재정 캔턴' 하이 프렐란의 문신을 하고 있었다. 카몬이 조금 전 만난 사람이 바로 그일 것이다. 그 오블리게이터는 건물에서 걸어 나갔고, 또 한 사람이 그를 뒤따라 나왔다.

켈시어 옆에 있던 독슨의 몸이 갑자기 굳었다.

두 번째 남자는 튼튼한 체격에 키가 컸다. 그가 돌아서자 굵은 금속 말뚝이 뾰족한 끝부터 눈을 뚫고 머리 뒤쪽으로 튀어나와 있는 게 보였다. 자루가 눈구멍만큼 넓은, 못같이 끝이 뾰족한 말뚝은 날카로운 끝부분이 남자의 깨끗이 민 두개골 뒤로 1인치가량 튀어나와 있을 정도로 길었다. 눈이 있어야 할 얼굴 앞 눈구멍으로 튀어나온 그 대못의 납작한 끝부분이 두 개의 은빛 원반처럼 빛났다.

'강철 심문관'이었다.

"저게 여기서 뭐 하고 있어?" 독슨이 물었다.

"침착해."

켈시어는 자기도 침착하려고 애쓰면서 말했다. 심문관은 그들을 쳐다보았다. 못 박힌 눈이 켈시어를 바라보다가, 카몬과 소녀가 사라진 방향으로 향했다. 심문관들이 다 그렇듯이 그의 눈 문신은 복잡했다. 대체로 검은데, 뚜렷한 붉은 선이 하나 있었다. 그가 심문 캔턴의 고위직에 있다는 표시였다.

"우리 때문에 여기 온 게 아니야. 난 아무것도 태우고 있지 않아. 그는 우리가 보통 귀족이라고만 생각할 거야." 켈시어가 말했다.

"그럼 그 소녀군." 독슨이 말했다.

켈시어가 고개를 끄덕였다.

"카몬이 미니스트리에 이 사기를 치기 시작한 지 좀 됐다고 네가 말했었지. 음, 어느 오블리게이터가 그 소녀를 탐지한 게 확실해. 그들은 알로맨서가 자기 감정에 손을 대면 알아차리도록 훈련받았으니까."

독슨은 생각에 잠겨 얼굴을 찌푸렸다. 길 건너에서 심문관이 오블리게이터와 상의를 하더니, 둘 다 카몬이 간 방향으로 돌아서서 걸었다. 그들의 발걸음에는 급한 기색이 없었다.

"그들에게 미행을 붙여놓은 게 틀림없어." 독슨이 말했다.

"미니스트리가 하는 일이야. 미행이 적어도 둘은 있을 거야." 켈시어가 말했다.

독슨이 고개를 끄덕였다.

"카몬이 그들을 자기네 안전가옥으로 곧장 이끌어 가겠지. 수십 명이 죽을 거야. 모두 썩 존경할 만한 작자들은 아니겠지. 하지만……."

"그들은 자기 나름의 방식으로 '마지막 제국'과 싸우고 있어." 켈시어가 말했다. "게다가 나는 미스트본일지도 모르는 사람을 놓치지는 않을 거야. 난 그 소녀와 이야기해보고 싶어. 미행자들을 다룰 수 있겠어?"

"내가 재미없어지고 있다고 말했지 서툴러지고 있다고 하진 않았어, 켈. 미니스트리 끄나풀 두엇은 다룰 수 있어."

"좋아."

켈시어가 클록 주머니에 손을 넣어 작은 병을 꺼냈다. 안에 든 알코올용액 속에 여러 개의 금속 조각이 떠돌았다. 철, 강철, 주석, 백랍, 구리, 청동, 아연, 황동 등 여덟 가지의 기본 알로맨시 금속들이었다. 켈시어는 마개를 뽑고 병 안의 물을 한 번에 빠르게 꿀꺽 들이켰다.

그는 빈 병을 주머니에 넣고 입을 닦았다.

"난 저 심문관을 맡을게."

독슨은 불안해 보였다.

"그를 잡아보려고?"

켈시어는 고개를 저었다.

"너무 위험해. 그냥 한눈만 팔게 만들 거야. 이제 시작하자. 저 미행자들이 안전가옥을 찾게 놔둘 수는 없으니까."

독슨이 고개를 끄덕였다.

"15번 교차로에서 다시 만나." 그는 그렇게 말하고 골목길을 내려가 모퉁이를 돌아서 사라졌다.

켈시어는 친구가 가는 동안 열을 세고 나서 마음을 뻗어 금속을 태웠다. 그의 몸에 기운과 명징한 감각, 그리고 힘이 넘쳐났다.

켈시어는 미소 지었다. 그다음 아연을 태우면서 그는 마음을 뻗어 심문관의 감정을 세게 홱 잡아당겼다. 그 괴물은 그 자리에서 얼어붙더니, 빙글 몸을 돌려 캔턴 건물 쪽을 돌아보았다.

'이제 너랑 나랑 술래잡기를 해보자.' 켈시어는 생각했다.

3

우리는 이번 주에 테리스에 도착했고, 그곳의 전원은 아름다웠다는 것을 말해두어야겠다. 이 풍요로운 녹색 땅 위에, 북쪽의 거대한 산맥이 대머리 같은 산 정상의 눈과 숲으로 뒤덮인 지층을 보여주며 이곳을 지켜보는 신들처럼 서 있다. 내가 있던 남쪽 땅은 대체로 평평하다. 그곳에도 산이 몇 개 있어 지형에 변화를 준다면 덜 따분해 보일 거라고 생각한다.

이곳 사람들은 대부분 목동이다. 벌목꾼과 농민도 드물지는 않지만, 일단은 목축지다. 이렇게 두드러지게 농사를 주업으로 삼고 있는 장소가, 지금 전 세계가 의지하고 있는 예언과 신학을 생산해낼 수 있었다는 것이 이상하게 느껴진다.

카몬은 금박싱을 테이블 위에 놓인 작은 상자 속에 하나하나 떨어뜨리면서 동전을 세었다. 그는 아직도 약간 얼떨떨한 듯이 보였다. 그렇게 보여야 하기도 했다. 3천 박싱은 엄청난 돈이었다. 카몬이 아주 벌이가 좋은 해에 버는 것보다 훨씬 더 많은 돈이었다. 그와 가장 가까운 친구들은 함께 테이블에 앉아 있었다. 맥주와 웃음이 마구 넘쳐흘렀다.

빈은 구석 자리에 앉아서, 자신이 느낀 공포감을 이해해보려고 했다. 3천 박싱이라니. 미니스트리가 그런 금액을 그렇게 빨리 내놓을 리가 없었다. 프렐란 아리에브는 쉽게 속일 수 없을 정도로 교활해 보였다.

카몬은 동전을 또 하나 상자 속에 떨어뜨렸다. 빈은 그가 그렇게 돈을 전시해 보여주는 것이 바보같이 구는 행동인지 영리하게 구는 행동인지 판단할 수가 없었다. 암흑가 패거리들은 엄격한 합의 하에 일했다. 모두들 패거리 내에서 가진 지위에 비례해 번 돈의 몫을 받았다. 그것 때문에 때때로 패거리 두목을 죽이고 그의 돈을 직접 가지려는 유혹이 일어나긴 하지만, 성공하는 지도자는 모두에게 더 많은 부를 가져다준다. 그런 두목을 너무 일찍 죽이면 패거리의 다른 사람들에게 분노를 사는 것은 말할 필요도 없고, 미래의 수입처까지 막아버리는 것이다.

하지만 3천 박싱⋯⋯. 그 돈은 가장 이성적인 도둑이라도 유혹할 만한 돈이었다. 모두 잘못되었다.

'여기서 빠져나가야겠어. 뭔가 일어날 경우에 대비해서 카몬에게서도, 은신처에서도 도망쳐야 해.' 빈은 결심했다.

하지만⋯⋯ 떠난다고? 혼자서? 빈은 한 번도 혼자였던 적이 없었다. 그녀에게는 언제나 린이 있었다. 그는 여러 도둑 패거리에 합류하면서 도시에서 도시로 그녀를 데리고 다녔다. 그녀는 고독을 사랑했다. 하지만 도시 바깥에서 혼자 있게 된다는 생각을 하자 겁이 났다. 그녀가 린에게서 절대 달아나지 않은 이유가 그것이었다. 카몬과 머무른 이유도 그것이었다.

그녀는 갈 수 없었다. 하지만 가야 했다. 그녀는 방 한구석에서 방을 살펴보았다. 패거리에 그녀가 애착을 느낄 만한 사람은 많지 않았다. 하지만 실제로 오블리게이터들이 패거리를 습격해서 다친다면 유감을 느낄 만한 사람은 두엇 있었다. 그녀를 학대하려고 하지 않은 남자들 혹은 아주 드문 경우 실제로 어느 정도 친절을 보여준 몇몇 남자들.

울레프는 그 목록 맨 꼭대기에 있었다. 그는 친구가 아니었지만, 린이 가버린 후 그녀에게 가장 가까운 사람이었다. 그와 함께 간다면 적어도 혼자는 아닐 것이다. 빈은 조심스럽게 일어서서, 방의 벽을 따라 울레프가 패거리의 젊은 사람들과 앉아 마시고 있는 곳으로 갔다.

그녀는 울레프의 소매를 잡아당겼다. 그는 그녀를 돌아보았는데, 아주 살짝 취해 있었다.

"빈이야?"

"울레프, 우리 가야 해." 그녀가 속삭였다.

그는 얼굴을 찌푸렸다.

"가다니? 어디로 가?"

"떠나야 해. 여기서 나가야 해." 빈이 속삭였다.

"지금?"

빈은 급히 고개를 끄덕였다.

울레프는 자기 친구들을 흘낏 바라보았다. 그들은 빈과 울레프에게 음란한 시선들을 쏘아대며 자기들끼리 낄낄 웃고 있었다.

울레프의 얼굴이 확 붉어졌다.

"너랑 나랑만 어디로 가고 싶다는 거야?"

"그런 거 아니야. 다만…… 난 은신처에서 떠나야겠어. 그리고 혼자 가기는 싫어." 빈이 말했다.

울레프는 얼굴을 찌푸렸다. 그는 몸을 더 가까이 숙였다. 그의 숨결에서 약한 맥주 냄새가 났다.

"무슨 일 때문이야, 빈?" 그가 조용히 물었다.

빈은 잠시 침묵했다.

"난…… 무슨 일이 일어날 것 같아, 울레프." 그녀가 속삭였다. "오블리게이터와 얽힌 일이. 난 그냥 지금 당장 은신처에서 나가고 싶어."

울레프는 잠시 조용히 앉아 있다가 마침내 말했다.

"좋아. 얼마나 오래 걸릴 것 같아?"

"몰라. 적어도 저녁때까지는 나가 있어야 할 거야. 하지만 우린 가야 해. 지금."

그는 천천히 고개를 끄덕였다.

"여기서 잠깐만 기다려."

빈이 속삭이고 몸을 돌렸다. 그녀는 카몬을 슬쩍 보았다. 카몬은 자기 농담에 웃고 있었다. 그것을 확인하고 그녀는 재로 얼룩지고 연기가 자욱한 방에서 천천히 움직여 은신처 뒷방으로 들어갔다.

패거리의 일반 침실은 침낭이 줄지어 있는 소박하고 긴 복도였다. 그곳은 붐비고 불편했지만, 린과 여행할 때 잠자던 차가운 골목길보다는 훨씬 나았다.

'난 골목길에 다시 익숙해져야 해.'

그녀는 생각했다. 전에도 그곳을 견디고 살아남았다. 그녀는 다시 그렇게 할 수 있었다.

그녀는 자신의 짚 매트로 갔다. 옆방에서 남자들의 작은 웃음소리와 술 마시는 소리가 났다. 빈은 무릎을 꿇고 앉아 몇 안 되는 자기 물건들을 보았다. 패거리에게 무슨 일이 일어난다면 그녀는 은신처로 돌아오지 못할 것이다. 영영. 그러나 지금 침낭을 가져갈 수는 없었다. 그건 너무 눈에 띄었다. 그러자 그녀의 개인 소지품이 담긴 작은 상자 하나만 남았다. 그녀가 들렀던 도시마다에서 하나씩 가져온 조약돌, 빈의 어머니가 그녀에게 주었다고 린이 말한 귀걸이, 그리고 커다란 동전 크기의 흑요석 조각. 그것은 불규칙적인 패턴으로 깎여 있었다. 린이 행운의 부적으로 갖고 다니던 것이었다. 그가 반년 전 그녀를 버리고 패거리에서 빠져나갈 때 남긴 유일한 물건이었다.

'오빠는 언제나 그럴 거라고 말했잖아.' 빈은 스스로에게 단호하게 말했다. '난 오빠가 정말 갈 거라고 생각한 적이 한 번도 없었어. 바로 그래서 그가 떠나야 했던 거야.'

그녀는 흑요석 조각을 손에 움켜쥐고 조약돌들을 주머니에 넣었다. 귀걸이는 귀에 달았다. 귀걸이는 매우 소박한 물건이었다. 스터드(Stud)와 마찬가지였고, 훔칠 가치도 없었다. 그래서 그것을 뒷방에 남겨두고도 걱정하지 않았던 것이다. 하지만 장식품을 걸치면 더 여성스럽게 보일까 봐 걱정스러워서, 빈은 그것을 거의 끼지 않았다.

그녀에겐 돈이 없었다. 그러나 린은 그녀에게 쓰레기 더미를 뒤지는 법과 구걸하는 법을 가르쳐주었다. '마지막 제국'에서는 둘 다 어려운 일이었다. 특히 루서델에서는. 그러나 그녀는 해야만 한다면 방법을 찾아낼 것이다.

빈은 상자와 침낭을 남겨두고 도로 휴게실로 나갔다. 그녀가 과

민반응을 하고 있는 건지도 몰랐다. 패거리에게 아무 일도 일어나지 않을 수도 있었다. 하지만 그런 일이 일어난다면…… 그래, 린이 그녀에게 딱 하나 가르친 것이 있다면, 모가지를 보존하는 방법이었다. 울레프를 데려간다는 건 좋은 생각이었다. 그는 루서델 안에 연줄이 있었다. 카몬 패거리에 무슨 일이 일어난다면 울레프를 통해 일자리를 구할 수 있을 것이다…….

큰 방에 들어서자마자 빈은 얼어붙었다. 울레프는 아까 있던 테이블에 없었다. 대신, 방 앞쪽 테이블 근처에 살그머니 서 있었다. 바 근처…… 카몬 근처에.

"뭐라고!" 카몬이 일어섰다. 그의 얼굴은 햇빛만큼 붉었다. 그는 의자를 밀어버리고, 반쯤 취한 채 휘청거리며 그녀에게 다가왔다. "달아나? 가서 날 미니스트리에 일러바치려고, 그렇지!"

빈은 필사적으로 테이블과 패거리를 밀치며 층계참 문을 향해 내달렸다.

카몬이 던진 나무 의자에 등을 정통으로 맞고 그녀는 땅에 나동그라졌다. 어깨 사이에서 고통이 타올랐다. 그녀의 몸에 맞고 의자가 튀어 올라 근처 마룻장에 쿵 떨어지자 패거리 몇 명이 소리를 질렀다.

빈은 멍하니 누워 있었다. 그러다가…… 그녀 내부의 어떤 것, 그녀가 알고는 있지만 이해하지는 못하는 어떤 것이 그녀에게 힘을 주었다. 빙빙 돌던 머리가 멈추고, 빈은 고통에 집중할 수 있게 되었다. 그녀는 엉거주춤하게 일어섰다.

그곳에 카몬이 있었다. 그는 그녀가 일어나자마자 손등으로 때렸다. 그 일격으로 머리가 옆으로 홱 꺾이면서 목이 고통스럽게 비틀리는 바람에 그녀는 마룻바닥에 다시 쓰러질 뻔했다.

카몬은 몸을 굽혀 그녀의 멱살을 잡아 일으키며 주먹을 들어 올렸다. 빈은 생각하거나 말할 여유가 없었다. 할 수 있는 일은 하나밖에 없었다. 모든 '행운'을 기울여 맹렬하게 힘을 써서 카몬을 밀어붙이며 그의 분노를 진정시켰다.

카몬은 비틀거렸다. 잠깐 그의 눈이 부드러워졌다. 그는 그녀를 약간 내려놓았다.

다음 순간, 그의 눈에 분노가 되돌아왔다. 거세게. 무시무시하게.

"쌍년." 카몬은 그녀의 어깨를 움켜쥐고 흔들면서 중얼거렸다. "내 뒤통수를 친 네 오빠는 날 존경한 적이 없었고, 너도 똑같아. 내가 너희 둘에게 너무 물렀어. 그래서는 안 되었는데······."

빈은 몸을 비틀어 빠져나오려고 했지만, 카몬의 손아귀는 풀리지 않았다. 그녀는 패거리의 다른 사람들에게 필사적으로 도움을 구했다. 그러나 그들에게 무엇을 얻게 될지 이미 알고 있었다. 무관심. 그들은 고개를 돌렸고, 당황한 얼굴이었지만 상관하지는 않았다. 올레프는 여전히 카몬의 테이블 근처에 선 채 양심의 가책을 느끼는 듯이 아래를 내려다보고 있었다.

마음속에서, 그녀에게 속삭이는 목소리가 들리는 것 같았다. 린의 목소리였다. '바보! 잔인함이라는 건 가장 논리적인 감정이야. 넌 암흑가에 친구가 아무도 없어. 아무도 없을 거야!'

그녀는 다시 몸부림치기 시작했지만, 카몬이 그녀를 또 때려 땅에 쓰러뜨렸다. 아뜩할 정도의 일격이었고, 그녀는 헐떡거렸다. 숨이 폐에서 빠져나갔다.

'그냥 견뎌. 날 죽이진 않을 거야. 그에겐 내가 필요해.'

그녀는 뒤죽박죽인 정신으로 생각했다.

그러나 힘없이 몸을 돌리자, 어둑한 방 안에서 카몬이 자기 위에 우뚝 서 있는 것이 보였다. 그의 얼굴에는 취기 어린 분노가 떠올라 있었다. 이번엔 다르다는 것이 느껴졌다. 이번에는 단순한 매질로 끝나지 않을 것이다. 그는 빈이 자기를 미니스트리에 고발하려 했다고 생각했다. 그는 통제력을 잃었다.

그의 눈 속에는 살의가 있었다.

'제발!'

빈은 절망하며 생각했다. '행운'에 마음을 뻗어 작동시키려고 했다. 하지만 반응이 없었다. '행운'은 조금도 그녀를 돕지 못했다.

카몬은 몸을 굽혀 그녀의 어깨를 움켜잡으며 혼자 뭐라고 중얼거렸다. 그는 한 팔을 올렸다. 그의 두툼한 손이 또 한 번 주먹을 쥐었고, 근육이 긴장하며 홧김에 솟아난 땀방울이 턱에서 흘러내려 그녀의 뺨으로 떨어졌다.

몇 피트 떨어진 곳에서 층계참 문이 흔들리더니 터지듯이 열렸다. 카몬은 팔을 높이 들어 올린 채 동작을 멈추었다. 대체 어떤 불운한 패거리가 이런 좋지 않은 순간에 은신처로 돌아오는지 보려고 문을 쏘아보았다.

빈은 그가 잠시 정신을 파는 순간을 놓치지 않았다. 새로 온 사람은 쳐다보지도 않고, 그녀는 카몬의 손아귀에서 벗어나기 위해 몸을 흔들었다. 그러나 그녀는 너무 약했다. 카몬에게 맞은 얼굴이 타는 듯이 아팠고, 입술에서는 피 맛이 났다. 어깨는 불편하게 비틀렸고, 떨어지면서 부딪친 옆구리가 아팠다. 그녀는 카몬의 손을 할퀴었지만 갑자기 힘이 약해지는 기분이었다. '행운'이 그랬던 것처럼, 그녀의 마음속 기운이 도와주지 않았다. 아픔이 갑자기 점점 더 커지고, 더 벅차고, 더…… 힘들게 느껴졌다.

그녀는 필사적으로 문 쪽을 보았다. 문은 가까웠다. 고통스러울 정도로 가까웠다. 거의 다 빠져나왔었다. 조금만 더 가면…….

그때 층계참 문가에 조용히 서 있는 남자가 보였다. 낯선 사람이었다. 키가 크고 얼굴은 매 같았으며, 밝은 금발에 헐렁한 귀족 정복을 입고 있었다. 클록은 아무렇게나 늘어져 있었다. 그는 30대 중반 정도인 것 같았다. 모자는 쓰지 않았고, 결투용 지팡이도 없었다.

그리고 그는 매우, 엄청나게 화난 것 같았다.

"이놈은 뭐야? 넌 누구냐?" 카몬이 날카롭게 물었다.

'어떻게 정찰병 있는 곳을 통과해 왔지?' 빈은 제정신을 차리려고 애쓰면서 생각했다. 아팠다. 하지만 아픔은 참을 수 있었다. '오블리게이터들이…… 그들이 저 사람을 보냈나?'

방금 온 사람은 빈을 내려다보았다. 그의 표정이 약간 부드러워졌다. 다음 순간 그는 카몬을 쳐다보았고, 눈이 어두워졌다.

카몬이 화가 나서 한 질문은 그가 강력한 주먹에 맞고 뒤로 나가 떨어지는 바람에 답을 얻지 못했다. 그의 손이 빈의 어깨에서 떨어졌고, 그는 바닥에 넘어졌다. 마룻장이 흔들렸다.

방은 조용해졌다.

'빠져나가야 해.'

빈은 억지로 무릎부터 일어나려고 했다. 카몬은 몇 피트 떨어진 곳에서 고통으로 신음하고 있었고, 빈은 그 반대 방향으로 기어가 사람 없는 테이블 밑으로 들어갔다. 은신처에는 숨겨진 출구가 있었다. 뒤쪽 벽 옆의 함정 문이었다. 거기까지 기어갈 수 있다면……

갑자기 빈은 평온한 마음에 압도되었다. 그 감정은 갑자기 떨어진 추처럼 마음속에 쾅 부딪쳤고, 그녀의 감정은 마치 강력한 손에 으스러지는 것처럼 조용히 으깨졌다. 그녀가 느끼던 공포는 촛불처럼 훅 꺼졌고, 심지어 아픔마저 사소해지는 것 같았다.

그녀는 왜 그렇게 불안해했나 궁금해하면서 느릿느릿 움직였다. 그녀는 일어서서 함정 문을 마주 본 채 동작을 멈추었다. 아직 약간 멍한 채로 힘들게 숨을 쉬었다.

'카몬이 방금 날 죽이려고 했어!' 마음속 논리적인 부분이 경고했다. '그리고 누군가가 은신처를 공격하고 있어. 빠져나가야 해!'

그러나 그녀의 감정은 논리와 따로 놀고 있었다. 그녀는…… 평온했다. 아무 걱정도 없었다. 그리고 상당한 호기심을 느꼈다.

누군가가 방금 그녀에게 '행운'을 썼다.

전에 누가 자기에게 '행운'을 쓰는 것을 한 번도 느껴본 적은 없었지만, 어떻게 그랬는지 몰라도 그녀는 그것을 알아차렸다. 그녀는 테이블 옆에 멈춰 서서 한 손을 나무 테이블 위에 올려놓고 천천히 돌아섰다. 새로 온 사람은 여전히 층계참 문가에 서 있었다. 그는 그녀를 비평하듯이 살펴보더니, 보는 사람을 무장해제시키는 태도로 미소 지었다.

'무슨 일이 일어나고 있는 거지?'

새로 온 사람은 마침내 방 안으로 걸어 들어왔다. 카몬 패거리의 나머지 사람들은 의자에 계속 앉아 있었다. 그들은 놀란 것 같았지만, 이상하게 태평해 보였다.

'모두에게 "행운"을 쓴 거야. 하지만…… 어떻게 동시에 이렇게 많은 사람에게 할 수 있지?'

빈은 필요할 때 짧게 밀어붙일 수 있는 정도 이상으로 '행운'을 많이 비축해두었던 적이 없었다.

새로 온 사람이 방에 들어오자, 그의 뒤편 계단통에 서 있는 두 번째 사람이 보였다. 두 번째 사람의 인상은 더 평범했다. 키가 더 작았고, 반쯤 면도한 짙은 턱수염과 바싹 깎은 직모 머리에, 역시 귀족 정복을 입고 있었다. 그러나 그의 옷은 좀 헐렁하게 재단된 것 같았다.

방 맞은편에서 카몬이 신음하며 일어나 앉아 머리를 부여잡았다. 그는 새로 온 사람들을 흘끗 보았다.

"마스터 독슨! 왜, 어, 저, 놀랐습니다!"

"그렇지."

키가 작은 쪽 남자, 독슨이 말했다. 빈은 얼굴을 찌푸렸다. 이 사람들에게서 약간 낯익은 기운이 느껴졌다. 그들을 어디선가 본 적이 있었던 것 같았다.

'재정 캔턴이야. 카몬과 내가 나올 때 대기실에 앉아 있었어.'

카몬은 일어서서 새로 온 금발 남자를 살펴보았다. 그는 남자의 손을 내려다보았다. 양쪽 손에 이상한, 겹겹이 겹쳐진 흉터가 깔려 있었다.

"로드 룰러시여…… '하스신의 생존자'로군요!" 카몬이 속삭였다.

빈은 얼굴을 찌푸렸다. 낯선 호칭이었다. 알고 있어야 했던 사람일까? 그녀의 마음은 평온했지만 상처가 여전히 쿵쿵 울렸고, 머리는 어질어질했다. 그녀는 몸을 지탱하려고 테이블에 기댔지만, 앉지는 않았다.

새로 온 이 사람이 누군지는 몰라도, 카몬이 그를 대단하다고 생각하는 건 확실했다.

"아, 마스터 켈시어! 들러주시다니 귀한 영예입니다!" 카몬이 더듬거리며 말했다.

새로 온 사람, 켈시어는 고개를 저었다.

"이봐, 난 네 말에 흥미 없어."

카몬은 다시 뒤로 내던져지면서 "억!" 하고 고통의 소리를 질렀다. 켈시어는 눈에 띄는 몸짓은 하나도 하지 않고 그런 솜씨를 보였다. 카몬은 보이지 않는 힘에 떠밀린 것처럼 땅에 쓰러졌다.

카몬이 조용해지자, 켈시어는 방을 살펴보았다.

"너희도 내가 누군지 아나?"

패거리 중 많은 사람이 고개를 끄덕였다.

"좋아. 친구들, 내가 너희 은신처에 온 건 너희가 내게 큰 빚을 졌기 때문이다."

카몬의 신음 소리만 제외하면 방은 조용했다. 마침내 패거리 한 명이 말했다.

"그렇……습니까, 마스터 켈시어?"

"그래. 이봐, 나와 마스터 독슨은 방금 너희 생명을 구했어. 너희 덜떨어진 패거리 두목은 한 시간 전쯤에 미니스트리 '재정 캔턴'에서 나와 곧장 이 안전가옥으로 돌아왔어. 하지만 미니스트리 정찰병 두 명에게 뒤를 밟혔어. 하나는 고위 프렐란이고…… 하나는 '강철 심문관'이야."

아무도 입을 열지 않았다.

'오, 로드……'

빈이 옳았다. 그녀가 그만큼 빠르지 못했던 것뿐이었다. 만약 '심문관'이 있다면…….

"내가 '심문관'을 처리했다." 켈시어가 말했다. 그는 잠시 말을 멈추고 그 의미가 공중에 퍼지기를 기다렸다. 대체 어떤 사람이기에 저렇게 가볍게 '심문관을 처리했다'고 주장할 수 있을까? 소문으로 듣기에는 심문관은 불멸이고, 사람의 영혼을 볼 수 있고, 타의 추종을 불허하는 전사들이라고 했다.

"나는 내가 한 일에 대한 대가를 요구하겠어." 켈시어가 말했다.

카몬은 이번에는 일어나지 않았다. 그는 세게 넘겨졌고, 방향감각을 잃은 것 같았다. 방 안은 계속 조용했다. 마침내 밀레브—카몬의 부관인 검은 피부의 남자—가 미니스트리의 박싱 상자를 들고 앞으로 달려갔다. 그는 그것을 켈시어에게 내밀었다.

"카몬이 미니스트리에서 가져온 돈입니다. 3천 박싱입니다." 밀레브가 설명했다.

'밀레브는 저 사람을 기쁘게 하려고 열심이군. 이건 '행운'보다 더

뛰어난 것이든가, 아니면 내가 한 번도 써본 적이 없는 '행운'이야.'
빈이 생각했다.

켈시어는 잠시 침묵하다가 동전 상자를 받았다.

"그런데 네 이름은?"

"밀레브입니다, 마스터 켈시어."

"음, 밀레브 두목. 자네가 한 가지 일만 더 해준다면 이 대가에 만족
하겠네."

밀레브는 잠시 말이 없었다.

"무엇을 해드릴까요?"

켈시어는 의식이 거의 없는 카몬을 향해 고갯짓을 했다.

"저놈을 처리해."

"물론입니다." 밀레브가 말했다.

"난 저놈이 살아 있으면 좋겠어, 밀레브." 켈시어가 한 손가락을
들어 올리며 말했다. "하지만 그 삶이 즐겁기를 바라지는 않아."

밀레브가 고개를 끄덕였다.

"그를 거지로 만들겠습니다. 로드 룰러는 거지를 싫어하지요. 카
몬은 이곳 루서델에서 편히 지내지는 못할 겁니다."

'어찌됐든 밀레브는 켈시어가 주의를 딴 데로 돌렸다고 생각하
자마자 카몬을 없애버릴 거야.'

"좋아." 켈시어가 말했다. 그는 동전 상자를 열고 금박싱들을 세
기 시작했다. "자넨 지략이 있는 사람이군, 밀레브. 재빠르고, 다른
사람들처럼 쉽게 겁먹지 않았어."

"저는 전에도 미스팅들과 만나보았습니다, 마스터 켈시어." 밀레

브가 말했다.

켈시어는 고개를 끄덕였다.

"독스. 우리가 오늘 밤 어디서 모이기로 했더라?" 그가 동료에게 말했다.

"클럽스의 가게를 써야 할 거라고 생각했는데." 두 번째 남자가 말했다.

"별로 중립적인 장소가 아니군. 특히 그가 우리와 함께 일하지 않기로 했다면." 켈시어가 말했다.

"맞아."

켈시어는 밀레브를 보았다. "난 이 지역에서 일거리를 하나 계획하고 있어. 이 지역 사람들에게 지원을 받을 수 있다면 편하겠지." 그는 100박싱 정도로 보이는 동전 무더기를 내밀었다. "오늘 저녁 자네들의 안전가옥을 쓸 수 있게 해주게. 준비할 수 있겠나?"

"물론입니다." 밀레브가 열성적으로 동전을 받으면서 말했다.

"좋아, 이제 나가게." 켈시어가 말했다.

"나간다고요?" 밀레브가 머뭇거리며 물었다.

"그래. 자네 전 두목과 부하들을 데리고 떠나. 난 미스트리스 빈과 개인적으로 이야기하고 싶어." 켈시어가 말했다.

방은 다시 조용해졌다. 빈은 켈시어가 어떻게 그녀의 이름을 알았는지 궁금해하는 사람이 자기만이 아니라는 걸 눈치챘다.

"자, 마스터 말씀 들었지!"

밀레브가 날카롭게 말했다. 그는 깡패 몇몇에게 가서 카몬을 붙잡으라고 손짓한 다음, 나머지 패거리들을 층계 위로 쫓아 보냈다.

빈은 그들이 가는 것을 지켜보며 불안해졌다. 켈시어라는 사람은 강했고, 그녀의 본능은 강한 사람들은 위험하다고 경고하고 있었다. 그는 그녀의 '행운'에 대해 알고 있을까? 아는 것 같았다. 달리 무슨 이유로 그녀를 지목했겠는가?

'켈시어는 나를 어떻게 이용하려고 할까?' 그녀는 마루에 부딪친 팔을 문지르며 생각했다.

"그런데, 밀레브." 켈시어가 느긋하게 말했다. "내가 '개인적'이라고 말할 때는, 네 사람이 맞은편 벽 뒤의 엿보기 구멍으로 우리를 훔쳐보지 않았으면 좋겠다는 뜻이야. 부탁이니 그들도 함께 골목길로 데려가게."

밀레브는 창백해졌다.

"물론입니다, 마스터 켈시어."

"좋아. 그리고 골목길에 보면 죽은 미니스트리 스파이가 두 명 있을 거야. 우리 대신 그 시체들도 치워주게."

밀레브는 고개를 끄덕이고 돌아섰다.

"아 참, 밀레브." 켈시어가 덧붙였다.

밀레브는 다시 돌아섰다.

"자네 부하들이 아무도 우리를 배신하지 못하도록 살펴보게." 켈시어가 조용히 말했다. 빈은 다시 자신의 감정으로 새로운 압력이 밀려오는 것을 느꼈다. "이 패거리는 이미 '강철 미니스트리'의 눈에 띄었어. 나까지 적으로 만들지는 말게."

밀레브는 재빨리 고개를 끄덕인 후 문을 꼭 닫고 계단통으로 사라졌다. 몇 초 후, 엿보는 방에서 발소리가 났고, 그다음 완전히 조용해졌다. 그녀는 어떤 이유에선지 몰라도 살인자와 도둑들로 가득 찬 방 전체를 겁에 질리게 할 수 있을 정도로 위압적인 남자와 함께 있었다.

빈은 빗장이 걸린 문을 바라보았다. 켈시어는 그녀를 지켜보고 있었다. 그녀가 달아나면 그는 어떻게 할까?

'그는 "심문관"을 죽였다고 했어. 그리고…… "행운"을 사용했어. 그가 알고 있는 것을 알아낼 때까지만이라도 여기 머물러야 해.'

켈시어의 미소가 커졌고, 마침내 그는 소리 내어 웃었다.

"이거 너무 재미있군, 독스."

카몬이 독슨이라고 부른 사람은 코웃음을 치며 방 앞쪽으로 걸어왔다. 빈은 긴장했지만, 그는 그녀 쪽이 아니라 바 쪽으로 걸어갔다.

"넌 전에도 충분히 골치 아팠어, 켈." 독슨이 말했다. "네가 이렇게 쌓은 새로운 명성을 내가 어떻게 처리해야 할지 모르겠다. 적어도, 처리하면서 어떻게 안 웃고 버틸지 모르겠어."

"너 부럽구나."

"그래, 바로 그거야." 독슨이 말했다. "시시한 범죄자들을 겁주는 네 능력이 미칠 듯이 부러워. 너한테는 전혀 중요하지 않겠지만, 난 네가 카몬에게 너무 심했다고 생각해."

켈시어는 방을 걸어가 한 테이블 앞에 앉았다. 그의 웃음이 약간 어두워졌다.

"그놈이 이 여자애한테 무슨 짓을 하고 있었는지 봤잖아."

"사실 난 못 봤어." 독슨은 바의 물품들을 뒤지면서 냉정하게 말했다. "누가 입구를 막고 있었거든."

켈시어는 어깨를 으쓱했다.

"저 애를 봐, 독스. 저 가엾은 애는 거의 기절할 정도로 맞았어. 난 그놈한테 전혀 동정심을 못 느껴."

빈은 자신이 어디 있는지를 잊지 않은 채, 계속 두 남자를 지켜보았다. 순간적으로 강해졌던 긴장이 약해지면서 상처가 다시 쿵쿵 울리기 시작했다. 견갑골 사이에 맞은 일격은 큰 멍을 만들 것이고, 카몬이 얼굴을 갈긴 곳도 타는 듯이 아팠다. 아직 약간 어지럽기도 했다.

켈시어가 그녀를 지켜보고 있었다. 빈은 이를 악물었다. 아팠다. 하지만 그녀는 아픔을 견딜 수 있었다.

"뭐 필요한 거 있니, 얘야? 얼굴에 젖은 수건을 좀 댈래?" 독슨이 물었다.

그녀는 그 말에 대답하지 않고 대신 켈시어에게 계속 집중하고 있었다.

'어서. 내게 뭘 원하는지 말해봐. 당신 패를 내봐.'

독슨은 마침내 어깨를 으쓱하더니, 바 뒤로 잠시 몸을 숙였다. 마침내 그는 병 두 개를 들고 올라왔다.

"뭐 좋은 거 있어?" 켈시어가 돌아보며 물었다.

"어떨 것 같아? 카몬은 도둑들 중에서도 취향이 고상한 편은 아니었어. 이 와인을 먹느니 양말을 입에 물겠어." 독슨이 말했다.

켈시어가 한숨을 쉬었다.

"아무튼 한 잔 줘봐." 그다음 그는 빈을 다시 보았다. "뭐 마실

래?"

빈은 대답하지 않았다.

켈시어는 미소 지었다.

"걱정 마라. 우리는 네 친구들이 생각하는 것만큼 무섭지 않아."

"그놈들이 그 애 친구들인 것 같지는 않던걸, 켈." 독슨이 바 뒤에서 말했다.

"좋은 지적이야. 아무튼 애야, 우리를 두려워할 필요는 없어. 독스의 입 냄새 말고는." 켈시어가 말했다.

독슨이 눈을 굴렸다.

"켈의 농담이냐."

빈은 조용히 일어섰다. 그녀는 카몬에게 해왔던 것처럼 약한 척할 수도 있었다. 그러나 이 사람들에게는 그 전술이 잘 먹혀들지 않을 거라고 본능적으로 깨달았다. 그래서 그녀는 그 자리에 그대로 머물러 상황을 가늠했다.

차분한 감정이 다시금 덮쳐왔다. 그 감정은 그녀에게 편안히 있으라고, 사람을 신뢰하고 그 사람들이 제안하는 대로 하라고 부추겼다…….

'안 돼!'

그녀는 자기 자리에 그대로 있었다.

켈시어는 한쪽 눈썹을 치켜세웠다.

"예상 밖인걸."

"뭔데?" 독슨이 와인 한 잔을 따르면서 물었다.

"아냐." 켈시어가 대답하며 빈을 살폈다.

"아가씨, 한 잔 마실 거야, 아니야?" 독슨이 물었다.

빈은 아무 말도 하지 않았다. 그녀가 기억하는 한 평생 그녀에겐 '행운'이 있었다. '행운'은 그녀를 강하게 해주었고, 다른 도둑들보다 우위에 서게 해주었다. 그 덕분에 그녀가 지금까지 살아 있을 수 있었을 것이다. 그러나 그녀는 '행운'이 무엇이고 왜 자기가 그것을 쓸 수 있는지 그동안 알지 못했다. 이제 논리와 본능은 같은 방향을 가리키고 있었다. 그녀는 이 남자가 알고 있는 것을 알아내야 했다.

그가 그녀를 어떻게 이용하려고 들든, 무슨 계획을 짰든, 그녀는 참아야 했다. 그가 어떻게 그렇게 강해졌는지 알아내야 했다.

"맥주요." 그녀가 마침내 말했다.

"맥주? 그걸로 돼?" 켈시어가 물었다.

빈은 고개를 끄덕이며 그를 조심스럽게 지켜보았다.

"난 그게 좋아요."

켈시어는 턱을 문질렀다.

"그것도 바꿔야 하겠군. 아무튼 자리에 앉아." 그가 말했다.

빈은 머뭇거리며 걸어가 작은 테이블 건너 켈시어의 맞은편에 앉았다. 상처가 쿵쿵 울렸지만, 약점을 보일 수 없었다. 약점은 치명적이었다. 그녀는 고통을 무시하는 척해야 했다. 적어도, 앉을 때 그녀의 머리는 맑았다.

독슨은 잠시 후 그들이 있는 곳으로 와서 켈시어에게 와인을 주고 빈에게 맥주를 주었다. 그녀는 맥주를 마시지 않았다.

"당신들은 누구예요?" 그녀가 조용한 목소리로 물었다.

켈시어는 한쪽 눈썹을 추켜세웠다.

"너 참 직설적이구나, 응?"

빈은 대답하지 않았다.

켈시어가 한숨을 쉬었다.

"그러면 호기심을 불러일으키는 나의 신비로운 분위기는 이쯤 해두고."

독슨이 작은 소리로 코웃음 쳤다.

켈시어가 미소 지었다.

"내 이름은 켈시어야. 네가 패거리 두목이라고 부를 만한 사람이지. 하지만 네가 아는 패거리와는 다른 패거리를 운영하고 있어. 카몬 같은 자들과 그 패거리들은 자기들이 귀족과 미니스트리 조직들을 먹고 사는 포식자라고 생각하고 싶어 하지."

빈은 고개를 저었다.

"포식 동물이 아니에요. 스캐빈저예요."

어떤 사람은 로드 룰러와 이렇게 가까이 있으면 도둑 패거리 같은 것은 있을 수가 없다고 생각할 것이다. 그러나 린은 사실은 그 반대라는 걸 알려주었다. 로드 룰러 주위에는 강력하고 부유한 귀족들이 모였다. 그리고 권력과 부가 있는 곳에는 부패도 있었다. 특히 로드 룰러가 귀족들에 대한 감시를 스카보다 훨씬 느슨하게 하면서부터 그렇게 되었다. 그건 그가 그들의 조상을 편애하기 때문인 것 같았다.

어느 쪽이건, 카몬 패거리 같은 도둑 패거리들은 도시의 부패를 먹고 사는 쥐들이었다. 그리고 쥐들과 마찬가지로, 그들을 완전히 근절하기란 불가능했다. 특히 루서델만 한 인구의 도시에서는.

"스캐빈저라." 켈시어가 미소 지으며 말했다. 그는 미소를 아주 많이 짓는 것 같았다. "적절한 표현이야, 빈. 자, 독스와 나, 우리도 스캐빈저야⋯⋯. 다만 더 윗길에 있는 스캐빈저지. 우리가 더 본데 있다고 말할 수도 있고. 아니면 더 야심이 클 뿐일 수도 있고."

그녀는 얼굴을 찌푸렸다.

"당신들은 귀족인가요?"

"맙소사, 아냐." 독슨이 말했다.

"적어도 순혈 귀족은 아니야." 켈시어가 말했다.

"혼혈은 있을 리가 없어요. 미니스트리가 그들을 사냥하잖아요." 빈이 조심스럽게 말했다.

켈시어가 한쪽 눈썹을 치올렸다.

"너 같은 혼혈?"

빈은 충격을 받았다.

'어떻게⋯⋯?'

"강철 미니스트리도 절대 실수를 안 하는 건 아니야, 빈. 그들이 너를 놓쳤다면, 다른 사람들도 놓칠 수 있겠지." 켈시어가 말했다.

빈은 잠시 침묵하며 생각에 잠겼다.

"밀레브가 당신을 미스팅이라고 불렀어요. 그건 알로맨서의 일종이죠, 맞죠?"

독슨이 켈시어를 바라보았다.

"관찰력이 있는 애군." 키 작은 남자는 감탄으로 고개를 끄덕이며 말했다.

"맞아." 켈시어가 동의했다. "그는 우리를 미스팅이라고 불렀어, 빈. 독스도 나도 엄밀히 말해서 미스팅이 아니니까, 그 호칭은 좀 성급하지만 말이야. 하지만 우리는 그들과 많이 어울리지."

두 남자가 자세히 살피는 가운데, 빈은 잠시 조용히 앉아 있었다. 알로맨시. 귀족들이 가진 신비로운 힘. 천 년쯤 전에 로드 룰러가 충성에 대한 보답으로 귀족들에게 준 힘. 그것은 미니스트리의 기본 교의(教義)였다. 빈 같은 스카도 그 정도는 알았다. 귀족은 선조 덕분에 알로맨시와 특권을 가진다. 스카가 같은 이유로 벌을 받은 것처럼.

그러나 사실 그녀는 알로맨시가 뭔지 몰랐다. 그녀는 언제나 그것이 싸움과 관계있을 거라고 짐작했다. '미스팅'이라고 불리는 자들은 한 사람이 전체 도적 팀을 죽일 수 있을 만큼 위험하다고들 했다. 그녀에게 그 이야기를 해준 스카는 그 힘에 대해 불안한 목소리로 속삭였다. 이 순간이 오기 전에는, 빈은 그것이 자신의 '행운'과 같은 것일 수도 있다는 가능성에 대해서 전혀 생각해보지도 않았다.

"말해보렴, 빈." 켈시어가 흥미를 갖고 앞으로 몸을 기울이며 말했다. "넌 '재정 캔턴'에서 네가 그 오블리게이터에게 무슨 일을 했는지 알고 있니?"

"내 '행운'을 썼어요. 난 사람들이 화를 덜 내게 할 때 그걸 써요." 빈이 조용히 말했다.

"아니면 의심을 덜 하게 하거나. 사기 치기 좋게." 켈시어가 말했다.

빈이 고개를 끄덕였다.

켈시어는 한 손가락을 들었다.

"넌 배워야 할 게 많아. 기술, 규칙, 연습. 하지만 한 가지 교훈은 미뤄둘 수가 없군. 절대로 오블리게이터에게 감정 알로맨시를 쓰지 마라. 그들은 모두 자기 감정이 조작되면 알아차릴 수 있는 훈련을 받았단다. 고위 귀족마저도 오블리게이터의 감정을 '밀거나 당기기'는 금지되어 있어. 그 오블리게이터가 심문관을 부른 건 바로 너 때문이야."

"그 괴물이 절대로 네 꼬리를 다시 잡지 못하도록 기도해, 아가씨." 독슨이 자기 와인을 마시며 조용히 말했다.

빈은 창백해졌다.

"당신들이 심문관을 죽인 거 아니었어요?"

켈시어는 고개를 저었다.

"나는 그를 약간 혼란스럽게 만들었을 뿐이야. 덧붙여 말하자면, 그것만으로도 충분히 위험했다고. 하지만 걱정 마. 그들에 대한 소문은 사실이 아닌 부분이 많아. 이제 네 흔적을 잃어버렸으니, 널 다시 찾을 수는 없을 거야."

"거의 그럴 거란 말이지." 독슨이 말했다.

빈은 키 작은 남자 쪽을 불안한 눈으로 바라보았다.

"거의 그럴 거야." 켈시어가 동의했다. "우리는 심문관에 대해서 모르는 게 많아. 그들은 일반적인 법칙을 따르는 것 같지 않아. 예를 들어, 대못이 눈을 뚫고 나왔으니 그들은 이미 죽었어야 해. 내가 아는 어떤 알로맨시 지식으로도 그 괴물들이 어떻게 계속 살아가는지 설명되지 않았어. 네 뒤를 쫓는 자가 보통의 미스팅

시커*일 뿐이었다면 우린 걱정할 필요가 없었을 거야. 하지만 심문관이니…… 음, 넌 계속 눈을 크게 뜨고 살피는 게 좋을 거야. 이미 아주 잘하는 것 같지만."

빈은 잠시 불안해하며 앉았다. 마침내 켈시어가 그녀의 맥주잔 쪽으로 고갯짓을 했다.

"안 마시네."

"당신이 여기다 뭘 넣었을 수도 있잖아요." 빈이 말했다.

"오, 네 술에 뭘 몰래 넣을 필요는 없어." 켈시어는 미소를 지으며 정복 코트 주머니에서 물건 하나를 꺼냈다. "결국 넌 이 신비의 액체가 담긴 병을 기꺼이 마실 테니까."

그는 그 작은 유리병을 테이블 위에 놓았다. 빈은 안에 있는 액체를 보고 얼굴을 찌푸렸다. 병 바닥에는 검은 찌꺼기가 있었다.

"이게 뭐예요?" 그녀가 물었다.

"너한테 말해주면 신비가 깨지잖아." 켈시어가 미소를 지으며 말했다.

독슨이 눈을 굴렸다.

"그 병에는 알코올용액과 금속 조각들이 들어 있어, 빈."

"금속?" 그녀는 얼굴을 찌푸리며 물었다.

"여덟 가지 알로맨시 기본 금속 중에서 두 가지야. 시험해봐야 할 게 있어." 켈시어가 말했다.

---

* 시커(SEEKER): 청동(BRONZE)을 태우는 알로맨서. 알로맨시가 사용되면 그 진동을 찾아내는 힘을 갖고 있다.

빈은 그 병을 바라보았다.

켈시어는 어깨를 으쓱했다.

"네 '행운'에 대해서 조금이라도 더 알고 싶다면 이걸 마셔야 할걸."

"먼저 절반 마셔봐요." 빈이 말했다.

켈시어는 한쪽 눈썹을 치켜세웠다.

"좀 편집증적인 구석이 있군."

빈은 대답하지 않았다.

마침내 그는 한숨을 쉰 후 병을 집어 들고 마개를 뽑았다.

"먼저 잘 흔들어요. 당신도 앙금을 좀 먹도록." 빈이 말했다.

켈시어는 눈을 굴렸지만 요청대로 했다. 병을 흔든 다음 용액 절반을 들이켰다. 그는 딸깍 소리를 내며 병을 도로 테이블에 올려놓았다.

빈은 얼굴을 찌푸린 다음 켈시어를 바라보았다. 그는 미소 짓고 있었다. 그는 자기가 그녀를 손에 넣었다는 걸 알고 있었다. 자기 힘을 과시했고, 그 힘으로 그녀를 유혹했다. '힘 있는 사람들에게 고분고분하게 대하는 이유는 언젠가 그들이 가진 힘을 빼앗는 법을 배우기 위해서일 뿐이야.' 린의 말이었다.

빈은 손을 뻗어 병을 쥔 다음 안에 든 것을 들이켰다. 그녀는 앉아서, 마법으로 변신을 한다거나 힘이 솟구친다거나, 심지어 독약의 징후라도 나타나지 않나 기다렸다. 그러나 아무것도 느껴지지 않았다.

'너무…… 실망스러운걸.'

그녀는 얼굴을 찌푸리며 의자에 뒤로 몸을 기댔다. 호기심에서 그녀는 '행운'을 더듬어보았다.

충격으로 그녀의 눈이 휘둥그레졌다.

거대한 금괴가 들어앉은 것 같았다. 힘의 저장고가 믿을 수 없을 정도로 커져서 그녀의 이해력을 시험하는 것 같았다. 전에는 언제나 '행운'을 아껴야 했다. 비축해두고 조금씩 아껴 써야 했다. 지금 그녀는 굶주려 죽어가다가 고위 귀족의 향연에 초대받은 듯한 기분이었다. 그녀는 얼떨떨하게 앉아서 자기 내면의 엄청난 부를 바라보고 있었다.

"그럼 해봐. 날 '달래* 봐." 켈시어가 재촉하는 어조로 말했다.

빈은 마음을 뻗어, 새로 발견된 '행운' 덩어리를 조심스럽게 어루만졌다. 그녀는 '행운'을 한 조각 떼어 켈시어 쪽을 겨냥했다.

"좋아." 켈시어가 열을 띠고 몸을 앞으로 기울였다. "하지만 네가 그걸 할 수 있다는 건 이미 우리도 알아. 이제 진짜 시험이야, 빈. 너 다른 쪽으로 가볼 수 있니? 넌 내 감정을 약화시킬 수 있어. 하지만 흥분시킬 수도 있니?"

빈은 얼굴을 찌푸렸다. 그녀는 '행운'을 그런 식으로 써본 적이 한 번도 없었다. 자기가 그렇게 할 수 있는지 알지도 못했다. 그는 왜 저렇게 열심일까?

의심쩍어하며, 빈은 '행운'의 원천에 마음을 뻗었다. 그렇게 하면서

---

* 달래다(SOOTHE): 황동(BRASS)을 태우는 알로맨서인 수더(SOOTHER)의 능력. 말 그대로 감정을 달래고 누그러뜨린다.

그녀는 흥미로운 것을 알아차렸다. 처음에는 거대한 하나의 힘의 원천으로 알았던 것이 사실은 두 가지 다른 힘의 원천이었다. '행운'에는 다른 종류들이 있었다.

'여덟. 그는 이런 게 여덟 가지 있다고 말했어. 하지만…… 다른 금속은 무슨 일을 하지?'

켈시어는 여전히 기다리고 있었다. 빈은 두 번째 낯선 '행운'의 원천에 마음을 뻗어, 아까 한 것처럼 그에게 겨누었다.

켈시어의 미소가 커졌다. 그는 뒤로 기대앉아 독슨을 바라보았다.

"그럼 그렇지. 이 애는 할 수 있었어."

독슨은 고개를 저었다.

"솔직히, 켈, 난 어떻게 생각해야 할지 모르겠어. 자네 같은 사람 하나가 근처에 있는 것만으로도 충분히 불안해져. 그런데 둘은……."

빈은 눈을 가늘게 뜨고 의심쩍어하며 그들을 바라보았다.

"둘은 뭐요?"

"빈, 귀족들 사이에서도 알로맨서는 상당히 드물어. 사실 그건 고위 귀족의 강력한 가계들 사이에서 유전되는 기술이야. 하지만 핏줄만으로는 알로맨시의 힘을 물려받는다고 보장할 수 없어.

고위 귀족들도 알로맨시 기술을 단 한 가지만 쓸 수 있는 사람이 많아. 여덟 가지 기본 측면 중 한 가지만 알로맨시를 쓸 수 있는 사람들을 미스팅이라고 불러. 때때로 이 능력은 스카에게서도 나타나지만, 그 스카의 가까운 조상 중에 귀족의 피가 섞였을 때만 그래. 보통…… 음…… 만 명 정도의 혼혈 스카 중에서 미스팅 하나가 나와. 더 고귀하고 더 가까운 귀족 조상을 두었을수록 스카가 미스팅이 될 가능성이 커져." 켈시어가 말했다.

"네 부모는 누구야, 빈? 부모를 기억하니?" 독슨이 물었다.

"이복 오빠 린이 날 키웠어요."

빈이 불편한 마음으로 조용히 말했다. 그녀는 다른 사람들과 이런 일을 이야기하지 않았다.

"네 오빠가 어머니와 아버지에 대해 이야기했니?" 독슨이 물었다.

"가끔요." 그녀가 털어놓았다. "린은 우리 엄마가 창녀였다고 했어요. 자기가 선택해서 된 게 아니라, 암흑가라서……."

그녀는 말꼬리를 끌었다. 그녀가 아주 어릴 때 어머니가 그녀를 죽이려고 한 적이 있었다. 그녀는 그 사건을 흐릿하게 기억했다. 린이 그녀를 구했다.

"네 아버지는, 빈?" 독슨이 물었다.

빈은 위를 쳐다보았다.

"'강철 미니스트리'의 하이 프렐란이에요."

켈시어가 작게 휘파람을 불었다.

"음, 직무 위반 치고는 좀 아이러니한데."

빈은 테이블을 내려다보다가, 마침내 손을 뻗어 잔을 들고 맥주를 죽 들이켰다.

켈시어가 미소를 지었다.

"미니스트리의 고위 오블리게이터들은 대부분 고위 귀족이지. 네 아버지는 네 핏줄에 귀한 재능을 주었구나."

"그럼…… 나도 당신이 말한 그 미스팅이에요?"

켈시어는 고개를 저었다.

"사실은 아니야. 있잖아, 우리가 네게 흥미를 갖는 게 바로 그 부분 때문이야, 빈. 미스팅은 알로맨시 기술 한 가지밖에 쓰지 못해. 그런데 넌 방금 두 가지를 쓸 수 있다는 걸 증명했어. 그리고 여덟 가지 중 적어도 두 가지를 쓸 수 있는 건 다른 기술도 쓸 수 있다는 뜻이야. 그냥 원래 그런 거야. 알로맨서라면 기술을 하나만 가지거나 전부 갖거나야."

켈시어는 앞으로 몸을 기울였다.

"빈, 너는 보통 미스트본이라고 불리는 알로맨서야. 귀족들 사이에서도 아주 드물어. 스카 중에서는…… 음, 난 평생 다른 스카 미스트본은 단 한 사람밖에 만나지 못했다고 말해둘게."

왠지 방이 더 조용해지는 것 같았다. 더 고요해졌다. 빈은 산만하고 불편해진 눈길로 맥주잔을 뚫어지게 바라보았다. '미스트본'. 그녀도 물론 그 이야기를 들어본 적이 있었다. 그건 전설이었다.

켈시어와 독슨은 조용히 앉아 그녀가 생각에 잠기도록 놔두었다. 결국 그녀가 말했다.

"그럼…… 이게 다 무슨 뜻이에요?"

켈시어가 미소 지었다.

"그건 빈, 네가 아주 특별한 사람이라는 뜻이야. 넌 고위 귀족 대부분이 부러워하는 힘을 갖고 있어. 네가 귀족으로 태어났다면, 넌 그 힘 때문에 '마지막 제국' 전체에서 가장 치명적이고 영향력 있는 사람이 되었을 거야."

켈시어는 다시 앞으로 몸을 기울였다.

"하지만 넌 귀족으로 태어나지 않았어. 빈, 넌 귀족이 아니야. 그들의 규칙에 따라 살지 않아도 돼. 그건 널 훨씬 더 강력하게 만들어준단다."

4

내 탐색 여행의 다음 단계를 밟으려면 테리스의 산악 지대로 가야할 것 같다. 그곳은 춥고 매우 힘든 곳이라고 한다. 얼음으로 산이 만들어진 땅.

우리의 보통 수행원들은 이런 여행에는 도움이 되지 않을 것이다. 아마 테리스 행상인을 몇 명 고용해 우리 장비를 운반시켜야 할 것이다.

"그가 한 말 들었지! 그는 작업 계획을 짜고 있어." 흥분한 울레프의 눈이 빛났다. "그가 '대가문' 중 어느 곳을 치려는 걸까?"

"가장 강력한 곳 중 하나일 거야." 카몬의 선두 척후병 디슨이 말했다. 그에게는 손이 하나 없었지만 눈과 귀는 패거리 중에서 제일 날카로웠다. "켈시어는 절대로 시시한 일에 귀찮게 손대지 않는다고."

빈은 조용히 앉아 있었다. 켈시어가 그녀에게 주었던 맥주잔은 거의 가득 차 있는 채로 테이블 위에 놓여 있었다. 그녀가 있는 테이블에는 사람들이 붐볐다. 켈시어는 자기들 모임을 시작하기 조

108

마지막 제국 I

금 전에 도둑들이 집에 돌아와도 좋다고 허락했다. 그러나 빈은 혼자 남아 있는 쪽이 더 좋았을 것이다. 린과 함께 살면서 그녀는 고독에 적응했다. 누가 자기와 너무 가까워지도록 놔두면, 그들이 배신하기 더 좋은 기회를 줄 뿐인 것이다.

린이 사라진 후에도 빈은 계속 혼자 지냈다. 그녀는 패거리를 떠나고 싶지 않았다. 그러나 패거리의 다른 사람들과 친하게 지내야겠다는 생각도 들지 않았다. 그들 쪽에서는 기꺼이 빈을 혼자 놔두었다. 빈의 위치는 아슬아슬했고, 그녀 주위에 있으면 연좌제로 찍힐 수도 있었다. 친구가 되어주려는 행동을 조금이라도 보여준 건 울레프뿐이었다.

'누군가 너와 가까워지게 놔두면, 그 사람이 널 배신할 때 더 아프기만 할 거야.' 린이 그녀의 마음속에 속삭이는 것 같았다.

울레프는 정말 그녀의 친구였을까? 그는 확실히 그녀를 재빨리 팔아넘겼다. 게다가 패거리 사람들은 자기들의 배신이나 그녀를 돕지 않았던 행동에 대해서는 전혀 말하지 않으면서, 빈이 매질을 당하다 갑작스럽게 구출된 것은 침착하게 받아들였다. 그들은 딱 예상대로 행동했다.

"'생존자'는 최근에 아무 일도 손대지 않았어." 하몬이 말했다. 나이가 더 많고 수염이 들쭉날쭉 자란 빈집털이 도둑이었다. "그는 지난 몇 년 동안 겨우 한 손으로 셀 수 있을 정도로만 루서델에 모습을 나타냈어. 사실, 그때부터 어떤 작업도 하지 않았어……."

"이게 첫 번째 일이야?" 울레프가 열을 띠며 물었다. "'갱'에서 도망친 후 처음 손대는 일? 그러면 대단한 일일 수밖에 없잖아!"

"그가 일에 대해 무슨 말을 했니, 빈?" 디슨이 물었다. "빈?" 그는 뭉툭한 팔을 그녀 쪽으로 흔들어 주의를 끌었다.

"뭐라고요?"

그녀는 그를 쳐다보며 물었다. 그녀는 카몬의 손에 맞은 후 마침내 독슨에게서 손수건을 건네받아 얼굴의 피를 닦아냈다. 그러나 멍은 어쩔 수 없었다. 맞은 곳들이 여전히 쿵쿵 울렸다. 부러진 곳이 없기만을 바랐다.

"켈시어 말이야." 디슨이 되풀이했다. "자기가 계획하는 일에 대해서 무슨 얘기 했어?"

빈은 고개를 저었다. 그녀는 피 묻은 손수건을 흘끗 내려다보았다. 켈시어와 독슨은 조금 전에 떠나면서, 자기들이 말해준 것에 대해 시간을 두고 좀 생각하고 있으면 돌아오겠다고 약속했다. 그러나 그들의 말에는 암시가, 제안이 함축되어 있었다. 무슨 일을 꾸미고 있는지는 몰라도, 그녀는 거기에 참여하라고 초대받은 것이다.

"그런데 그가 왜 널 골라서 자기 끄나풀이 되라고 한 거야, 빈? 그 이유는 말해줬어?" 울레프가 물었다.

패거리의 짐작은 이랬다. 켈시어가 카몬······ 밀레브 패거리의 연결 고리로 빈을 선택했다는 것이었다.

루서델 암흑가에는 두 부류가 있었다. 우선 카몬 패거리 같은 평범한 패거리와 그다음에는······ 특별한 쪽이 있었다. 매우 솜씨 좋고, 무모하거나, 매우 재능이 있는 자들이 이룬 패거리들. 알로맨서들.

지하 세계의 이 두 축은 섞이지 않았다. 보통 도둑들은 상위 패거리들을 건드리지 않았다. 그러나 때때로 미스팅 패거리들은 평범한 도둑 팀을 고용해서 좀 더 세속적인 일들을 시키곤 했다. 그리고 그들은 양쪽 패거리를 이어줄 끄나풀…… 매개자를 골랐다. 울레프는 빈이 그렇게 되었으리라고 추측하는 것이었다.

밀레브 패거리는 그녀가 대답하지 않으리라는 것을 알아차리고 다른 주제로 넘어갔다. 미스팅 이야기였다. 그들은 확신 없고 속삭이는 어조로 알로맨시 이야기를 했고, 그녀는 불편한 마음으로 귀기울였다. 그들이 이렇게 경외하는 존재와 그녀가 대체 무슨 관계가 있는 것일까? 그녀의 '행운'…… '알로맨시'…… 는 사소한 것, 그녀가 살아남기 위해 쓰던 것, 하지만 정말 하찮은 것이었다.

'그렇지만 이렇게 큰 힘이…….' 그녀는 자신의 '행운' 저장고를 들여다보며 생각했다.

"지난 몇 년 동안 켈시어가 하던 일이 무엇일지 궁금하네?" 울레프가 물었다. 그는 처음 대화가 시작될 때는 빈 옆에 있는 게 좀 불편한 것 같았지만 금방 전처럼 스스럼없이 대했다. 그는 그녀를 배신했으나 암흑가라는 곳의 생리가 원래 그랬다. 친구란 없었다.

'켈시어와 독슨은 그렇게 보이지 않았어. 그들은 서로 믿는 것 같았어.' 위장일까? 아니면 그들은 진짜로 서로를 배신할지 걱정하지 않는 희귀한 팀인 걸까?

켈시어와 독슨을 생각할 때 가장 마음이 흔들리는 지점은 그들이 그녀에게 보이는 솔직한 태도였다. 그들은 상대적으로 짧은 시간만 보고도 빈을 믿으려 하고, 심지어 받아들이려는 것 같았다.

그런 것이 진짜일 리 없었다. 누구라도 그런 전술을 쓰다가는 암흑가에서 살아남을 수 없다. 그렇지만 그들의 다정함은 당혹스러웠다.

"2년이야……." 흐루드가 말했다. 얼굴이 납작하고 조용한 깡패였다. "그는 꼬박 2년 동안 이 작업을 계획한 게 확실해."

"진짜 엄청난 작업이겠구나……." 울레프가 말했다.

"그 사람에 대해 말해줘." 빈이 조용히 말했다.

"켈시어?" 디슨이 물었다.

빈은 고개를 끄덕였다.

"남쪽에서는 사람들이 켈시어 이야기를 하지 않았어?"

빈은 고개를 저었다.

"그는 루서델에서 제일가는 패거리 두목이었어. 심지어 미스팅들 사이에서도 전설적인 존재였지. 이 도시에서 가장 부유한 '대가문'들을 털었어."

"그런데?" 빈이 물었다.

"누군가가 그를 고발했어." 하몬이 조용한 목소리로 말했다.

'물론 그랬겠지.' 빈은 생각했다.

"로드 룰러가 직접 켈시어를 붙잡아서 켈시어와 그의 아내를 '하스신의 갱'으로 보냈어. 하지만 그는 도망쳤어. '갱'에서 빠져나왔어, 빈! 거기서 빠져나온 사람은 켈시어밖에 없어."

"그럼 그의 아내는?" 빈이 물었다.

울레프는 하몬을 흘끔 보았고, 하몬은 고개를 저었다. "그녀는 빠져나오지 못했어."

'그럼 그 사람도 누군가를 잃었구나. 그런데 어떻게 그렇게 많이 웃을 수 있지? 그렇게 진심으로?'

"그러니까, 거기서 그 흉터들이 생긴 거야." 디슨이 말했다. "그의 팔에 난 흉터 말이야. '갱'에서 생긴 거야. 그는 그곳을 빠져나오기 위해 가파른 벽을 기어올라야 했는데, 그 위의 바위들에 긁혔어."

하몬은 코웃음을 쳤다. "그래서 생긴 게 아니야. 그는 도망치다가 심문관을 죽였어. 그러다가 그런 흉터가 난 거야."

"난 '갱'을 지키던 괴물과 싸우다가 흉터가 생겼다고 들었는데." 울레프가 말했다. "그는 그 괴물 입속에 손을 집어넣고 목구멍 안에서부터 목을 졸라 죽였지. 그런데 괴물의 이빨이 그의 팔을 긁었어."

디슨이 얼굴을 찌푸렸다. "어떻게 목구멍 안에서 목을 졸라 죽일 수 있다는 거야?"

울레프는 어깨를 으쓱했다. "난 그렇게 들었을 뿐이야."

"그 사람은 요사스러워." 흐루드가 중얼거렸다. "'갱'에서 무슨 일인지 몰라도 나쁜 일이 그에게 일어났어. 그 전에는 알로맨서가 아니었다고. 이봐, 그는 '갱'에 들어갈 때는 보통 스카였어. 그런데 지금은…… 음, 확실히 미스팅이야. 아직도 인간이라면 말이야. 그 사람은 바깥 안개 속에 너무 오래 있었어. 어떤 사람들 말로는 진짜 켈시어는 죽었고, 그의 얼굴을 뒤집어쓰고 있는 건…… 뭔가 다른 거래."

하몬은 고개를 저었다. "이봐, 그건 농장 스카들의 바보 소리일 뿐이야. 우리는 모두 안개 속에 나갔다 왔잖아."

"도시 바깥의 안개는 아니었지." 흐루드가 고집스럽게 말했다. "안개유령들은 거기 바깥에 있어. 그들은 사람을 잡아가서 얼굴을 빼앗아. 로드 룰러만큼 확실해."

하몬은 눈을 굴렸다.

"흐루드 말이 한 가지는 맞아." 디슨이 말했다. "그 사람은 인간이 아니야. 안개유령은 아닐지 모르지만 스카도 아니야. 난 그가 '그들'만 할 수 있는 일들을 한다는 이야기를 들었어. 밤에 나오는 거 말이야. 그가 카몬에게 어떻게 했는지 봤잖아."

"미스트본." 하몬이 중얼거렸다.

'미스트본.'

빈은 켈시어가 말하기 전에도 그 말을 들어보았다. 안 들어본 사람이 누가 있겠는가? 그러나 미스트본에 대한 소문을 들으면 심문관이나 미스팅 이야기가 오히려 말이 되는 것 같았다. 미스트본은 로드 룰러에게 엄청난 힘을 받았고, 안개의 전령들이라고 했다. 미스트본이 될 수 있는 것은 고위 귀족뿐이었다. 그들은 로드 룰러에게 봉사하는 비밀 암살단이고, 밤에만 바깥에 나온다고도 했다. 미스트본은 전설일 뿐이라고 린은 언제나 빈에게 가르쳤고, 그녀는 그의 말이 맞을 거라고 생각했다.

'그런데 켈시어는 자기와 마찬가지로 나도 그런 사람이라고 해.'

빈이 어떻게 그가 말한 존재일 수 있을까? 그녀는 창녀의 아이이고, 하찮은 자였다. 그녀는 아무것도 아니었다.

'너한테 좋은 소식을 이야기하는 사람을 절대로 믿지 마.' 린은 언제나 말했다. '그건 사람을 속이는 가장 오래됐지만 가장 쉬운 방

법이야.'

하지만 빈은 '행운'을, 자신의 알로맨시를 갖고 있었다. 켈시어가 준 병에 든 액체를 마시고 얻은 비축량을 여전히 느낄 수 있었고, 패거리들에게 자기 힘을 시험해보기도 했다. 더 이상 하루에 '행운' 한 조각만 써야 할 필요가 없었고, 전보다 훨씬 더 놀라운 효과를 낼 수 있었다.

빈은 옛날에 가졌던 삶의 목표인 '살아남기만 하자'가 얼마나 밋밋한 것인지 깨닫고 있었다. 그녀가 할 수 있는 일은 훨씬 더 많았다. 그녀는 린의 노예였다. 그다음엔 카몬의 노예였다. 궁극적인 자유로 통하는 길이라면 기꺼이 켈시어의 노예가 될 것이다.

밀레브는 회중시계를 보고 테이블에서 일어섰다.

"좋아, 모두 나가."

켈시어의 모임을 준비하느라 방이 비기 시작했다. 빈은 그대로 남았다. 켈시어는 그녀를 초대했다는 사실을 다른 사람들에게 분명히 알렸다. 그녀는 잠시 조용히 앉아 있었다. 방이 비어버리자 훨씬 더 마음이 편안해졌다. 켈시어의 친구들이 곧 도착하기 시작했다.

처음 계단을 내려온 남자는 체격이 군인 같았다. 느슨하고 소매 없는 셔츠를 입고 있어서, 조각된 것 같은 한 쌍의 팔이 그대로 드러났다. 그는 엄청난 근육질이었지만 덩치가 크지는 않았고, 머리카락은 약간만 남겨두고 바싹 깎았다.

군인과 함께 온 사람은 깔끔한 옷차림을 하고 있었다. 근사한 조끼, 금단추, 검은 오버코트에 챙이 짧은 모자와 결투용 지팡이로 귀족 정복 차림을 완전히 갖추었다. 군인보다 나이가 많아 보였고, 약간 뚱뚱했다. 들어오면서 모자를 벗자 잘 손질된 검은 머리카락이 나왔다. 두 남자는 다정하게 잡담을 하면서 걸어오다가, 비어 있는 방을 보자 말을 멈추었다.

"아, 이 아이는 우리 끄나풀이겠군." 정복을 입은 남자가 말했다. "켈시어는 도착했나, 아가씨?"

그는 오랜 친구를 대하는 것처럼 소박하고 친근하게 말했다. 자기도 모르게 빈은 잘 차려입고 또박또박 말하는 이 사람을 좋아하게 되었다.

"아뇨."

그녀는 조용히 말했다. 그녀는 언제나 편한 작업복과 작업용 셔츠를 입었지만, 불현듯 자기 옷차림이 좀 더 나았으면 좋겠다는 생각이 들었다. 이 남자의 모습을 보자 자기도 보다 공식적인 분위기를 갖춰야 할 것 같았다.

"켈이 자기가 여는 모임에 늦게 오리라는 걸 알았어야 하는데." 군인이 방 한가운데 놓인 테이블 옆에 앉으며 말했다.

"맞아. 하지만 그가 지각한 덕분에 간식을 먹을 기회가 생긴 것 같군. 난 술을 좀 마실 수도 있겠고." 정복을 입은 남자가 말했다.

"뭐 갖다 드릴까요?" 빈이 재빨리 뛰어 일어서며 말했다.

"정말 고맙구나." 정복을 입은 남자가 군인 옆자리 의자를 골라 앉으며 말했다. 그는 앉아서 다리를 꼬고, 결투용 지팡이는 끝이 마루에 닿도록 옆에 기대두었다. 한 손은 지팡이 위에 놓여 있었다.

빈은 바로 걸어가 술을 뒤지기 시작했다.

"브리즈……." 빈이 카몬의 가장 비싼 와인을 한 병 골라 잔에 따르고 있을 때, 군인이 경고하는 어조로 말했다.

"으응……?" 정복을 입은 남자가 한쪽 눈썹을 치올렸다.

군인은 빈 쪽으로 고갯짓을 했다.

"아, 알았어." 정복을 입은 남자는 한숨을 쉬며 말했다.

빈은 와인을 반쯤 따르다 말고 얼굴을 살짝 찡그렸다.

'내가 지금 뭘 하고 있는 거야?'

"정말이지, 햄. 넌 때때로 끔찍하게 고지식하다니까." 정복을 입은 남자가 말했다.

"네가 근처에 있는 사람을 '밀' 수 있다고 해서 꼭 그래야 한다는 뜻은 아니니까, 브리즈."

빈은 말문이 막힌 채 서 있었다.

'그는…… 내게 "행운"을 사용했어.'

켈시어가 그녀를 조작하려고 했을 때는 그의 마음을 느끼고 저항할 수 있었다. 그러나 이번에는 자기가 무엇을 하고 있는지 깨닫지도 못했다.

빈은 그 사람을 쳐다보며 눈을 가늘게 떴다.

"당신, 미스트본이군요."

정복을 입은 남자, 브리즈가 껄껄 웃었다.

"설마. 네가 만날 수 있는 스카 미스트본은 켈시어뿐일 거야, 얘야. 그리고 귀족 미스트본은 절대 만나지 않도록 기도하렴. 아니, 난 그냥 평범하고 변변찮은 미스팅이야."

"변변찮다고?" 햄이 물었다.

브리즈는 어깨를 으쓱했다.

빈은 반쯤 찬 와인 잔을 내려다보았다.

"내 감정을 '당겼'군요. 내 말은…… 알로맨시로요."

"사실은 '밀었어'." 브리즈가 말했다. "'당기'는' 건 사람을 덜 믿게 만들고 더 단호하게 하지. 감정을 '미는' 건 감정을 누그러뜨려서 사람을 더 잘 믿게 만들고."

"아무튼 당신은 날 조종했어요. 내가 술을 가져오게 만들었잖아요." 빈이 말했다.

"오, 네가 그렇게 하도록 '만든' 건 아니야." 브리즈가 말했다. "난 그냥 네 감정을 약간 바꿔놨을 뿐이야. 내가 바라는 대로 하기 더 쉬운 마음으로."

햄은 턱을 문질렀다.

"난 모르겠어, 브리즈. 이건 아주 흥미로운 질문인데, 넌 저 애의 감정에 영향을 끼쳐 선택 능력을 빼앗은 거 아냐? 예를 들어, 네가 조종하는 동안 저 애가 누구를 죽이거나 훔친다면 그 범죄는 저 애가 저지른 거야, 네가 저지른 거야?"

브리즈는 눈을 굴렸다.

"그건 사실 질문할 만한 거리가 아니야. 네 골치나 아플 테니 그런 생각은 하지 마, 해먼드. 나는 그녀를 부추겼어. 좀 변칙적인 수단을 썼을 뿐이야."

"하지만……."

"이 문제로 너랑 말다툼하지는 않을래, 햄."

우람한 남자는 약간 쓸쓸한 듯이 한숨을 쉬었다.

"그 술 좀 갖다 줄래……?" 브리즈는 희망을 품고 빈을 바라보며 물었다. "그러니까, 넌 이미 일어섰고 어차피 네 자리로 오려면 이쪽으로 와야 하니까……."

빈은 자기 감정을 돌아보았다. 그 남자가 부탁할 때 변칙적으로 끌려들어가는 것 같았나? 그가 다시 자기를 조작하고 있는 것일까? 기어이 그녀는 술을 그 자리에 놔두고 바에서 걸어 나왔다.

브리즈는 한숨을 쉬었다. 그러나 일어서서 직접 술을 가져오지는 않았다.

빈은 망설이며 두 남자가 앉은 테이블로 걸어갔다. 그녀는 그늘과 구석에 익숙했다. 엿들을 수 있을 만큼 가깝지만, 도망칠 수 있을 정도로는 먼 곳. 그러나 방이 이렇게 비어 있으면 이 남자들에게서 숨을 수가 없었다. 그래서 그녀는 두 남자가 앉은 테이블의 옆 테이블 의자를 골라 조심스럽게 앉았다. 그녀에게는 정보가 필요했다. 아무것도 모르고 있는 한 그녀는 이 새로운 세계, 미스팅무리의 세계에서 상당히 불리한 위치에 놓일 것이다.

브리즈가 껄껄 웃었다.

"겁이 많은 어린애네, 안 그래?"

빈은 그 말을 무시하고 햄을 턱으로 가리켰다.

"당신요. 당신도…… 미스팅이에요?"

햄이 고개를 끄덕였다.

"나는 써그*야."

＊ 써그(THUG): '폭력배, 깡패'라는 뜻. 백랍을 태우며, 육체적인 능력을 증진시킨다.

빈은 혼란스러워서 얼굴을 찌푸렸다.

"나는 백랍을 태워." 햄이 말했다.

빈은 다시 질문하는 눈으로 그를 바라보았다.

"햄은 자기 몸을 더 강하게 만들 수 있어, 얘야. 우리가 하고 있는 일에 간섭하려는 것, 특히 그런 사람이 있으면 때리는 거지." 브리즈가 말했다.

"그보다는 훨씬 많은 일을 해." 햄이 말했다. "난 작업할 때 전체적인 보안을 담당하고, 패거리 두목이 필요로 할 때면 인력과 전사들을 대주지."

"그리고 필요 없을 때면 개똥철학을 펼쳐서 지루하게 하려고 하고." 브리즈가 덧붙였다.

햄이 한숨을 쉬었다.

"브리즈, 솔직히 난 가끔 왜 내가⋯⋯." 문이 다시 열리면서 다른 남자가 들어오자 햄은 말꼬리를 흐렸다.

새로 온 사람은 칙칙한 황갈색 오버코트와 갈색 바지, 소박한 흰색 셔츠를 입고 있었다. 그러나 옷보다는 그의 얼굴이 훨씬 독특했다. 그의 얼굴은 뒤틀린 나뭇조각처럼 울퉁불퉁 얽었고, 눈에서는 노인들에게서나 보이는 탐탁잖은 불만이 번쩍였다. 빈은 그의 나이를 짐작할 수가 없었다. 그는 아직 등이 굽을 나이는 아니었지만, 중년의 브리즈조차 그보다는 젊어 보였다.

새로 들어온 사람은 빈과 다른 사람들을 훑어보고 경멸하듯이 씩씩거리더니, 맞은편 테이블로 걸어가 앉았다. 절뚝거리는 발걸음이 눈에 띄었다.

브리즈는 한숨을 쉬었다.

"트랩이 그리워."

"우리 모두 그렇지." 햄이 조용히 말했다. "하지만 클럽스도 아주 잘해. 전에 그와 함께 일해본 적이 있어."

브리즈는 새로 온 사람을 살펴보았다.

"그가 내 술잔을 가져다주게 만들 수 있을지 모르겠는데⋯⋯."

햄이 껄껄 웃었다.

"자네가 그런 시도를 하는 걸 볼 수 있다면 돈이라도 내겠어."

"자넨 분명 그러겠지." 브리즈가 말했다.

빈은 새로 온 사람을 바라보았다. 그는 그녀와 다른 두 남자를 무시하면서 아주 만족해하는 것 같았다.

"저 사람은 뭐예요?"

"클럽스?" 브리즈가 물었다. "그는 스모커야, 아가씨. 심문관이 우리를 발견하지 못하게 지켜주는 사람이야."

빈은 입술을 씹으며 클럽스를 살펴보고 새 정보를 소화했다. 그가 그녀를 쏘아보았고, 그녀는 시선을 돌렸다. 고개를 돌리자 햄이 자기를 바라보고 있는 게 보였다.

"애야, 넌 맘에 들어." 그가 말했다. "내가 같이 일해봤던 다른 끄나풀들은 너무 겁을 먹어서 우리랑 말도 못하거나, 자기네 영역에 들어왔다고 우리를 시샘하거나 둘 중 하나였어."

"맞아." 브리즈가 말했다. "넌 대부분의 부스러기들과 달라. 물론 네가 저 와인 잔을 갖다 주면 훨씬 더 좋겠지만⋯⋯."

빈은 그를 무시하고 햄을 흘끗 바라보았다.

"부스러기라고요?"

"우리 사교계에서 더 거드름을 피우는 작자들이 잔챙이 도둑들을 그렇게 불러." 햄이 말했다. "너희를 부스러기라고 부르는 건…… 너희가 별로 뛰어나지 않은 일을 맡는 경향이 있으니까 그래."

"물론 기분 나쁘라고 한 말은 아니야." 브리즈가 말했다.

"오, 그런 말에 기분 나쁘지는……." 빈은 잘 차려입은 그 남자를 기쁘게 하고 싶다는 비정상적인 갈망을 느끼고 말을 멈추었다. 그녀는 브리즈를 노려보았다. "그만둬요!"

"저거 봐." 브리즈가 햄을 슬쩍 바라보며 말했다. "저 애는 여전히 선택 능력을 갖고 있잖아."

"넌 답이 없다."

'그들은 날 부스러기라고 생각하는구나. 그럼 켈시어는 그들에게 내 정체를 말하지 않은 거야. 왜 그랬을까?'

시간이 없어서? 아니면 너무 귀중한 비밀이어서 알려줄 수 없었나? 이 사람들은 얼마나 믿을 만한 걸까? 그리고 빈이 '부스러기'일 뿐이라고 생각한다면 왜 이렇게 잘해주는 걸까?

"우린 또 누구를 기다리고 있는 거지? 켈과 독스 말고." 브리즈가 문 쪽을 바라보며 말했다.

"예덴." 햄이 말했다.

브리즈는 시큰둥한 표정으로 얼굴을 찌푸렸다.

"아, 그래."

"나도 동감이야." 햄이 말한다. "하지만 그가 우리를 보는 느낌도 똑같을 거라고 장담할 수 있어."

"난 그가 왜 초대받았는지도 모르겠어." 브리즈가 말했다.

햄은 어깨를 움츠렸다.

"분명 켈의 계획과 관계가 있겠지."

"아, 그 악명 높은 '계획' 말이지." 브리즈가 생각에 잠겨 말했다. "그건 대체 무슨 작업일까? 정말로 뭘까……?"

햄은 고개를 저었다.

"켈의 연극적 감각은 욕 좀 먹어야 해."

"정말 그래."

얼마 후 문이 열리고 그들의 입에 오르내리던 예덴이 들어왔다. 직접 보니 그는 남의 눈에 띄지 않으려는 사람이었고, 빈은 왜 다른 두 사람이 그가 참석한다는 데 대해 그렇게 불쾌해했는지 이해할 수가 없었다. 갈색 곱슬머리에 키가 작은 예덴은 단순한 회색 스카 옷과 검댕으로 얼룩지고 여기저기 기운 갈색 노동자용 코트를 입고 있었다. 그는 못마땅하다는 표정으로 주위를 바라보았지만, 클럽스처럼 대놓고 적대적인 태도를 보이지는 않았다. 클럽스는 방 맞은편에 앉아 여전히 자기 쪽을 바라보는 사람이 있으면 누구에게든 얼굴을 찌푸리고 있었다.

'그렇게 큰 패거리는 아니네.' 빈은 생각했다. '켈시어와 독슨까지 합하면 여섯 명이야.'

물론 햄은 자기가 써그 한 무리를 이끈다고 했다. 이 모임에 나온 사람들은 그런 대표들일까? 더 작고 더 전문적인 그룹의 두목들? 어떤 패거리들은 그런 식으로 일하기도 했다.

브리즈가 회중시계를 세 번 더 살펴보고서야 마침내 켈시어가 도착했다. 이 패거리의 두목인 미스트본은 쾌활하고 열정적으로 문을 밀어젖히며 들어왔고, 그 뒤를 독슨이 느긋하게 따랐다. 햄은 즉시 일어나 활짝 미소 지으며 켈시어와 손을 움켜쥐었다. 브리즈도 일어났다. 브리즈의 인사는 좀 더 점잖았지만, 빈은 어떤 패거리 두목도 부하들에게 이렇게 기분 좋게 환영받는 걸 본 적이 없었다.

"아." 켈시어가 방 맞은편을 바라보며 말했다. "클럽스와 예덴도 있군. 그럼 모두 왔네. 좋아. 난 기다려야 하는 건 질색이거든."

브리즈는 햄과 함께 도로 의자에 자리 잡고 앉으면서 한쪽 눈썹을 치켜세웠다. 독슨도 같은 테이블에 앉았다.

"네가 늦은 건 어떻게 설명할 건데?"

"독슨과 나는 형한테 들렀다 왔어."

켈시어가 은신처 앞쪽으로 걸어가며 설명했다. 그는 돌아서서 바에 등을 기대고 방을 살펴보았다. 빈과 눈길이 마주치자, 켈시어는 윙크했다.

"네 형?" 햄이 물었다. "마쉬도 모임에 와?"

켈시어와 독슨은 서로 시선을 교환했다.

"오늘 밤은 안 와. 하지만 형은 결국 패거리에 들어올 거야." 켈시어가 말했다.

빈은 다른 사람들을 살펴보았다. 그들은 회의적인 것 같았다.

'켈시어와 그의 형 사이가 안 좋은 거겠지?'

브리즈는 결투용 지팡이를 들어 올려 그 끝으로 켈시어를 가리켰다.

"좋아, 켈시어. 넌 이 '작업'을 여덟 달 동안 우리에게 비밀로 했어. 우린 그 일이 크다는 것도 알고, 네가 흥분했다는 것도 알겠어. 하지만 네가 그 일을 그렇게 비밀로 해서 우리 모두 제대로 화났어. 그래, 왜 우리한테 그게 뭔지 말해주지 않는 거야?"

켈시어는 미소 짓더니 똑바로 일어서서 추레하고 평범하게 생긴 예덴 쪽으로 한 손을 흔들었다.

"자, 너희의 새 고용주야."

보아하니, 이건 아주 충격적인 말인 것 같았다.

"그가?" 햄이 물었다.

"그가." 켈시어가 고개를 끄덕이며 말했다.

"그게 뭐?" 예덴이 처음으로 물었다. "자네들은 진짜로 도덕적인 사람과 일하는 데 무슨 문제라도 있나?"

"그렇진 않아, 이 사람아." 브리즈가 결투용 지팡이를 무릎에 가로놓으며 말했다. "그냥, 음, 난 자네가 우리 같은 타입을 별로 안 좋아한다는 묘한 인상을 받았거든."

"맞아." 예덴이 딱 잘라 말했다. "자네들은 이기적이고, 규율도 없고, 다른 스카들에게 등을 돌렸어. 옷은 멋지게 입지만 마음속은 재처럼 더럽지."

햄이 코웃음을 쳤다.

"우리 패거리 사기 올리기에 참 좋은 일이로구면."

빈은 입술을 씹으며 조용히 지켜보았다. 예덴은 스카 일꾼이 확실했다. 대장간이나 직물 공장 노동자 같았다. 그가 암흑가와 무슨 연줄이 있었을까? 그리고…… 어떻게 도둑 패거리에게 돈을 주고 일을 시킬 수가 있을까? 특히 켈시어의 팀처럼 전문적인 패거리에?

켈시어는 그녀의 혼란을 눈치챈 것 같았다. 다른 사람들이 계속 이야기하는 동안 그녀를 바라보고 있었기 때문이다.

"난 아직 좀 헷갈리는데." 햄이 말했다. "예덴, 자네가 도둑들을 어떻게 보는지 우리도 모두 알아. 그런데…… 왜 우리를 고용해?"

예덴이 조금 움찔하더니 말했다.

"왜냐면 자네들이 일을 얼마나 잘하는지 모두들 아니까."

브리즈가 빙긋 웃었다. "우리의 도덕률이 못마땅하다고 우리 기술을 이용하기 싫지는 않다는 거지. 알겠어. 그런데 그 일은 뭔가? 스카 반역도*가 우리에게 뭘 바라지?"

'스카 반역도?'

대화 조각들이 제자리에 맞아 들어가고 있었다. 암흑가에는 두 무리가 있었다. 대부분은 도둑, 패거리, 창녀, 그리고 주류 스카 문화 바깥에서 살아남으려는 거지들이었다.

그리고 반역도들이 있었다. '마지막 제국'에 반대해 일을 꾸미는 사람들. 린은 언제나 그들을 바보라고 불렀다. 빈이 만나본 암흑가 사람들과 보통 스카들 양쪽 다, 대부분이 그렇게 생각했다.

모두의 눈이 천천히 켈시어에게 향했고, 그는 다시 바에 등을 기댔다.

"스카 반역도 지도자가 허가한 일이고, 예덴은 우리에게 매우 독특한 일을 시키려고 우리를 고용했어."

---

* 스카 반역도(SKAA REBELLION): '마지막 제국'하에서 스카들이 결성한 반란 단체.

"뭔데? 강도? 암살?" 햄이 물었다.

"양쪽 다 조금씩." 켈시어가 말했다. "그렇지만 둘 다 아니야. 여러분, 이건 보통 때 하던 일과는 다를 거야. 어떤 패거리가 하려고 한 일과도 달라. 우리는 예덴이 '마지막 제국'을 타도하는 걸 도울 거야."

침묵.

"뭐라고 했지?" 햄이 물었다.

"내 말 제대로 들은 거야, 햄." 켈시어가 말했다. "내가 계획하던 '작업'이 바로 그거야. '마지막 제국' 또는 최소한 그 중앙정부를 파괴하는 것. 예덴은 자기에게 군대를 마련해주고, 그 후 이 도시의 지배권을 잡을 수 있는 유리한 기회를 만들어달라고 우리를 고용했어."

햄은 도로 앉더니 브리즈와 시선을 교환했다. 두 사람 다 독슨을 보았고, 독슨은 진지하게 고개를 끄덕였다. 방은 고요했으나 잠시 후 침묵은 깨졌다. 예덴이 유감스럽다는 듯이 혼자 웃기 시작한 것이다.

"이 일에 절대로 동의하지 말았어야 했는데." 예덴이 고개를 저으며 말했다. "자네가 이제 그렇게 말하니까, 그게 전부 얼마나 터무니없는 일로 들리는지 알겠어."

"내 말 믿어, 예덴." 켈시어가 말했다. "이 사람들은 첫눈에는 터무니없어 보이는 계획을 해내는 데 도가 텄다고."

"그건 사실일지도 모르지, 켈." 브리즈가 말했다. "하지만 이번 경우에는 우리의 못마땅해하는 친구에게 나도 동의해. '마지막 제국'

을 타도한다……. 스카 반역도들이 천 년 동안 이루려고 노력해온 일이야! 그 사람들은 다 실패했는데 우리는 조금이라도 성공할 수 있다고 생각하는 이유가 뭐야?"

켈시어가 미소 지었다.

"우리는 통찰력을 갖고 있으니까 성공할 거야, 브리즈. 그건 반역도들에게 한 번도 없었던 거잖아."

"방금 뭐라고 했지?" 예덴이 분개해서 말했다.

"불행히도 그건 사실이야." 켈시어가 말했다. "반역도들은 우리 같은 사람들을 탐욕스럽다고 규탄하지. 하지만 그들은 아무리 고귀하고 도덕적이어도—난 그걸 존경하지만— 아무것도 해내지 못했어. 예덴, 자네 편 사람들은 숲과 언덕 속에 숨어 언젠가 봉기해 '마지막 제국'에 대항해서 영예로운 전쟁을 이끌 계획을 짜고 있어. 하지만 자네 부류는 제대로 계획을 짜고 실행하는 법을 몰라."

예덴의 표정이 어두워졌다.

"그리고 자넨 자기가 무슨 말을 하고 있는지 모르고."

"오, 그래?" 켈시어가 가볍게 받아쳤다. "저기, 자네 반역도들이 천 년 동안 투쟁하면서 이뤄낸 게 뭐지? 자네들의 성공과 승리는 어디 있지? 7천 스카 반역도가 학살당했던 3세기 전의 '투지어 대학살'? 가끔식 운행하는 운하용 보트를 습격하거나 소귀족 공무원들을 납치하는 거?"

예덴의 얼굴이 붉어졌다.

"그게 우리에게 남은 사람들로 할 수 있는 최대한의 일들이야! 내 부하들이 실패했다고 비난하지 말고 나머지 스카들을 비난해.

아무리 해도 그들은 우리를 돕지 않아. 그들은 천 년 동안 굴종했기 때문에 의기라곤 조금도 남아 있지 않아. 천 명 중 한 명이 우리 말에 귀를 기울이게 하기도 힘들어. 반역은 말할 것도 없고!"

"진정해, 예덴." 켈시어가 한 손을 들어 올리면서 말했다. "난 자네들의 용기를 모욕하려는 게 아니야. 우린 같은 편이잖아, 안 그래? 자네는 자네 군인이 될 사람들을 모병하는 게 힘들어서 내게 왔고."

"그 결정이 점점 더 후회스러워, 도둑." 예덴이 말했다.

"뭐, 자넨 이미 우리에게 돈을 지불했잖아. 그러니 이제 이 일에서 빠지긴 늦었어. 하지만 우린 자네에게 군대를 만들어주겠어, 예덴. 이 방에 있는 사람들은 이 도시에서 가장 유능하고, 가장 영리하고, 가장 숙련된 알로맨서들이야. 두고 봐." 켈시어가 말했다.

방은 다시 조용해졌다. 빈은 자기 테이블에 앉아 얼굴을 찌푸린 채 오가는 대화를 지켜보고 있었다.

'무슨 게임을 하고 있는 거죠, 켈시어?'

'마지막 제국'을 타도한다는 그의 말은 거짓이 확실했다. 그가 스카 반역도들에게 사기를 치려 한다는 게 제일 그럴듯해 보였다. 하지만…… 이미 돈을 받았다면 왜 이런 가식적인 일들을 계속하는 걸까?

켈시어는 예덴에게서 눈을 돌려 브리즈와 햄을 쳐다보았다.

"좋아, 여러분. 어떻게 생각해?"

두 사람은 시선을 교환했다. 마침내 브리즈가 말했다.

"로드 룰러에 맹세코, 나는 한 번도 도전을 거절한 적이 없어. 하지만 켈, 네 논리를 물어볼게. 넌 정말로 우리가 이걸 할 수 있다고 생각해?"

"난 그렇게 생각해." 켈시어가 말했다. "이전에 로드 룰러를 타도하려던 시도들은 제대로 된 조직과 계획이 없었기 때문에 실패한 거야. 우린 도둑이야, 여러분. 그리고 매우 훌륭한 도둑이지. 우리가 훔칠 수 없는 것은 없고 우리가 속일 수 없는 자들도 없어. 우린 믿을 수 없을 만큼 커다란 일을 각자 맡아 감당할 수 있는 부분으로 나눈 뒤에 처리하는 법을 알아. 우리는 원하는 걸 손에 넣는 법을 알아. 그래서 우리가 바로 이 일에 완벽하게 맞는 거야."

브리즈는 얼굴을 찌푸렸다.

"그런데…… 우리가 이 불가능한 일을 해내면 얼마나 받게 되지?"

"3만 박싱." 예덴이 말했다. "반은 지금, 반은 자네들이 군대를 데려올 때."

"3만? 이렇게 큰 작전에?" 햄이 말했다. "그건 준비에 드는 비용에도 못 미칠 거야. 귀족들 사이에서 소문을 엿들을 스파이가 필요할 테고, 안전가옥도 두어 채 필요할걸. 전 군대를 숨기고 훈련시킬 만큼 큰 장소는 말할 것도 없고."

"지금 와서 흥정해봤자 소용없어, 도둑." 예덴이 쏘아붙였다. "자네 부류에게는 3만이 그렇게 큰 액수로 들리지 않을지도 모르지만, 우리에게는 수십 년 저축한 결과야. 우린 더 주고 싶어도 더 가진 게 없어."

"이건 좋은 일이야, 여러분." 독슨이 처음으로 대화에 끼어들었다.

"그래, 뭐, 엄청나게 위대한 일이지." 브리즈가 말했다. "난 내가 아주 좋은 사람이라고 생각해. 하지만…… 이건 너무 이타적인 일인 것 같아. 어리석다는 건 말할 것도 없고."

"어…… 그런데 이 계획에서 우리에게 떨어지는 게 좀 더 있을 수도 있어……." 켈시어가 말했다.

빈은 활기가 돌았고, 브리즈는 미소 지었다.

"로드 룰러의 금고야." 켈시어가 말했다. "지금 이야기한 것처럼, 이번 일은 예덴에게 군대와 도시를 점령할 기회를 주는 거야. 일단 그가 궁전을 점령하면 왕궁 보물 창고를 손에 넣어 거기 있는 돈을 사용해 권력을 굳히겠지. 그리고 그 보물 창고의 중심에는……."

"로드 룰러의 아티움이 있지." 브리즈가 말했다.

켈시어는 고개를 끄덕였다.

"우린 궁전에서 찾아내는 아티움 저장량의 절반을 갖기로 예덴과 합의를 봤어. 아무리 양이 많더라도 말이야."

아티움. 빈도 그 금속에 대해 들어보았지만 실제로 본 적은 한 번도 없었다. 그건 믿을 수 없을 정도로 희귀했고, 귀족들만 사용한다고 했다.

햄이 미소 지으며 천천히 말했다.

"자, 그 정도면 구미가 당길 만큼 큰 보상인데."

"아티움 저장량은 엄청날 거야. 로드 룰러는 그 금속을 작은 조각으로만 팔면서 귀족들에게 말도 안 되는 액수를 받아. 시장을 확실히 지배하고 비상사태에 대비해 돈을 충분히 갖고 있으려면…… 그가 비축해둔 양은 어마어마할 거야."

"맞아." 브리즈가 말했다. "하지만 그 일이 있은 다음 이런 일을 그렇게 빨리 해보고 싶은 게 확실해……? 우리가 지난번에 궁전에 들어가려고 했을 때 무슨 일이 일어났지?"

"이번에는 다른 방식으로 일할 거야." 켈시어가 말했다. "여러분, 솔직하게 말할게. 이건 쉬운 일이 아니야. 하지만 할 수 있어. 계획은 간단해. 우리는 루서델 주둔군을 무력화시킬 방법을 찾아내서 루서델 지역의 경찰력을 없앨 거야. 그다음 도시를 혼란으로 몰아넣는 거야."

"그렇게 하는 방법에는 두 가지 선택지가 있는데, 그건 나중에 말하지." 독슨이 말했다.

켈시어가 고개를 끄덕였다.

"그런 다음 그 혼란 속에서 예덴이 자기 군대를 루서델로 진군시켜 궁전을 장악하고 로드 룰러를 사로잡아야 해. 예덴이 도시를 확보하는 동안 우리는 아티움을 빼돌릴 거야. 우린 예덴에게 반을 주고, 나머지 반을 갖고 사라지는 거야. 그 후에 자기가 손에 넣은 걸 지키는 일은 예덴이 알아서 해야지."

"자네가 좀 위험하겠는걸, 예덴."

햄이 반역도의 지도자를 슬쩍 보면서 말했다.

그는 어깨를 으쓱했다.

"아마 그렇겠지. 하지만 기적이 일어나서 우리가 결국 궁전을 지배하게 된다면, 우린 최소한 이전에 어떤 스카 반역도들도 해내지 못한 일을 성취하는 거야. 내 부하들에게 이 일은 돈 때문에 하는 일이 아니야. 심지어 생존과 관련된 일도 아니야. 이건 스카에게 희망을 주기 위한 원대하고 훌륭한 일인 거야. 하지만 자네들이 그런 걸 이해하리라고 기대하지는 않아."

켈시어가 재빨리 예덴에게 조용히 하라는 시선을 던지자, 예덴은 코웃음을 치고 뒤로 기대앉았다.

'알로맨시를 쓴 건가?'

빈은 궁금했다. 그녀는 전에도 고용자와 패거리의 관계를 보았지만, 예덴은 고용자라기보다 켈시어의 주머니에서 놀아나는 것 같았다.

켈시어가 다시 햄과 브리즈를 바라보았다.

"이 일에는 대담성을 보여준다는 것보다 더 큰 의미가 있어. 우리가 아티움을 훔쳐낸다면, 우리는 로드 룰러의 재정적 기반에 한 방 먹이는 거야. 그는 아티움에서 나오는 돈에 의존하고 있어. 그게 없으면 자기 군대에 돈을 지불할 방법이 없어질 거야.

로드 룰러가 우리가 친 덫에서 도망간다고 쳐도, 아니면 그를 처리하는 부담을 최소화하기 위해 그가 없을 때 우리가 도시를 접수한다고 해도, 그는 재정적으로 무너질 거야. 그러면 군인들을 진군시켜 예덴에게서 도시를 빼앗을 수가 없지. 이 일이 제대로 되면 어쨌든 도시는 혼돈에 빠질 테고, 귀족들은 너무 약해서 반란군에 반격하지 못할 거야. 로드 룰러는 당황할 테고, 큰 군대를 조직할 수는 없을걸."

"그럼 콜로스는?" 햄이 조용히 물었다.

켈시어가 잠시 말을 멈추었다.

"그가 자기 수도에 그 괴물들을 진군시킨다면, 그것 때문에 일어날 파괴는 재정적인 불안정보다 더 위험할 수도 있어. 혼란 속에서 지방 귀족들은 반역을 일으키고 왕을 자칭할 거야. 그리고 로드 룰러는 그들을 흡수할 만한 병력이 없겠지. 예덴의 반역도들이 루서델을 장악할 수 있을 테고. 친구들, 우리는 엄청난 부자가 될 거야. 모두들 자기가 원하는 걸 얻는 거지."

"'강철 미니스트리'는 잊어버리고 있군." 거의 잊힌 채 방 옆쪽에 앉아 있던 클럽스가 날카롭게 말했다. "심문관들은 자기들의 멋진 신권정치가 혼란 속에 굴러떨어지도록 손 놓고 있지는 않을걸."

켈시어가 말을 멈추고 클럽스 쪽으로 시선을 돌렸다.

"미니스트리를 처리할 방법을 찾아내야겠지. 난 몇 가지 계획을 세워놨어. 하지만 어느 쪽이건, 그런 문제는 우리가 패거리로서 함께 풀어나가야 해. 우리는 루서델 주둔군을 없애야 해. 그들이 거리 치안을 유지하고 있으면 아무것도 할 수가 없으니까. 우리는 도시를 혼돈으로 던져 넣을 적당한 방법과 우리 꽁무니에서 오블리게이터를 떼어놓을 방법을 찾아야 할 거야.

하지만 이 일을 제대로 해내면, 로드 룰러는 도시의 질서를 되찾기 위해 궁전 경비대를 보낼 수밖에 없을 거야. 어쩌면 심문관들을 보낼지도 모르고. 그러면 궁전은 무방비 상태로 남을 테고, 예덴에게는 궁전을 칠 완벽한 기회가 생길 거야. 그 후에는 미니스트리나 주둔군에 무슨 일이 일어나든 상관없을걸. 로드 룰러에게는 제국의 지배권을 유지할 돈이 없을 테니까."

"난 모르겠어, 켈." 브리즈가 고개를 흔들면서 말했다. 그의 경박하던 모습이 사라졌다. 그는 그 계획에 대해 진지하게 생각하고 있는 것 같았다. "로드 룰러는 그 아티움을 어디에선가 손에 넣었을 거야. 그가 그냥 거기 가서 더 파내면 어떡하지?"

햄이 고개를 끄덕였다.

"더구나 아티움 광산이 어디에 있는지 아무도 모르잖아."

"나라면 '아무도'라고는 하지 않겠어."

켈시어가 미소를 지으며 말했다.

브리즈와 햄이 서로를 쳐다보았다.

"넌 알아?" 햄이 물었다.

"물론이지." 켈시어가 말했다. "나는 1년을 거기서 일하면서 보냈다고."

"'갱?'" 햄이 놀라며 물었다.

켈시어가 고개를 끄덕였다.

"그래서 로드 룰러가 거기서 일하는 사람들을 아무도 살아 나가지 못하게 하는 거야. 자기 비밀이 새어 나가면 안 되거든. 그건 그냥 죄수의 유형지나, 스카가 끌려가 죽는 지옥이 아니야. 그곳은 광산이야."

"그렇군……." 브리즈가 말했다.

켈시어는 똑바로 일어서서, 바에서 나와 햄과 브리즈의 테이블로 걸어왔다.

"여기 우리에게 기회가 있어, 여러분. 다른 도둑 패거리가 아무도 해내지 못한, 위대한 일을 할 기회야. 우리는 다름 아닌 로드 룰러에게서 도둑질을 할 거야!

하지만 그 밖에도 더 있어. '갱' 때문에 거의 죽을 뻔하다가 도망친 다음부터…… 난 세상을 다르게 보고 있어. 희망 없이 일하는 스카들, 귀족의 찌꺼기를 먹고 살아남으려고 하다가 도중에 스스로 죽기도 하고 다른 스카도 죽이는 도둑 패거리들이 보여. 스카 반역도가 그렇게 열심히 로드 룰러에게 저항하려고 하는데 아무 진전 없는 모습 또한 보이고.

반역도들은 너무 통솔하기 힘들고 흩어져 있기 때문에 실패하는 거야. 여러 부분 중에 힘을 얻는 부분이 생기면 강철 미니스트리가 그 부분을 부숴버리고. 그래서는 '마지막 제국'을 이길 수 없어, 여러분. 하지만 작고 전문화되고 매우 숙련된 팀에겐 희망이 있어. 우리는 별로 노출될 위험 없이 일할 수 있어. 강철 미니스트리의 촉수를 피하는 법도 알아. 우리는 고위 귀족들이 생각하는 방식과 그들을 이용하는 법을 알아. 우린 이 일을 할 수 있어!"

그는 브리즈와 햄의 테이블 옆에 멈춰 섰다.

"난 모르겠어, 켈. 네 동기가 나쁘다는 건 아니야. 다만…… 음, 이건 좀 무모해 보여."

켈시어가 미소를 지었다.

"나도 알아. 하지만 어쨌든 넌 여기 찬성할 거잖아. 안 그래?"

햄은 잠시 말이 없다가 고개를 끄덕였다.

"네 패거리 일이라면 뭐든지 내가 같이한다는 걸 알고 있으면서. 이 일은 미친 소리처럼 들리지만 네 계획이 대부분 그렇지 뭐. 그냥…… 이것만 말해줘. 너, 로드 룰러를 타도한다는 거 진심이야?"

켈시어는 고개를 끄덕였다. 왜인지 몰라도 빈은 그를 믿고 싶었다.

햄이 단호히 고개를 끄덕였다.

"좋아, 그럼. 난 낄게."

"브리즈는?" 켈시어가 물었다.

잘 차려입은 남자는 고개를 저었다.

"난 잘 모르겠어, 켈. 이건 좀 극단적이야. 너라고 해도 말이야."

"우리에겐 네가 필요해, 브리즈." 켈이 말했다. "아무도 너만큼 군중을 달랠 수 없어. 우리가 군대를 일으킨다면 너의 알로맨서들과 네 힘이 필요할 거야."

"음, 그건 사실이지." 브리즈가 말했다. "하지만 그래도……."

켈시어는 미소 짓더니 테이블에 뭔가를 올려놓았다. 빈이 브리즈를 위해 따라놓았던 와인 잔이었다. 그녀는 켈시어가 바에서 나올 때 그 잔을 갖고 나온 것을 알아차리지도 못했다.

"도전이라고. 생각해봐, 브리즈." 켈시어가 말했다.

브리즈는 잔을 흘끔 보더니 켈시어를 바라보았다. 마침내 그는 웃으며 와인 잔에 손을 뻗었다.

"좋아, 나도 낄게."

"그건 불가능해." 방 뒤편에서 걸걸한 목소리가 말했다. 클럽스가 팔짱을 끼고 앉아 켈시어를 쏘아보고 있었다. "네가 진짜 계획하고 있는 게 뭐야, 켈시어?"

"난 진심이야." 켈시어가 대답했다. "내 계획은 로드 룰러의 아티움을 빼앗고 그의 제국을 타도하는 거야."

"넌 할 수 없어. 어리석은 짓이야. 심문관들이 우리 목구멍에 갈고리를 걸어 매달아버릴 거야." 클럽스가 말했다.

"아마 그렇겠지." 켈시어가 말했다. "하지만 우리가 성공했을 때

받을 보상을 생각해봐. 부와 권력, 그리고 스카가 노예가 아니라 사람답게 살 수 있는 땅."

클럽스는 크게 코웃음을 친 다음 일어났다. 그가 앉았던 의자가 뒤로 넘어졌다.

"어떤 보상으로도 충분하지 않을걸. 로드 룰러는 널 한 번 죽이려고 했지. 그가 널 제대로 죽일 때까지 만족하지 않을 작정이군."

그 말을 남기고 초로의 남자는 돌아서서 절름대는 걸음걸이로 성큼성큼 방을 나갔다. 그 뒤로 문이 쾅 닫혔다.

은신처는 조용해졌다.

"음, 다른 스모커가 필요하겠군." 독슨이 말했다.

"그냥 가도록 내버려둘 거야? 그는 모든 걸 알고 있잖아!" 예덴이 날카롭게 물었다.

브리즈가 빙그레 웃었다.

"자네는 이 작은 그룹에서 단 한 명 도덕적인 사람인 거 아니었어?"

"이건 도덕과 아무 상관 없어." 예덴이 말했다. "저렇게 가도록 놔두는 건 바보짓이야! 그가 몇 분 안에 오블리게이터들을 끌고 올 수도 있다고."

빈은 동의의 뜻으로 고개를 끄덕였지만, 켈시어는 고개를 저을 뿐이었다.

"난 그런 식으로 일하지 않아, 예덴. 난 클럽스를 모임에 초대하고 위험한 계획을 대강 말했어. 어떤 사람은 어리석다고 할지도 모르지. 하지만 그가 그 일이 너무 위험하다고 판단했다고 해서 그를 암살하지는 않겠어. 자네가 그런 식으로 일한다면, 곧 아무도 자네 계획에 귀 기울이지 않게 될 거야."

"게다가 우린 우리를 배신할 리 없다는 믿음을 주지 못하는 사람이라면 이런 모임에 초대하지 않아." 독슨이 말했다.

'말도 안 돼.'

빈은 얼굴을 찡그리며 생각했다. 켈시어는 패거리의 사기를 떨어지지 않게 하려고 허세를 부리고 있는 게 분명했다. 아무도 그 정도로 사람을 믿지는 않는다. 결국, 몇 년 전 켈시어가 실패해서 '하스신의 갱'에 간 것도 배신 때문에 벌어진 사건이라고 사람들이 말하지 않았던가? 아마 지금 이 순간에도 그는 클럽스에게 암살자들을 붙여 당국에 가지 못하게 지켜보도록 해두었을 것이다.

"좋아, 예덴." 켈시어가 일 이야기로 돌아왔다. "우리는 의뢰를 받아들였어. 계획은 시작된 거야. 자네도 하는 거지?"

"내가 안 한다고 하면 반역도의 돈을 도로 줄 거야?" 예덴이 물었다.

햄이 조용히 껄껄 웃은 것 외에는 아무도 답이 없었다. 예덴의 표정이 어두워졌다. 그러나 그는 고개를 저을 뿐이었다.

"나한테 다른 선택지가 있었다면……."

"아, 불평은 그만해." 켈시어가 말했다. "자넨 이제 공식적으로 도둑 패거리에 들어왔어. 그러니 여기 와서 우리와 함께 앉는 게 좋겠어."

예덴은 잠시 가만히 있다가 한숨을 쉬고는 걸어와 브리즈, 햄, 독슨이 앉은 테이블에 앉았다. 그 옆에는 아직 켈시어가 서 있었다.

빈은 여전히 그 옆 테이블에 앉아 있었다.

켈시어가 돌아서서 빈 쪽을 보았다.

"너는 어때, 빈?"

그녀는 가만히 있었다.

'왜 나한테 묻는 거지? 이미 자기가 날 쥐고 있다는 걸 알잖아. 그가 아는 지식을 배울 수만 있다면 계획이 어떤지는 중요하지 않아.'

켈시어는 기대에 차서 기다렸다.

"나도 낄게요."

빈은 그가 그 말을 듣고 싶은 것이리라 짐작하고 말했다.

그녀의 짐작이 옳았던 것 같다. 켈시어가 미소를 짓더니, 테이블의 마지막 의자 쪽으로 고갯짓을 했기 때문이었다. 빈은 한숨을 쉬었지만, 그가 가리킨 대로 일어서서 걸어가선 마지막 의자에 앉았다.

"이 아이는 누구야?" 예덴이 물었다.

"끄나풀." 브리즈가 말했다.

켈시어는 한쪽 눈썹을 치켜세웠다.

"사실은, 빈은 우리 신병 비슷해. 형은 몇 달 전 얘가 자기 감정을 '달래는' 걸 눈치챘어."

"수더야?" 햄이 말했다. "수더는 언제나 구할 수 있잖아."

"사실은 사람 감정을 '격동시킬' 수도 있는 것 같아." 켈시어가 말했다.

브리즈는 깜짝 놀랐다.

"정말이야?" 햄이 물었다.

켈시어가 고개를 끄덕였다.

"겨우 몇 시간 전에 독스와 내가 시험해봤어."

브리즈가 빙긋 웃었다.

"그런데 난 여기서 애한테 너 말고는 절대 다른 미스트본을 만나지 못할 거라고 말하고 있었단 말이지."

"팀의 두 번째 미스트본이라⋯⋯." 햄이 감탄한 듯이 말했다. "음, 성공 가능성이 어느 정도 커지는군."

"무슨 말을 하고 있는 거야?" 예덴이 씩씩거리며 말했다. "스카는 미스트본이 될 수 없어. 난 미스트본이란 게 존재하는지도 잘 모르겠어! 한 사람도 만나본 적이 없는 건 확실해."

브리즈는 한쪽 눈썹을 추켜세우더니, 예덴의 어깨에 한 손을 얹었다.

"그렇게 말 많이 하지 않는 편이 좋겠어, 친구. 그러면 훨씬 덜 바보 같아 보일 거야."

예덴은 몸을 흔들어 브리즈의 손을 떨어냈고, 햄은 웃었다. 그러나 빈은 조용히 앉아서 켈시어가 한 말의 의미를 생각했다. 비축된 아티움을 훔친다는 부분은 매혹적이었지만, 그러기 위해서 도시를 장악한다고? 이 사람들 진짜 그렇게 무모한가?

켈시어는 자기가 앉을 의자를 테이블로 끌어왔다. 그는 거꾸로 의자에 앉아 팔을 등걸이 위에 놓았다.

"좋아. 우리는 패거리가 되었어. 명확한 계획은 다음 모임에서 짤 거야. 하지만 자네들 모두 그 일에 대해 생각하고 있으면 좋겠어. 나한테는 계획이 있지만, 다들 맑은 정신으로 우리 일을 생각해보면 좋겠어. 우리는 루서델 주둔군을 도시 바깥으로 몰아내고,

루서델을 엄청난 혼돈으로 던져 넣어서 예덴의 군대가 공격해도 '대가문'들이 자기 군대를 동원해 막을 수 없도록 만들 방법을 논의해야 해."

모임에 있는 사람들은 예덴만 제외하고 전부 고개를 끄덕였다.

"하지만 오늘 저녁 모임을 끝내기 전에 자네들에게 미리 알려놓고 싶은 계획이 더 있어."

"더 있다고?" 브리즈가 빙긋 웃으며 물었다. "로드 룰러의 재산을 훔치고 그의 제국을 타도하는 걸로 충분하지 않아?"

"충분하지 않아. 할 수 있다면 난 그를 죽일 거야." 켈시어가 말했다.

침묵.

"켈시어." 햄이 천천히 말했다. "로드 룰러는 '무한의 조각'이야. 신 그 자체의 한 조각이라고. 넌 그를 죽일 수 없어. 아마 그를 붙잡는 것도 불가능할 거야."

켈시어는 대답하지 않았다. 그러나 그의 눈은 단호했다.

'그렇구나. 그는 미친 게 분명해.' 빈은 생각했다.

"로드 룰러와 나 사이에, 청산하지 못한 빚이 있어." 켈시어가 조용히 말했다. "그는 내게서 메어를 빼앗아 갔고, 내 정신도 무너뜨릴 뻔했어. 내가 이 계획을 짠 이유 중에는 그에게 복수하겠다는 마음도 있다는 걸 여러분 모두에게 털어놓겠어. 우리는 그의 정부, 그의 집, 그의 재산을 빼앗을 거야.

하지만 그렇게 하려면 그를 제거해야 해. 자기 지하 감옥에 가둔다든가…… 적어도 그를 도시 밖으로 몰아내야 해. 그러나 어느 쪽보다 더 좋은 선택지가 있어. 그가 나를 처넣었던 갱 속에서, 나는 알로맨시의 힘을 '끊고*' 각성하게 되었어. 이제 난 그를 죽이는 데 그 힘을 쓸 거야."

켈시어는 정복 주머니에 손을 넣어 뭔가를 꺼내더니 테이블 위에 놓았다.

"북쪽에는 어떤 전설이 있어." 켈시어가 말했다. "그 전설에 따르면 로드 룰러가 불멸이 아니라고…… 완전히 불멸은 아니라고 해. 맞는 금속을 고르면 그를 살해할 수 있다고. 열한 번째 금속. 그 금속 말이야."

사람들의 눈이 테이블에 있는 물체로 향했다. 빈의 새끼손가락만 한 길이와 너비의, 납작하고 얇은 금속 막대기였다. 은백색이었다.

"열한 번째 금속이라고?" 브리즈가 머뭇거리며 물었다. "그런 전설은 들어본 적이 없어."

"로드 룰러가 그걸 숨겨뒀지." 켈시어가 말했다. "하지만 찾아야 할 곳을 알면 찾아낼 수 있어. 알로맨시 이론에서는 열 가지 금속을 가르치지. 기본 금속 여덟 가지 그리고 고위 금속 두 가지. 하지만 대부분이 알지 못하는 금속이 또 하나 있어. 다른 열 가지보다 훨씬 더 강력한 금속."

브리즈는 얼굴을 찌푸리며 의심스럽다는 표정을 지었다.

---

* 끊다(SNAP): 알로맨시의 힘을 얻는 과정. 미스팅이나 미스트본이 심한 스트레스나 고통, 죽음에 가까운 상황을 겪을 때 일어나기 쉽다.

그러나 예덴은 강한 흥미를 느낀 것 같았다.

"그러면 그 금속으로 어떻게든 로드 룰러를 죽일 수 있어?"

켈시어는 고개를 끄덕였다.

"이게 그의 약점이야. '강철 미니스트리'는 사람들에게 로드 룰러가 불멸이라고 믿게 하려고 해. 하지만 이걸 불태우는 알로맨서라면 그도 죽일 수 있어."

햄은 손을 뻗어 그 얇은 금속 막대기를 집어 들었다.

"이걸 어디서 얻었어?"

"북쪽에서." 켈시어가 말했다. "'먼 반도' 근처 땅에서 얻었어. '승천' 전에 옛 왕국이 어떻게 불렸는지 사람들이 아직 기억하고 있는 땅이야."

"이건 어떻게 작용해?" 브리즈가 물었다.

"나도 잘 몰라." 켈시어는 솔직하게 말했다. "하지만 알아낼 작정이야."

햄은 도자기 같은 색깔의 금속을 바라보다가, 손가락으로 돌려보았다.

'로드 룰러를 죽인다고?'

빈은 생각했다. 로드 룰러는 바람이나 안개 같은 힘이었다. 그런 것들을 죽일 수는 없다. 그런 것들은 실제로 살아 있지 않으니까. 그냥 있을 뿐이다.

"그렇지만 자네들이 이 일에 대해 걱정할 필요는 없어." 켈시어가 햄에게서 그 금속을 돌려받으며 말했다. "로드 룰러를 죽이는 건 내 일이야. 그게 불가능하다면, 그를 속여 도시 밖으로 끌어낸

다음 넋 나갈 정도로 탈탈 털어주는 걸로 만족하겠어. 난 자네들이 내가 무엇을 계획하는지 알아야 한다고 생각했을 뿐이야."

'난 미친 사람의 부하가 되었구나.'

빈은 체념하며 생각했다. 하지만 사실 그건 중요하지 않았다. 그가 그녀에게 알로맨시를 가르쳐줄 수만 있다면.

5

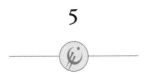

난 내가 해야 할 일이 무엇인지도 모르겠다. 테리스 학자들은 때가 오면 저절로 내가 할 일을 알게 될 거라고 주장하지만, 그건 별로 위안이 되지 않는다.

디프니스를 파괴해야 한다. 그리고 그걸 할 수 있는 사람은 나뿐이라고 한다. 그것은 지금도 세계를 유린하고 있다. 내가 빨리 막지 않으면, 이 땅에는 뼈와 먼지밖에 남지 않을 것이다.

"아하!"

카몬의 바 뒤에서 켈시어가 만족스러운 표정을 띠고 의기양양한 모습으로 뛰어나왔다. 그는 팔을 올려 먼지투성이 와인병을 카운터 상판 위에 쿵 내려놓았다.

독슨은 재미있어하며 병을 살펴보았다.

"이걸 어디서 찾았어?"

"비밀 서랍에서."

켈시어가 말하면서 병에서 먼지를 떨어냈다.

"비밀 서랍은 내가 다 찾아낸 줄 알았는데." 독슨이 말했다.

"맞아. 그런데 그중 하나의 뒤판이 가짜였어."

독슨이 빙긋 웃었다.

"영리하네."

켈시어는 고개를 끄덕이며 병마개를 뽑아 세 잔을 따랐다.

"절대로 그만두지 않고 살펴보는 게 요령이지. 언제나 또 비밀이 있어."

그는 잔 세 개를 들고 빈과 독슨이 앉은 테이블로 걸어갔다.

빈은 머뭇거리는 손으로 컵을 받아 들었다. 모임은 조금 전에 끝났고, 브리즈와 햄과 예덴은 켈시어의 말을 생각해보기 위해 나갔다. 빈은 자기도 나가야 한다고 느꼈지만 갈 곳이 없었다. 독슨과 켈시어는 당연히 그녀가 자기들과 함께 남아 있을 거라고 생각한 것 같았다.

켈시어는 불그레한 와인을 길게 한 모금 들이키더니 미소 지었다.

"아, 이건 훨씬 낫군."

독슨이 동의한다는 뜻으로 고개를 끄덕였다. 그러나 빈은 자기 술을 맛보지 않았다.

"다른 스모커가 필요해지겠군." 독슨이 말했다.

켈시어가 고개를 끄덕였다.

"하지만 다른 사람들은 받아들인 것 같았어."

"브리즈는 아직 확신이 없어." 독슨이 말했다.

"빠지지는 않을 거야. 브리즈는 도전을 좋아하는데, 이보다 더 큰 도전은 절대로 못 찾을 테니까." 켈시어가 미소 지었다. "게다가 자기가 끼지 않은 일을 우리가 하고 있는 걸 알면 돌아버릴걸."

"그래도…… 그가 불안해할 만해. 나도 좀 걱정되는데." 독슨이 말했다.

켈시어는 동의한다는 뜻으로 고개를 끄덕였고, 빈은 얼굴을 찌푸렸다.

'그럼 이 사람들은 진심으로 그 계획을 세우는 거야? 아니면 아직 나 보라고 하는 쇼일까?'

두 사람은 매우 유능해 보였다. 하지만 '마지막 제국'을 타도하겠다고? 안개가 흐르지 못하게 하거나 해가 뜨지 못하게 막는 쪽이 더 빠를 것이다.

"네 다른 친구들은 여기 언제 와?" 독슨이 물었다.

"이틀 뒤에." 켈시어가 말했다. "그때쯤엔 다른 스모커가 있어야 할 거야. 또, 아티움이 좀 더 필요할 테고."

독슨은 얼굴을 찌푸렸다.

"벌써?"

켈시어는 고개를 끄덕였다.

"오이쇠르와 계약하느라 거의 다 써버렸어. 그리고 남은 조각은 트레스팅의 농장에서 다 썼고."

'트레스팅이라고.' 지난주에 자기 저택에서 살해당한 귀족이었다. '켈시어와 어떤 관계가 있는 거지? 그리고 켈시어가 아티움 이야기를 하기 전에 뭐라고 했더라?' 그는 로드 룰러가 그 금속을 독점해서 고위 귀족들을 지배하고 있다고 했었다.

독슨은 턱수염이 난 턱을 문질렀다.

"아티움은 구하기 힘들어, 켈. 자네가 그 조각을 훔치는 계획을 짜는 데 거의 여덟 달이 걸렸어."

"그건 자네가 세심하게 해야 했기 때문이지." 켈시어가 의뭉스러운 미소를 지으며 말했다.

독슨은 약간 걱정하는 표정으로 켈시어를 바라보았지만, 켈시어는 더 환히 미소 지을 뿐이었다. 마침내 독슨은 눈을 굴리며 한숨을 쉬더니 빈을 쳐다보았다.

"넌 술에 손도 안 댔구나."

빈은 고개를 끄덕였다.

독슨은 설명을 기다리는 눈치였고, 결국 빈은 대답할 수밖에 없었다.

"난 내가 직접 준비하지 않은 건 뭐든지 마시고 싶지 않아요."

켈시어가 빙긋 웃었다.

"벤트가 생각나는걸."

"벤트?" 독슨은 코웃음을 치며 말했다. "이 아가씨는 편집증이 좀 있지만 그렇게 심하진 않아. 장담하지만 녀석은 늘 조마조마해서 자기 심장 고동 소리에도 깜짝 놀랄걸."

두 사람은 함께 웃었다. 그러나 빈은 그 다정한 분위기 때문에 더 불편해지기만 했다.

'나한테 뭘 기대하는 걸까? 난 도제 같은 게 되는 걸까?'

"자, 그럼 아티움을 어떻게 손에 넣을 계획인지 말해주겠어?" 독슨이 말했다.

켈시어가 막 대답하려는 참에, 누군가 덜커덕거리며 계단을 내려오는 소리가 났다. 켈시어와 독슨은 그쪽을 돌아보았다. 빈은 움직이지 않고도 방의 입구 양쪽을 다 볼 수 있는 자리에 앉아 있었다.

빈은 지금 오는 사람이 카몬 패거리 중 한 명이고, 켈시어가 은신처를 다 사용했는지 보러 오는 거라고 예상했다. 그래서 문이 활짝 열리고 클럽스라는 남자의 퉁명스럽고 울퉁불퉁한 얼굴이 드러났을 땐 깜짝 놀라고 말았다.

켈시어가 눈을 반짝거리며 미소 지었다.

'그는 놀라지 않았어. 기뻐하는 것 같지만, 놀라지는 않았어.'

"클럽스군." 켈시어가 말했다.

클럽스는 문간에 서서 셋을 매우 못마땅하게 바라보고 있었다. 마침내 그는 절름거리며 방으로 들어왔다. 마르고 어색해 보이는 10대 소년이 그를 따라왔다.

그 소년은 클럽스가 앉을 의자를 하나 가지고 와서 켈시어의 테이블 앞에 놓았다. 클럽스는 그 자리에 앉아 혼자 약간 투덜거렸다. 마침내 그는 가늘게 눈을 뜨고 코에 주름을 잡은 채 켈시어를 쳐다보았다.

"수더는 갔어?"

"브리즈?" 켈시어가 물었다. "응, 갔어."

클럽스가 꿍 소리를 내더니 와인병을 바라보았다.

"마음대로 마셔." 켈시어가 말했다.

클럽스는 바에서 잔을 가져오라고 소년에게 손짓으로 가리킨 다음 도로 켈시어를 보았다.

"확인을 할 필요가 있었어. 수더가 근처에 있을 때는 자네를 절대 믿을 수가 없거든. 특히 브리즈 같은 수더가."

"자네는 스모커잖아, 클럽스." 켈시어가 말했다. "자네가 허용하지 않는 한 그가 자네한테 할 수 있는 일은 별로 없어."

클럽스는 어깨를 으쓱했다.

"난 수더들이 마음에 안 들어. 그건 그냥 알로맨시가 아니야. 그런 녀석들은…… 음, 구리가 있건 없건 그자들이 근처에 있으면 내 마음이 조작당하지 않는다고 믿을 수가 없어."

"난 그런 것에 기대어 자네의 충성심을 얻지는 않을 거야." 켈시어가 말했다.

"나도 그 말은 들었어." 소년이 클럽스에게 와인을 한 잔 따라주었다. "하지만 확실하게 해줘야 했어. 브리즈가 주변에 없을 때 생각을 해봐야 했어." 빈은 그가 왜 그런 말을 하는지 알 수 없었지만, 그는 얼굴을 찌푸리더니 컵을 들어 단숨에 반 잔을 들이켰다.

"좋은 와인이군." 그는 끙 소리를 내며 말하더니, 켈시어를 바라보았다. "그럼 자네는 그 '갱'에서 정말 정신이 나갔구먼, 응?"

"완전히." 켈시어가 정색을 하고 말했다.

클럽스는 미소를 지었지만, 그 미소는 얼굴에 떠오르자 일그러진 표정이 되었다.

"그럼 이걸 성사시킬 작정이야? 이른바 자네의 이번 작업을?"

켈시어는 근엄하게 고개를 끄덕였다.

클럽스는 남은 와인을 들이켰다.

"그럼 자네는 스모커를 얻었어. 하지만 돈 때문이 아니야. 자네가 진심으로 이 정부를 무너뜨릴 작정이라면 나도 끼겠어."

켈시어가 미소 지었다.

"그리고 나한테 미소 짓지 마. 나 그거 아주 싫어." 클럽스가 쏘아붙였다.

"안 그럴게."

"자, 그럼 스모커 문제가 풀렸군." 독슨이 자기 잔에 또 한 잔 따르면서 말했다.

"별로 중요하진 않을 거야. 자네들은 실패할 테니까." 클럽스가 말했다. "나는 로드 룰러와 오블리게이터들에게서 미스팅들을 숨기면서 평생을 보냈지만, 결국 그는 미스팅들을 모두 손에 넣어버리지."

"그럼 왜 수고스럽게 우리를 돕는 거야?" 독슨이 물었다.

"왜냐하면 로드가 조만간 날 잡을 테니까." 클럽스가 일어서며 말했다. "최소한 이런 방법으로는 내가 가더라도 그의 얼굴에 침을 뱉을 수는 있을 거야. '마지막 제국'을 타도한다라……." 그는 미소 지었다. "이건 멋이 있어. 가자, 얘야. 가게에 가서 손님들 맞을 준비를 해야지."

빈은 그들이 가는 모습을 지켜보았다. 클럽스는 다리를 절며 문밖으로 나갔고, 소년이 그의 뒤에서 문을 닫았다. 그녀는 켈시어를 바라보았다.

"그가 돌아오리라는 걸 알고 있었군요."

그는 어깨를 으쓱하더니 일어서서 기지개를 폈다.

"기대는 했지. 사람들은 비전에 끌리니까. 내가 제안하는 작업은…… 음, 그냥 걷어차버릴 수 있는 일은 아니거든. 적어도 네가 삶 전체에 화가 나 있는 데다 지루해하는 노인이라면. 자, 빈. 이 건물은 전부 네 패거리네 거지?"

빈은 고개를 끄덕였다.

"위층 가게는 위장이에요."

"좋아." 켈시어는 자기 회중시계를 살펴보더니 독슨에게 건네주었다. "네 친구들에게 은신처로 돌아와도 된다고 얘기해. 이미 안개가 깔리고 있을 거야."

"그럼 우리는?" 독슨이 물었다.

켈시어가 미소 지었다.

"우린 지붕으로 가야지. 아까 말한 것처럼, 난 아티움을 좀 가져와야 하니까."

낮의 루서델은 검댕이 끼고 붉은 햇빛에 그을어 칙칙한 도시였다. 딱딱하고 윤곽이 또렷하고 답답한 공간이었다.

그러나 밤에는 안개가 모든 것을 흐릿하고 모호하게 만들었다. 고위 귀족의 아성들은 우뚝 선 유령 같은 실루엣이 되었다. 안개 속에서 거리들은 더 좁아 보였고, 주요 도로도 모두 쓸쓸하고 위험한 골목길로 변하는 것 같았다. 심지어 귀족과 도둑들도 밤에 나가기를 불안해했다. 불길한 예감을 느끼게 하는 자욱하고 고요한 안개 속을 용감히 걸어가려면 강심장이어야 했다. 어두운 밤 도시는 절망적인 사람들과 무모한 사람들의 장소였다. 소용돌이치는 수수께끼와 이상한 괴물들의 땅이었다.

'나같이 이상한 괴물.' 켈시어는 생각했다. 그는 은신처 평지붕의 가장자리를 따라 붙어 있는 벽 선반 위에 서 있었다. 주변 어둠 속에는 그늘진 건물들이 우뚝 솟아 있었고, 안개 때문에 모든 것이 어둠 속에서 움직이고 일렁대는 것 같았다. 이따금 보이는 창문에서 약한 불빛이 새어 나왔지만, 작은 구슬 같은 조명들은 겁에 질려 옹송그린 채로 모여 있었다.

시원한 바람이 옥상을 가로질러 불어왔다. 바람은 아지랑이를 움직이고, 누군가 내쉬는 숨결처럼 안개로 젖은 켈시어의 뺨을 간지럽혔다. 지나간 시절, 모든 것이 잘못되기 전에는 언제나 일하는 날 저녁에 옥상을 찾아 도시를 내려다보았다. 그는 오늘 밤 자신이 옛 습관을 지키고 있다는 걸 깨닫지 못했다. 언제나 그랬듯이 메어가 그의 옆에 서 있을 거라고 생각하며 옆쪽을 바라볼 때까지는.

그의 옆에는 허공뿐이었다. 외로웠다. 고요했다. 안개가 그녀를 대신하듯 옆에 있었다. 형편없는 대체품.

그는 한숨을 쉬고 몸을 돌렸다. 그의 뒤편 옥상에는 빈과 독슨이 서 있었다. 둘 다 안개 속에서 밖에 나와 있는 게 불안한 듯 보였다. 그러나 그들은 자신들의 공포를 견뎌냈다. 안개를 견디는 법을 배우지 못하면 암흑가에서 오래가지 못한다.

켈시어는 안개를 '견디는' 수준을 넘어 훨씬 더 많은 것을 배웠다. 지난 몇 년 동안 안개 사이로 너무나 자주 나가는 바람에 낮보다 안개가 포옹하듯 가려주는 밤이 더 편안해졌다.

"켈." 독슨이 말했다. "너 벽 선반에 꼭 그렇게 서 있어야 해? 우리 계획이 좀 정신 나갔을지 모르지만, 네가 저 아래 돌바닥에 떨어져 피 곤죽이 돼서 계획이 끝나버리는 건 싫다고."

켈시어는 미소 지었다.

'독슨은 아직 내가 미스트본이라고 생각하지 않아. 모두들 거기에 익숙해지는 데 시간이 좀 걸릴 거야.'

몇 년 전, 그는 루서델에서 가장 악명 높은 패거리의 두목이 되었다. 심지어 알로맨서도 아니었을 때였다. 메어는 틴아이였지만, 그와 독슨…… 둘은 그냥 보통 사람이었다. 한 명은 특별한 힘이 없는 혼혈, 다른 한 명은 도망친 농장 스카였다. 그들은 함께 '대가문'들을 굴복시키고, 넉살 좋게도 '마지막 제국'에서 가장 강력한 사람들의 물건을 훔쳤다.

이제 켈시어는 더, 훨씬 더 큰 존재였다. 옛날에는 그도 메어 같은 힘을 얻고 싶어 하며 알로맨시를 꿈꾸었다. 그녀는 그가 '끊어져서' 힘을 얻기 전에 죽었다. 그가 그 힘으로 무엇을 할지 그녀는 결코 보지 못할 것이다.

전에는 고위 귀족들이 그를 두려워했다. 켈시어를 잡으려고 로드 룰러가 직접 덫을 놓아야 했다. 이제는…… '마지막 제국' 자체가 흔들릴 것이고, 그는 제국을 끝장낼 것이다.

그는 다시 한 번 안개를 들이마시며 도시를 살펴본 다음, 벽 선반에서 뛰어내려 독슨과 빈이 있는 곳으로 느긋이 걸어왔다. 그들은 등잔을 갖고 있지 않았다. 대부분의 경우 안개에 번진 은은한 별빛으로도 충분히 보였다.

켈시어는 재킷과 조끼를 벗어 독슨에게 건네준 다음, 셔츠를 끄집어내 긴 옷을 느슨하게 풀었다. 천 색깔은 밤에 모습이 드러나지 않을 정도로 어두웠다.

"좋아, 내가 누구를 털어야 하지?" 켈시어가 말했다.

독슨은 얼굴을 찌푸렸다.

"너, 이거 정말 하고 싶은 거야?"

켈시어는 미소를 지었다.

독슨은 한숨을 쉬었다.

"어베인과 테니어트 가문은 최근에 털렸어. 아티움 때문은 아니지만."

"지금은 어느 가문이 제일 강해?" 켈시어가 쭈그려 앉아 독슨의 발치에 놓인 꾸러미의 끈을 풀면서 물었다. "아무도 습격하려고 들지 않을 곳은 어디일까?"

독슨은 잠시 말이 없었다.

"벤처." 그가 마침내 말했다. "벤처 가문은 지난 몇 년 동안 맨 위에 있었어. 상비 병력 수백 명을 유지하고, 집 안에는 미스팅이 스물다섯 명은 있지."

켈시어가 고개를 끄덕였다.

"좋아, 그럼 난 거기로 가겠어. 분명 아티움을 좀 갖고 있겠지."

그는 꾸러미를 풀고 짙은 회색 클록을 휙 꺼냈다. 몸을 감싸는 커다란 클록이었는데, 천이 통으로 쓰인 게 아니라 수백 개의 길고 가는 리본 같은 조각들로 만들어진 것이었다. 어깨와 가슴을 가로지르는 곳은 통으로 꿰매져 있었지만 대부분은 겹쳐진 띠처럼 서로 갈라져서 매달려 있었다.

켈시어가 그 옷을 걸치자 천 조각들이 비꼬이고 말렸다. 마치 안개 같았다.

독슨이 작게 숨을 내쉬었다.

"난 그 옷을 입은 사람과 이렇게 가까이 있어본 적이 없어."

"이게 뭔데요?" 빈이 물었다. 그녀의 조용한 목소리는 밤안개 속에 유령처럼 울렸다.

"미스트본의 클록이야." 독슨이 말했다. "미스트본들은 모두 저걸 입어. 저건 일종의…… 클럽 회원권 같은 거야."

"이건 입은 사람이 안개 속에 숨을 수 있는 색깔과 모양으로 만들어져 있어." 켈시어가 말했다. "그리고 도시 경비병들과 다른 미스트본들에게 이 옷을 입은 사람을 귀찮게 하지 말라고 경고하기도 하지." 그가 빙글 돌자 클록이 화려하게 공중으로 치솟았다. "나한테 어울리는 것 같아."

독슨은 눈을 굴렸다.

"좋아." 켈시어가 몸을 굽혀 꾸러미에서 천 허리띠를 꺼내며 말했다. "벤처 가문이라. 내가 알아두어야 할 게 있나?"

"로드 벤처의 금고는 아마 서재에 있을 거야." 독슨이 말했다. "거기에 아티움을 숨겨두고 있을 거야. 서재는 3층에 있어. 남쪽 위 발코니에서 안쪽으로 세 번째 방. 조심해. 벤처 가문에는 일반 군대와 미스팅들뿐만 아니라 헤이즈킬러*도 열두어 명 있으니까."

켈시어는 고개를 끄덕이며 허리띠를 맸다. 버클이 없는 허리띠

---

* 헤이즈킬러(HAZEKILLER): 알로맨서를 죽일 수 있도록 전문적으로 훈련받은 비(非) 알로맨서 자객.

에는 작은 칼집 두 개가 달려 있었다. 그는 가방에서 한 쌍의 유리 단검을 꺼내 시험 삼아 자국을 내보곤 칼집 속으로 매끄럽게 넣었다. 신발을 벗어 던지고 스타킹을 벗어 차가운 돌 위에 맨발로 섰다. 신발을 벗자 그의 몸에는 동전 지갑과 허리띠에 달린 금속 용액 세 병 외에는 금속 조각이 하나도 남지 않았다. 그는 가장 큰 병을 골라 안에 든 용액을 꿀꺽 삼키고, 빈 병을 독슨에게 건넸다.

"다 됐지?" 켈시어가 물었다.

독슨은 고개를 끄덕였다.

"행운을 빌어."

옆에서, 소녀 빈은 맹렬한 호기심을 불태우며 켈시어가 준비하는 모습을 보고 있었다. 그녀는 조용하고 존재감 없는 아이였지만 그에게 인상을 준 강렬한 심성을 숨기고 있었다. 맞다, 그녀는 편집증적이었다. 그러나 소심하지는 않았다.

'너에게도 기회가 생길 거야, 애야. 다만 오늘 밤이 아닐 뿐이지.' 그는 생각했다.

"자, 난 갈게." 그는 지갑에서 동전 하나를 꺼내 건물 옆면을 따라 밖으로 던지면서 말했다. "좀 있다가 클럽스의 가게에서 다시 봐."

독슨은 고개를 끄덕였다.

켈시어는 몸을 돌려 도로 지붕 벽 선반으로 걸어갔다. 다음 순간 그는 건물에서 뛰어내렸다.

주위 허공의 안개가 몸에 둘둘 감겨왔다. 그는 알로맨시의 두 번째 기본 금속인 강철을 불태웠다. 몸 주위에 그의 눈에만 보이는 반투명한 파란 선이 튕기듯 뻗어나갔다. 선 하나하나가 그의 가슴

한가운데서부터 가까운 금속의 근원을 향해 이끌려갔다. 모든 선은 상대적으로 희미했다. 작은 금속 자원들과 연결되었다는 표시였다. 문의 경첩, 못 그리고 다른 조각들. 자원이 되는 금속의 유형은 중요하지 않았다. 철이나 강철을 불태우면 가까이 있는 모든 금속에 파란 선을 뻗는다.

켈시어는 자기 동전을 향해 아래로 똑바로 뻗은 선을 골랐다. 강철을 불태워서, 그는 그 동전을 '밀었다'.

내려가던 몸이 즉시 멈추고, 파란 선을 따라 반대 방향인 위편 공중으로 다시 던져졌다. 그는 옆으로 손을 뻗어, 지나가는 창을 골라 거머쥐고 '밀어서' 몸의 방향을 옆으로 틀었다. 그렇게 조심스럽게 방향을 바꾸자 빈의 은신처 바로 맞은편 건물의 위쪽 가장자리를 넘어갈 수 있었다.

켈시어는 유연한 동작으로 착지했다. 쭈그려 앉은 자세로 떨어져선 처마가 있는 건물 지붕을 가로질러 달려갔다. 그는 맞은편 어둠 속에서 멈추어, 소용돌이치는 공기 속을 들여다보며 주석을 태웠다. 가슴 속에서 주석이 폭발하며 그의 감각이 예민해졌다. 갑자기 안개가 덜 짙어 보였다. 주위의 어둠이 조금이라도 옅어진 것은 아니었다. 그의 지각 능력이 강해졌을 뿐이었다. 그는 북쪽 멀리에 있는 커다란 건물을 간신히 알아볼 수 있었다. 벤처 아성.

켈시어는 주석을 계속 켜두었다. 주석은 천천히 타올랐으므로 닳아 떨어질 걱정은 하지 않아도 될 것이다. 그가 일어서자 안개가 몸에 살짝 감겨들었다. 안개는 굽어지고 빙빙 돌면서 가볍게, 거의 느낄 수 없을 정도로 그의 옆으로 흘러갔다. 안개는 그를 알고 있었다. 그가 자신들의 것이라고 주장했다. 안개는 알로맨시를 느낄 수 있었다.

그는 껑충 뛰면서 뒤에 있던 금속 굴뚝을 '밀어', 수평으로 넓게 도약했다. 뛰어오르는 순간 그는 동전을 한 개 던졌다. 작은 금속 조각은 어둠과 안개 속에서 반짝이며 움직였다. 그는 동전이 땅에 떨어지기 전에 동전을 '밀었다'. 그의 체중의 힘으로 동전은 쏜살같이 아래로 밀려갔다. 동전이 자갈에 떨어지는 순간, 켈시어의 '미는' 힘은 그의 몸을 위로 밀어 올렸다. 그의 도약 후반부는 우아한 호를 그렸다.

켈시어는 다른 건물의 처마가 있는 나무 옥상에 착지했다. 게멜이 처음 그에게 가르친 것이 '강철-밀기'와 '철-당기기'였다. 늙은 광인은 이렇게 말했었다. '네가 뭔가를 "미는" 건 네 몸무게를 거기에 던지는 것과 같단다. 그리고 네 몸무게는 바꿀 수 없어. 너는 북쪽의 무슨 신비주의자가 아니라 알로맨서니까. 그 물건이 너에게 날아오는 걸 원하지 않는다면, 너보다 가벼운 건 "당기지" 마라. 그리고 네 몸이 반대 방향으로 날아가는 게 싫으면 너보다 무거운 걸 "밀지" 말고.'

켈시어는 흉터를 긁은 다음 미스트클록을 꽉 여미면서 지붕 위에 웅크리고 앉았다. 나뭇결이 그의 맨발을 찔렀다. 그는 주석을 태울 때 모든 감각이 예민해지지 않았으면, 적어도 모든 감각이 동시에 예민해지지는 않았으면 하고 바랄 때가 많았다. 어둠 속에서 보려면 시력이 증진되어야 했고, 예민해진 청력도 유용했다. 하지만 주석을 태우면 피부가 너무 예민해져 밤이 더 싸늘하게 느껴졌고, 발에 닿는 모든 자갈과 나무의 결이 낱낱이 감지되었다.

그의 앞에는 벤처 아성이 솟아 있었다. 어두컴컴한 도시와 비교하면 아성은 빛으로 타오르는 것 같았다. 고위 귀족의 하루 일과는 보통 사람들과는 달랐다. 램프 기름과 촛불을 쓸 수 있는 심지어 낭비할 수 있는 능력은, 곧 부자는 계절이나 태양의 변덕 앞에 절할 필요가 없다는 뜻이었다.

아성은 웅장했다. 그 건물에서도 그 정도는 보였다. 부지 둘레에 방어벽은 세워놓고 있었지만, 아성 자체는 방어 시설이라기보다 예술적인 건물이었다. 튼튼한 지지벽이 옆쪽에서 둥그렇게 구부러져나가면서 복잡한 창문과 연약한 첨탑들이 사이사이에 들어가 있었다. 밝은 스테인드글라스 창문들은 직사각형 건물 옆면을 따라 높이 뻗어 있었고, 그 안에서 비쳐 나오는 환한 빛이 주위를 둘러싼 안개에 얼룩덜룩한 불빛을 던졌다.

켈시어는 철을 태우고, 강하게 폭발시켜 어둠 속에서 커다란 금속 자원을 찾았다. 아성에서 너무 멀리 떨어져 있었기 때문에 동전이나 경첩 같은 작은 물건은 사용할 수 없었다. 이 정도의 거리를 뛰어넘으려면 더 큰 닻이 필요할 것이다.

파란 선들은 대부분 희미했다. 켈시어는 느릿느릿 앞쪽으로 움직이는 선 두 개를 주의해서 보았다. 아마 옥상에서 경비를 서고 있는 경비병 한 쌍일 것이다. 켈시어가 느끼는 것은 그들의 흉갑과 무기였다. 알로맨시를 감안하면서도 귀족들은 대부분 병사에게 여전히 금속 무장을 시켰다. 금속을 '밀거나' '당길' 수 있는 미스팅들은 흔치 않았고, 완전한 미스트본은 훨씬 더 드물었다. 이런 적은 수의 위협에 대비하기 위해 병사와 경비병들을 상대적으로 무방비한 상태로 두는 건 비실용적이라고 생각하는 영주들이 많았다.

아니, 대부분의 고위 귀족들은 다른 수단을 써서 알로맨서에 대응했다. 켈시어는 미소를 지었다. 독슨은 로드 벤처가 헤이즈킬러 무리를 두고 있다고 했다. 사실이라면 켈시어는 밤이 다 가기 전에 그들과 만나게 될 것이다. 그는 잠시 군인들을 무시하고, 아성의 높은 꼭대기를 향해 뻗은 파랗고 또렷한 선에 집중했다. 지붕 위에 청동이나 구리가 깔려 있는 것 같았다. 켈시어는 철을 폭발시키고 깊이 숨을 들이쉰 후 그 선을 '당겼다'.

갑자기 그는 공중으로 휙 잡아당겨졌다.

켈시어는 계속 철을 태우면서 엄청난 속도로 아성 쪽으로 몸을 당겼다. 어떤 소문에서는 미스트본이 날 수 있다고 했지만, 아쉽게도 그것은 과장이었다. 금속을 '밀고' '당기는' 일은 대체로 난다기보다는 방향만 바꿔서 떨어지는 것에 가까운 느낌이었다. 알로맨서는 적합한 운동량을 얻기 위해서 세게 '당겨야' 하는데, 그러면 자기의 닻 노릇을 하는 금속을 향해 무시무시한 속도로 돌진하게 된다.

켈시어는 아성 쪽으로 쏜살같이 달려갔다. 안개가 몸 주위에 감겼다. 그는 아성 안쪽을 둘러싼 보호벽을 쉽게 통과했지만, 움직이면서 몸이 약간 땅 쪽으로 떨어졌다. 또 성가시게 몸무게 때문이었다. 체중은 그를 아래쪽으로 잡아당겼다. 아주 빠른 화살도 날아갈 때는 약간 땅 쪽으로 향하는 법이다.

몸무게가 아래로 당겨진다는 것은 그의 몸이 지붕 위로 바로 쏘아 오르는 대신 호를 그리며 흔들린다는 뜻이었다. 그는 옥상 몇십 피트 아래에 있는 아성 벽에 접근했다. 그가 날아가는 속도는 여전히 무시무시했다.

숨을 깊이 들이쉬고, 그는 백랍을 태웠다. 주석이 감각을 강화시키는 것같이 백랍은 육체적 능력을 강화시켰다. 그는 공중에서 몸을 돌려 발로 돌벽을 때렸다. 강화된 근육조차도 그런 취급을 당하자 괴로워했지만, 그는 뼈 하나 부러지지 않고 멈추었다. 그는 즉시 지붕 잡은 손을 놓고 몸이 떨어지기 시작하자마자 동전 하나를 떨어뜨리며 '밀었다'. 그다음 손을 뻗어 위에 있는 금속 자원을 골라서―스테인드글라스 창의 철사 덮개였다―'당겼다'.

동전은 땅 쪽으로 떨어지면서 갑자기 그의 몸무게를 지탱할 수 있게 되었다. 켈시어는 동전을 '밀고' 동시에 창문을 '당기면서' 몸을 위로 쏘아 올렸다. 그다음 두 금속을 모두 끄고, 어두운 안개 속에서 마지막 몇 피트는 가속도로 올라갔다. 클록이 조용히 퍼덕였다. 그는 아성의 위쪽 보조 통로 가장자리로 올라가 돌 울타리 위로 몸을 가볍게 튕겨 올린 후 벽 선반에 조용히 착지했다.

세 걸음도 떨어지지 않은 곳에 경비병 하나가 놀란 채 서 있었다. 켈시어는 일 초 만에 그의 위쪽 공중으로 뛰어올라, 경비병의 강철 흉갑을 살짝 '밀어' 남자의 몸 균형을 무너뜨렸다. 켈시어는 유리 단검 하나를 재빨리 뽑고 '철-당기기'로 경비병에게 다가갔다. 그는 양발로 남자의 가슴 위에 내려앉아 웅크린 후, 백랍으로 강해진 팔을 휘둘러 그를 베었다.

경비병은 목이 잘려 쓰러졌다. 켈시어는 그 남자 옆으로 유연하게 내려오며 어둠 속에서 경보 소리가 나지 않나 귀를 기울였다. 경보는 울리지 않았다.

켈시어는 피를 콸콸 쏟으며 죽어가는 경비병을 남겨두고 떠났다. 그 남자는 하위 귀족일 수도 있었다. 그렇다면 적이다. 대신 그가 스카 군인이었다면, 동전 몇 개에 유혹당해 자기 쪽 사람들을 배신한 자였다면…… 그렇다면 켈시어는 그런 작자를 영원 속에 보내주게 되어 훨씬 더 기뻤을 것이다.

그는 죽어가는 남자의 흉갑을 '밀고', 돌로 된 보조 통로에서 위로 뛰어올라 옥상으로 올라갔다. 발밑의 구리 지붕은 싸늘하고 번질거렸다. 그는 지붕을 타고 서둘러 건물 남쪽 면으로, 독슨이 말한 발코니를 찾아갔다. 발각되는 건 별로 걱정하지 않았다. 오늘 저녁에 온 목적 한 가지는 알로맨시의 열 번째 금속이자 대개 가장 강력한 금속으로 알려진 아티움을 훔치는 것이었다. 그러나 또 한 가지 목적은 소동을 일으키는 것이었다.

발코니는 쉽게 찾을 수 있었다. 폭도 면적도 넓은 발코니는 작은 그룹이 앉아서 즐기는 용도로 쓰이는 것 같았다. 하지만 지금은 조용했다. 경비병 두 명 말고는 아무도 없었다. 켈시어는 발코니 위의 밤안개 속에 조용히 웅크려 앉아, 몸을 가려주는 회색 클록을 걸고 발가락으로 금속 지붕 가장자리 면의 바깥쪽을 감았다. 두 경비병은 아래쪽에서 정신없이 잡담을 나누고 있었다.

'소동을 좀 피워볼까.'

켈시어는 경비병 사이의 벽 선반으로 똑바로 떨어졌다. 백랍을 태워 몸을 강화하며, 마음을 뻗어 두 사람에게 동시에 맹렬하게 '강철-밀기'를 했다. 그가 가운데 버티고 있었기 때문에 경비병들은 각각 반대 방향으로 밀려났다. 갑자기 보이지 않는 힘이 그들을 뒤로 밀어 발코니 울타리 너머의 어둠 속으로 던지자 그들은 놀라서 고함을 쳤다.

경비병들은 떨어지면서 비명을 질렀다. 켈시어는 발코니 문을 열어젖히고 안개의 벽이 그의 주위로 무너져 들어오게 했다. 안개의 덩굴손이 앞으로 기어들어오며 어두운 방을 차지했다.

'안쪽 세 번째 방.'

켈시어는 몸을 숙이고 앞으로 달려가며 생각했다. 두 번째 방은 조용하고 온실 같은 곳이었다. 재배된 관목과 작은 나무를 담고 있는 낮은 모판들이 방에 가득했고, 한쪽 벽은 식물이 쬘 햇빛을 공급받기 위해 천장부터 마루까지 거대한 창문으로 되어 있었다. 방은 어두웠지만 켈시어는 그 식물들이 모두 일반적인 갈색 식물과는 조금씩 다른 색깔이라는 걸 알았다. 어떤 것은 희고, 어떤 것은 붉그스름하고, 심지어 몇 가지는 밝은 노란색 같았다. 갈색이 아닌 식물은 귀족들이 재배하는 아주 드문 물건이었다.

켈시어는 재빨리 움직여 온실을 지나, 다음 문가에서 불이 켜져 문의 윤곽이 빛나는 것을 보고 멈추었다. 그는 불 켜진 방에 들어갈 때 예민해진 눈이 갑자기 어두워질까 봐 주석을 끄고, 문을 활짝 열었다.

그는 빛 때문에 눈을 깜박이면서 양손에 유리 단검을 쥔 채 몸을 숙이고 안으로 들어갔다. 그러나 방은 비어 있었다. 서재가 확실했다. 책장 옆의 벽마다 등불이 타고 있었고, 구석에는 책상이 하나 있었다.

켈시어는 칼을 다시 집어넣고 강철을 태우며 금속 자원을 찾았다. 방구석에 커다란 금고가 있었지만, 너무 뻔했다. 동쪽 벽 안에서 다른 강한 금속 자원이 뚜렷하게 빛났다. 켈시어는 다가가서 손가락으로 벽의 회반죽을 더듬었다. 귀족 아성의 벽들이 흔히 그렇듯이 여기에도 은은하게 벽화가 그려져 있었다. 낯선 생물들이 붉은 태양 아래 느긋이 앉아 있었다. 가짜 벽 부분은 2제곱피트 안짝이었고, 벽화로 금이 가려지는 곳에 자리 잡고 있었다.

'언제나 또 비밀이 있지.' 켈시어는 생각했다.

그는 굳이 기계장치 여는 법을 알아내려고 하지 않았다. 그냥 강철을 태우고, 안으로 마음을 뻗어 함정 문의 잠금장치로 짐작되는 약한 금속 자원을 세게 잡아당겼다. 그것은 처음에는 저항하면서 그를 벽으로 마주 끌어당겼다. 그러나 그는 백랍을 태우면서 더 세게 잡아당겼다. 잠금장치가 딸깍 소리를 내며 벽의 패널이 활짝 열렸다. 벽 안에 설치된 작은 금고가 드러났다.

켈시어는 미소를 지었다. 백랍으로 강해진 사람이라면 충분히 운반할 수 있을 만큼 작아 보였다. 벽에서 빼낼 수만 있다면.

그는 위로 뛰어올라 금고에 '철-당기기'를 하며 벽에 발을 대고 내려왔다. 열린 벽의 양쪽 면에 한 발씩 걸치고 버텼다. 그는 몸을 고정시키고 계속 '당기'다가 백랍을 폭발시켰다. 다리에 힘이 넘쳐흘렀고, 그는 금고를 '당기면서' 철도 폭발시켰다.

그는 안간힘을 쓰며 조금 끙끙거렸다. 어느 쪽이 먼저 포기하느냐 하는 시험이었다. 금고냐, 그의 다리냐.

금고가 들썩거렸다. 켈시어는 더 세게 '잡아당겼다'. 근육들이 비명을 질렀다. 한순간이었지만 길게 느껴졌다. 아무 일도 일어나지 않았다. 다음 순간 금고가 흔들리더니 벽에서 뜯겨 나왔다. 켈시어는 뒤로 넘어지며 강철을 태우고 금고를 '밀어' 그것이 자기를 피해 가도록 했다. 그는 땅에 서툴게 착지했다. 금고가 위쪽으로 지저깨비들을 날리며 나무 바닥에 부딪치자, 땀이 이마에서 뚝뚝 떨어졌다.

놀란 경비병 한 쌍이 방으로 달려 들어왔다.

"더 일찍 왔어야지."

켈시어가 한 손을 들고 두 병사의 칼 중 하나를 '당기면서' 말했다. 칼은 칼집에서 홱 빠져나와 공중에서 빙글빙글 돌며 켈시어가 지정한 곳으로 쏜살같이 날아갔다. 그는 철을 끄고 옆으로 비켜서서 가속도로 날아오는 칼의 손잡이를 잡아챘다.

"미스트본이다!" 경비병이 비명을 질렀다.

켈시어는 미소를 짓고 앞으로 풀쩍 뛰었다.

경비병이 단검을 꺼냈다. 켈시어는 그 단검을 '밀어서' 남자의 손에서 무기를 뽑아내고, 칼을 휘둘러 경비병의 몸에서 머리를 베어냈다. 두 번째 경비병은 욕을 하며 자기 갑옷 끈을 잡아당겨 풀었다.

켈시어는 자기 칼을 휘두르자마자 '밀었다'. 칼은 그의 손가락에서 떨어져 나와 두 번째 경비병에게 쉿 소리를 내며 똑바로 날아갔다. 첫 경비병의 시체가 쓰러지는 순간 켈시어가 '미는' 것을 막으려고 푼 갑옷이 툭 떨어졌다. 무방비가 된 두 번째 경비병의 가슴에 켈시어의 칼이 박혔다. 남자는 조용히 비틀거리다가 쓰러졌다.

켈시어는 클록을 바스락거리며 시체들에게서 몸을 돌렸다. 지금 그의 분노는 로드 트레스팅을 죽였던 밤의 맹렬한 감정과는 달리 고요했으나 아직도 분노를 느끼고 있었다. 근질거리는 흉터 속에서 그리고 사랑한 여자의 떠오르는 비명 속에서. 켈시어는 '마지막 제국'을 유지하는 그 어떤 사람에게도 살아갈 권리를 인정해줄 생각이 없었다.

그는 백랍을 폭발시켜 몸을 강화한 후 쪼그려 앉아 금고를 들었다. 그는 무게 때문에 잠시 비틀거리다가 일어서서, 몸의 균형을 잡고 도로 발코니 쪽으로 발을 끌며 걷기 시작했다. 금고 안에 아티움이 들어 있을 것이다. 어쩌면 아닐 수도 있었다. 그러나 다른 선택지를 찾아볼 시간이 없었다.

온실을 절반쯤 지나왔을 때 뒤에서 발자국 소리가 들렸다. 돌아서자 서재에 사람들이 넘쳐흐르는 게 보였다. 느슨한 회색 로브를 입고 칼 대신 결투용 지팡이와 방패를 갖춘 여덟 사람이었다. 헤이즈킬러들이었다.

켈시어는 금고를 땅에 떨어뜨렸다. 헤이즈킬러들은 알로맨서가 아니었지만 미스팅과 미스트본에 대항해 싸우는 훈련을 받았다. 그들은 몸에 금속을 한 조각도 지니지 않고 그의 속임수에 대비할 것이다.

켈시어는 뒤로 물러나 몸을 펴고 미소 지었다. 여덟 명의 사람들은 서재 안으로 들어와 흩어졌다. 그들의 움직임은 조용하고 정확했다.

'이거 재밌어지겠군.'

헤이즈킬러들은 둘씩 짝을 지어 온실 속으로 달려 들어오며 공격했다. 켈시어는 단검을 빼들고 아래쪽으로 몸을 숙여 첫 번째 공격을 피하고는 한 사람의 가슴을 베었다. 그러나 그 헤이즈킬러는 뒤로 펄쩍 뛰어 물러나더니 자기 지팡이를 휘둘러 켈시어가 다가오지 못하게 했다.

켈시어가 백랍을 폭발시키면서, 강화된 다리로 펄쩍 뛰어 뒤로 물러났다. 그는 한 손으로 동전 한 줌을 홱 꺼내 적들에게 '밀었다'. 금속 원반들은 앞으로 쏘아져 나가며 공중을 씽씽 갈랐다. 그러나 적들은 대비하고 있었다. 그들이 방패를 들자 동전들은 나무 부스러기를 위로 튀겼지만 사람은 해치지 못한 채 방패에 맞고 떨어졌다.

켈시어는 다른 헤이즈킬러들을 쳐다보았다. 그들은 방을 가득 채우고 그에게 다가왔다. 그들은 전투가 길어지면 그와 싸울 엄두를 낼 수 없었다. 그들은 싸움이 빨리 끝나기를 바라면서, 아니면 적어도 알로맨서들이 깨어나 싸울 때까지 그를 붙잡아둘 수 있기를 바라면서 그에게 동시에 달려드는 전술을 쓸 것이다. 그는 바닥에 내려앉으며 금고를 흘끗 보았다.

금고를 놔두고 떠날 수는 없었다. 싸움도 빨리 끝내야 했다. 그는 백랍을 폭발시키며 앞으로 뛰어들어 단검을 휘둘러보았다. 그러나 적수의 방어를 뚫고 들어갈 수 없었다. 켈시어는 간신히 몸을 숙이면서 물러나 지팡이 끝에 머리가 부서지는 꼴을 가까스로 피했다.

헤이즈킬러 세 명이 뒤에서 달려들어 그가 발코니 방으로 물러서지 못하게 막았다.

'훌륭해.'

켈시어는 여덟 명 전부를 동시에 감시하려고 시도하며 생각했다. 그들은 정확하고 조심스럽게 한 팀으로 움직이면서 그에게 다가왔다.

켈시어는 이를 갈며 다시 백랍을 폭발시켰다. 그는 백랍이 떨어져가고 있다는 것을 알아챘다. 기본 금속 여덟 가지 중에서 백랍은 가장 빠르게 타는 금속이었다.

'지금 그걸 걱정할 때가 아냐.'

뒤에서 헤이즈킬러들이 공격했고, 켈시어는 펄쩍 뛰어 비키면서 금고를 '당겨' 자기 몸을 방 한가운데로 세게 끌어당겼다. 그는 금고 근처의 땅에 닿자마자 '밀어서' 몸을 비스듬히 공중에 쏘아 올렸다. 그는 공격자 둘의 머리를 잡아당겨서 홱 꺾은 다음 잘 재배된 나무 묘판 옆에 착지했다. 그는 빙글 돌며 백랍을 폭발시키고, 적이 휘두를 공격을 예상하고 막기 위해 팔을 들어 올렸다.

결투용 지팡이가 그의 팔에 닿았다. 터질 듯한 고통이 팔뚝을 타고 내려왔지만, 백랍으로 강화된 뼈가 버텨주었다. 켈시어는 계속 움직였다. 다른 손을 앞으로 내밀어 적수의 가슴팍에 단검을 힘껏 밀어 넣었다.

남자는 놀라 뒤로 비틀거리며 켈시어의 단검을 뽑아내려고 했다. 연이어 두 번째 헤이즈킬러가 공격했지만 켈시어는 몸을 숙여 피하고 빈손을 아래로 뻗어 허리띠에서 동전 주머니를 떼어냈다. 헤이즈킬러는 켈시어의 남은 단검을 막아내려고 했지만, 그러는 대신 켈시어는 다른 손을 들어 올려 남자의 방패에 동전 주머니를 힘껏 던졌다.

그리고 동전을 방패 안으로 '밀었다'.

위력적인 '강철-밀기' 때문에 뒤로 던져지자 헤이즈킬러는 비명을 질렀다. 켈시어는 그의 강철을 폭발시키고 세게 '밀어서' 자기 몸도 뒤로 던져, 그를 공격하려던 한 쌍의 남자들에게서 멀어졌다. 켈시어와 그의 적은 서로 떨어지며 날아가 반대쪽으로 던져졌다. 켈시어는 맞은편 벽에 부딪쳤지만 계속 '밀었다'. 그의 적수와 동전 주머니, 방패, 모든 것을 거대한 온실 창에 밀어붙였다.

유리가 산산이 부서지면서 유리 조각 위에 서재에서 비치는 등불의 광채가 노닐었다. 헤이즈킬러의 절망적인 얼굴이 창 너머 어둠 속으로 사라지고, 깨진 창문으로 안개가 조용하지만 불길하게 기어들기 시작했다.

나머지 여섯 명이 가차 없이 앞으로 전진하는 바람에, 켈시어는 팔의 통증을 무시한 채 몸을 숙여 지팡이를 두 차례나 피해야 했다. 그는 작은 묘목에 긁히면서 몸을 돌려 비켜났지만 세 번째 헤이즈킬러의 지팡이 공격에 옆구리를 강타당했다.

그 공격으로 켈시어는 나무 묘판에 던져졌다. 그는 발을 헛디뎠다가, 불 켜진 서재 입구 부근에 쓰러지며 단검을 떨어뜨렸다. 고통에 숨을 들이키며 무릎을 꿇고, 옆구리를 움켜쥔 채 몸을 굴렸다. 다른 사람이었다면 그 일격에 갈비뼈가 박살 났을 것이다. 켈시어도 크게 멍이 들 것이다.

여섯 사람이 앞으로 나와 흩어져 그를 다시 둘러쌌다. 아픔과 분

투로 눈이 흐려졌지만 켈시어는 비틀거리며 일어났다. 그는 이를 갈며 손을 아래로 뻗어 남은 금속 병 하나를 꺼냈다. 그 안에 든 것을 단숨에 마셔 백랍을 보충한 다음, 주석을 태웠다. 빛에 눈이 멀 지경이었고 팔과 옆구리의 고통이 더 날카롭게 느껴졌다. 그렇지만 폭발적으로 강화된 감각에 머리가 맑아졌다.

헤이즈킬러 여섯 명이 갑자기 협동 공격을 하며 다가왔다.

켈시어는 철을 태우고 금속을 찾아 손을 옆으로 움직였다. 가장 가까이 있는 원천은 서재 바로 안쪽 책상 위에 있는 두꺼운 은문진이었다. 켈시어는 그것을 날려 손으로 집고 몸을 돌려서, 공격 자세로 다가오는 사람들에게 팔을 뻗었다.

"좋아." 그는 으르렁거리듯 말했다.

켈시어는 강철을 불태워 순간적으로 힘을 썼다. 직사각형 잉곳(금속이나 합금을 녹여 주형에 넣고 덩어리로 만든 것)이 그의 손에서 떨어져 쏜살같이 공중을 날아갔다. 맨 앞에 있던 헤이즈킬러가 방패를 들어 올렸지만 너무 늦었다. 잉곳이 으드득 소리를 내며 남자의 어깨를 맞혔고, 그는 비명을 지르며 쓰러졌다.

켈시어는 옆으로 빙글 돈 다음 몸을 숙여 헤이즈킬러가 휘두르는 지팡이를 피하고 자기와 쓰러진 남자 사이에 헤이즈킬러 한 명이 들어가게 만들었다. 그는 철을 태우고, 잉곳을 자기 쪽으로 도로 '당겼다'. 잉곳이 공중을 날아 두 번째 헤이즈킬러의 옆머리를 때렸다. 남자는 쓰러지고 잉곳은 공중으로 튀어 올랐다.

남은 사람 중 하나가 욕설을 하며 공격하려고 앞으로 달려 나왔다. 켈시어는 아직 공중에 떠 있는 잉곳을 '밀어서' 자신을 공격하는 헤이즈킬러에게서 멀리 날아가게 했다. 헤이즈킬러는 방패를 들어 올렸다. 잉곳이 그의 뒤쪽 땅에 떨어지는 소리가 들렸고, 그는 백랍을 태우며 손을 위로 올려 헤이즈킬러가 휘두르는 지팡이를 잡았다.

헤이즈킬러는 끙끙거리며 켈시어의 강해진 힘에 맞서 싸웠다. 켈시어는 지팡이를 끌어당겨 빼앗으려고 하지 않았다. 대신 뒤에 있는 잉곳을 날카롭게 '당겨' 치명적인 속도로 자기 등 쪽으로 끌어들였다. 그는 마지막 순간 몸을 틀어 자기 운동량으로 헤이즈킬러의 몸을 빙글 돌려서…… 잉곳이 날아가는 경로로 똑바로 들여보냈다.

남자가 쓰러졌다.

켈시어는 백랍을 폭발시켜 공격을 버텼다. 아니나 다를까, 지팡이 하나가 어깨에 와서 부딪쳤다. 나무 지팡이가 쪼개져 그는 비틀거리며 무릎을 꿇었으나, 폭발시킨 주석 덕분에 의식을 유지할 수 있었다. 고통과 함께 명징한 정신이 번뜩였다. 그는 잉곳을 '끌어당겨' 죽어가는 남자의 등에서 빼내고는 옆으로 비켜서서 즉흥적으로 만든 무기가 자기 옆을 지나쳐 날아가게 했다.

가장 가까이 있던 헤이즈킬러 두 명은 방심하지 않고 몸을 웅크렸다. 잉곳은 그중 한 사람의 방패에 턱 박혔다. 그러나 켈시어는 균형을 잃고 몸이 날아갈까 봐 계속 '밀지' 않았다. 대신 그는 철을 태우며, 잉곳을 도로 자기 쪽으로 확 잡아챘다. 그는 철을 끄고 몸을 숙였다. 잉곳이 몸 위 공중으로 쉭 날아가는 것이 느껴졌다. 잉곳이 그에게 살금살금 다가오던 남자에게 부딪치자 와작 소리가 났다.

켈시어는 빙글 돌면서 철을 태운 다음 강철을 태워 마지막 두 사람에게 잉곳을 날렸다. 그들은 잉곳을 피해 물러났지만, 켈시어는 잉곳을 잡아당겨 그들 바로 앞의 땅에 떨어뜨렸다. 그들이 방심하지 않고 그것을 바라보느라 정신이 팔려 있을 때, 켈시어가 달려와 펄쩍 뛰어오르며 잉곳에 '강철-밀기'를 써서 자기 몸을 날려 그들 머리 위로 넘어갔다. 헤이즈킬러들이 욕을 하며 몸을 돌렸다. 켈시어는 땅에 내려앉으며 잉곳을 다시 '당겨서', 뒤에서 한 사람의 두개골을 박살냈다.

그 헤이즈킬러는 조용히 쓰러졌다. 잉곳은 어둠 속에서 몇 번 휘리릭 뒤집혔고, 켈시어가 그것을 공중에서 잡았다. 서늘한 표면이 피로 번질번질했다. 깨진 창으로 들어온 안개가 그의 발치에 흐르고 다리에 감겨 올랐다. 그는 손을 내려서, 마지막 남은 헤이즈킬러를 똑바로 겨누었다.

방 한쪽에서 쓰러진 사람 하나가 신음했다.

남은 헤이즈킬러는 뒤로 물러나더니 무기를 떨어뜨리고 쏜살같이 도망갔다. 켈시어는 미소를 지으며 손을 내렸다.

갑자기 잉곳이 그의 손가락에서 '밀려났다'. 잉곳은 쏜살같이 방을 가로질러 날아가더니 창문을 또 하나 부수었다. 켈시어가 욕을 하며 몸을 돌리자, 더 많은 사람들 한 무리가 서재로 쏟아져 들어오는 것이 보였다. 귀족 옷을 입고 있었다. 알로맨서들이었다.

몇 명이 손을 들자 동전이 돌풍처럼 켈시어를 향해 쏟아졌다. 그는 강철을 폭발시키며 동전들을 '밀어내' 비껴가게 했다. 방에 동전들이 뿌려지면서 창문이 깨지고 나무가 쪼개져 날았다. 켈시어는 허리띠를 잡아당기는 힘을 느꼈다. 마지막 금속 병이 빠져나가 다른 방으로 '당겨졌다'. 건장한 남자들 몇 명이 몸을 웅크린 채 앞으로 달려와, 쏟아지는 동전 아래에 머물렀다. 써그. 햄처럼 백랍을 태울 수 있는 미스팅들이었다.

'갈 때가 되었군.'

켈시어는 또 한 번 쏟아지는 동전의 파도를 피하며 생각했다. 그는 옆구리와 팔에 느껴지는 고통에 이를 악물었다. 그는 뒤쪽을 슬쩍 보았다. 몇 초의 여유가 있었지만 발코니 쪽으로 도로 가지는 않을 작정이었다. 더 많은 미스팅들이 다가오자 켈시어는 깊은숨을 들이쉬고 천장부터 마루까지 통으로 된 깨진 창문 한 곳으로 돌진했다. 그는 안개 속으로 뛰어나가, 떨어지며 공중에서 몸을 돌리고 마음을 뻗어 떨어져 있던 금고를 단단히 '당겼다'.

그는 금고에 밧줄로 묶여 있는 듯이 공중에서 건물 옆면을 향해 훌쩍 뛰어내렸다. 켈시어의 몸무게가 금고를 당기자 금고가 온실 바닥을 갈아내며 앞으로 미끄러지는 것이 느껴졌다. 그는 건물 옆면에 쿵 부딪혔지만 창틀 위쪽에 버티고 서서 계속 '당겼다'. 그는 창에 거꾸로 매달려 선 채, 금고를 '당기면서' 힘을 주었다.

금고가 위쪽 바닥 가장자리를 넘어 나타났다. 불안하게 기우뚱 거리더니 창밖으로 떨어져 곧장 켈시어를 향해 곤두박질쳤다. 그는 미소 지으며 철을 끄고 다리로 건물을 밀어내 미친 다이빙 선수처럼 안개 속에 몸을 던졌다. 어둠 속으로 거꾸로 떨어지면서, 위쪽의 깨진 창으로 나와 있는 화난 얼굴을 언뜻 보았다.

켈시어는 조심스럽게 금고를 '당겨' 공중에서 몸을 움직였다. 안개가 그의 주위에 감기자 시야가 흐려지며 떨어지고 있다는 느낌이 전혀 들지 않았다. 그저 허공 한가운데 떠 있는 것 같았다.

금고에 닿자, 그는 공중에서 몸을 돌려 금고를 '밀며' 자기 몸을 위쪽으로 던졌다.

금고는 바로 아래 자갈길에 떨어졌다. 켈시어는 금고를 약간 '밀어' 몸의 속도를 늦추고, 지상 겨우 몇 피트 위에서 멈추었다. 그는 잠시 안개 속에 떠 있었다. 클록의 리본들이 바람에 말리고, 펄럭였다. 그는 금고 옆 땅으로 내려왔다.

떨어지는 바람에 금고가 깨졌다. 켈시어는 부서진 금고 앞면을 비틀어 열면서, 주석으로 예민해진 귀로 건물 위쪽에서 나는 경고의 외침에 귀를 기울였다. 금고 안에는 작은 보석 주머니 한 개와 1만 박싱짜리 신용장 두 장이 있었다. 그는 그것을 전부 주머니에 넣었다. 그다음 금고 안쪽을 더듬거리다가 불현듯이 그날 밤에 벌인 일이 허사가 아닌가 걱정이 들 무렵, 그의 손가락이 그 물건과 마주쳤다. 맨 뒤쪽에 있던 작은 주머니.

주머니를 당겨 열자 짙은 구슬 같은 금속 조각 무더기가 보였다. 아티움이었다. '갱'에서 보낸 시간의 기억이 되살아나면서 흉터가 화끈해졌다.

그는 주머니를 꼭 쥐고 일어섰다. 약간 떨어진 곳에, 자갈길 위에 비틀린 채 누워 있는 사람이 보였다. 그는 누군지 살펴보았다. 아까 창밖으로 던져버린 헤이즈킬러의 짓이겨진 유해였다. 켈시어는 시체 옆을 걸어 지나가며, '철-당기기'로 자신의 동전 주머니를 잡아당겨 도로 손에 넣었다.

'아니, 오늘 밤은 허사가 아니었어.'

켈시어의 관점으로는, 아티움을 찾지 못했다고 해도 귀족이 한 떼거리 죽었다면 어떤 밤이든 성공적인 밤이었다.

그는 한 손에 주머니를, 다른 손에 아티움 주머니를 쥐었다. 그는 계속 백랍을 태우고 있었다. 백랍이 그의 몸에 빌려준 힘이 없었다면 상처의 고통으로 이미 쓰러졌을 것이다. 그는 어둠 속으로, 클럽스의 가게를 향해 달려갔다.

6

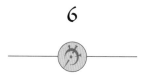

나는 절대로 이 일을 바라지 않았다, 정말이다. 그러나 누군가가 '디프니스'를 멈춰야 한다. 그리고 그 일을 이룰 수 있는 장소는 테리스뿐이라고 한다.

하지만 이 사실에 학자들의 말까지 빌려 올 필요는 없다. 다른 사람들은 아니지만, 나는 이제 우리의 목표를 느낄 수 있다, 감지할 수 있다. 그것은…… 저 산맥 속 먼 곳에서, 내 마음속에서, 고동치고 있다.

빈은 조용한 방에서 일어났다. 붉은 아침 햇빛이 덧문 틈으로 새어 들어왔다. 그녀는 잠시 불안해하며 침대에 누워 있었다. 뭔가 잘못된 것같이 느껴졌다. 낯선 장소에서 깨어서 그런 것은 아니었다. 린과 함께했던 여행 때문에 그녀는 떠돌아다니는 생활 방식에 익숙했다. 불편한 원인을 깨닫는 데 잠시 시간이 걸렸다.

방이 비어 있었다.

비어 있을 뿐만 아니라 문이 열려 있었다. 한산했다. 그리고……편안했다. 그녀는 기둥 위에 올려진 진짜 매트리스 위에 누워 있었다. 시트와 플러시 천 퀼트 이불도 있었다. 방에는 견고한 나무 장식장이 있었고, 원형 러그도 있었다. 다른 사람이 보면 답답하고 간소한 방이라고 생각할지도 모르지만, 빈에게는 호화로워 보였다.

그녀는 얼굴을 찌푸리며 일어나 앉았다. 방 하나를 온전히 자기 혼자 차지하다니 잘못된 일 같았다. 그녀는 언제나 패거리들로 채워진 비좁은 침대 방에 끼어 있었다. 여행할 때도 거지들의 골목이나 반역도 동굴에서 잤고, 린이 그녀와 함께 있었다. 혼자 있을 시간과 장소를 찾으려면 언제나 기를 쓰고 싸워야 했다. 그것을 이렇게 쉽게 얻게 되자 짧은 고독의 순간들을 누리기 위해 애쓴 지난 몇 년이 평가절하되는 것 같았다.

그녀는 침대에서 빠져나왔지만 덧문은 굳이 열지 않았다. 햇빛이 희미한 걸 보니 아직 이른 아침이었다. 그러나 벌써부터 사람들이 복도에서 움직이는 소리가 들렸다. 그녀는 살금살금 문가로 가 살짝 문을 열고 밖을 내다보았다.

전날 밤 켈시어가 떠난 후, 독슨은 클럽스의 가게로 빈을 데려왔다. 시간이 늦었기 때문에 클럽스는 곧장 그들을 각자 다른 방으로 데려갔다. 그러나 빈은 즉시 잠들지 않았다. 모두 잠들 때까지 기다렸다가, 주위 환경을 살펴보기 위해 슬쩍 빠져나왔다.

그 주택은 가게라기보다는 여관 같았다. 아래층에 전시장이 있고 뒤쪽에 커다란 작업장이 있었지만, 2층에는 객실들이 줄줄이 있는 긴 복도가 몇 개나 있었다. 3층도 있었고, 문과 문 사이의 간격이 더 넓은 걸 보니 방이 더 큰 것 같았다. 그녀는 함정 문이나 가짜 벽을 찾으려고 벽을 두드려보지는 않았다. 그런 소리를 내면 누군가 깨어날 것이다. 그러나 그녀의 경험상, 적어도 비밀 지하실과 빠져나갈 구멍은 있어야 제대로 된 은신처라 할 수 있었다.

전반적으로 그녀는 깊은 인상을 받았다. 아래층의 목공 장비와 반쯤 완성된 작품들은 은신처를 평판이 좋은 가게이자 영업 중인 가게로 위장했다는 뜻이었다. 은신처는 안전했고, 구색이 잘 갖춰져 있었으며, 손질도 잘되어 있었다. 문틈을 통해 지켜보는데 빈의 방 맞은편 문에서 지쳐빠진 젊은 남자 여섯 명 정도가 나왔다. 그들은 단순한 옷을 입고, 작업실로 가는 계단을 내려갔다.

'목수 도제들이야. 클럽스의 위장은 스카 기능공이구나.' 빈은 생각했다.

스카 대부분은 농장에서 힘들고 단조로운 생활을 했다. 도시에 사는 스카들조차도 보통은 천한 육체노동을 해야 했다. 그러나 얼마 안 되는 재주 있는 스카들은 사업을 할 수 있었다. 그들은 여전히 스카였다. 형편없는 보수를 받았고, 언제나 귀족들의 변덕에 좌지우지되었다. 그러나 그들은 다른 스카 대부분이 부러워할 만한 어느 정도의 자유를 갖고 있었다.

클럽스는 일류 목수인 것 같았다. 스카의 기준으로는 놀라운 생활수준을 누리는 사람이 과연 무엇 때문에 암흑가에 합류하는 위험을 무릅쓰게 되었을까?

'그는 미스팅이야. 켈시어와 독슨은 그를 "스모커"라고 불렀어.'

빈은 생각했다. 그녀는 그게 무슨 뜻인지 혼자서 알아내야 할 것이다. 경험상 켈시어같이 강력한 사람은 때때로 작은 지식은 주어도, 될 수 있는 한 오랫동안 그녀에게 지식을 전해주려 하지 않을 것이다. 그에게 그녀를 묶어두는 것은 그가 가진 지식이었다. 그것을 너무 많이, 너무 빨리 줘버리는 건 현명하지 않을 테니까.

바깥에서 발소리가 났다. 빈은 계속 문틈으로 내다보았다.

"슬슬 준비해야지, 빈."

독슨이 그녀의 방문을 지나가며 말했다. 그는 귀족이 입는 드레스셔츠와 슬랙스를 입고 있었고, 잠에서 완전히 깨어 단정하게 보였다. 그는 멈춰 서서 계속 말했다.

"복도 끝 방에 네가 쓸 깨끗한 욕조가 있고, 클럽스에게는 네가 갈아입을 옷을 좀 달라고 했어. 좀 더 적당한 옷을 구할 때까지 입기엔 괜찮을 거야. 천천히 목욕하렴. 켈은 오늘 오후에 회의하겠다고 했지만, 브리즈와 햄이 오기 전까지는 시작할 수 없으니까."

독슨은 갈라진 문틈으로 그녀를 바라보며 미소 짓더니 계속 복도를 걸어갔다. 들켜버린 빈이 얼굴을 붉혔다.

'이 사람들은 관찰력이 있는 사람들이야. 이건 기억해둬야겠어.'

복도가 조용해졌다. 그녀는 문밖으로 빠져나와 독슨이 가르쳐준 방으로 살금살금 내려갔다. 정말로 따뜻한 목욕물이 기다리고 있어서 반쯤 놀랐다. 그녀는 타일을 붙인 방과 금속 욕조를 살펴보며 얼굴을 찌푸렸다. 귀족 레이디의 욕조처럼 물에서 향기가 났다.

'이 사람들은 스카라기보단 귀족 같아.'

빈은 생각했다. 그녀는 그것을 어떻게 생각해야 할지 잘 몰랐다. 그러나 그들은 그녀가 자기들처럼 할 거라고 생각하고 있는 게 분명했다. 그래서 그녀는 문을 닫아 빗장을 지르고, 옷을 벗은 다음 욕조 속으로 기어들어갔다.

그녀에게서 이상한 냄새가 났다.

희미한 향기였지만, 빈은 여전히 자기 몸에서 이따금 훅 끼치는 냄새를 맡을 수 있었다. 귀족 여자가 지나갈 때의 냄새, 오빠가 도둑질할 때 열었던 향수 뿌린 서랍의 향기였다. 아침이 지나면서 냄새는 점점 희미해져갔지만 그녀는 여전히 그 냄새 때문에 불안했다. 다른 스카들과 구별되는 냄새였다. 이 패거리에서는 그런 목욕을 규칙적으로 해야 한다면, 향수는 빼달라고 요청해야 할 것이다.

아침밥은 그녀의 기대에 부응했다. 여러 연령대의 스카 여자 몇 명이 가게 부엌에서 베이랩을 준비하고 있었다. 얇고 납작한 빵의 속을 끓인 보리와 채소로 채우고 돌돌 만 것이었다. 빈은 부엌 문가에 서서 여자들이 일하는 모습을 지켜보았다. 그녀들은 보통 스카보다 훨씬 더 깔끔하고 몸단장을 잘했지만 아무도 빈 같은 냄새는 풍기지 않았다.

사실, 건물 전체가 묘하게 청결했다. 전날 밤에는 어둠 때문에 알아차리지 못했지만 마루가 깨끗이 문질러져 씻겨 있었다. 부엌 여자들이나 도제들이나 모든 일꾼의 얼굴과 손이 깨끗했다. 빈에게는 이상하게 느껴졌다. 그녀는 자기 손가락이 재 얼룩으로 검어진 쪽이 익숙했다. 린과 함께 있을 때는 얼굴을 씻더라도 재빨리 다시 재로 문질렀다. 깨끗한 얼굴을 하고 있으면 거리에서 눈에 띄었다.

'구석에 재가 없어.' 그녀는 마루를 쳐다보며 생각했다. '방이 쓸려 있어.'

그녀는 한 번도 이런 곳에 살아본 적이 없었다. 마치 귀족 집에 사는 것 같았다.

그녀는 도로 부엌 여자들을 흘끔 보았다. 그들은 흰색과 회색의 소박한 드레스를 입고, 머리 위에는 스카프를 두르고, 등 쪽으로 긴 머리를 늘어뜨렸다. 빈은 자기 머리를 만지작거렸다. 그녀는 소년처럼 머리를 짧게 잘랐다. 지금의 들쭉날쭉한 머리는 패거리 중 한 명이 잘라주었다. 그녀는 이 여자들과 비슷하지 않았다. 그런 적이 한 번도 없었다. 린의 명령에 따라, 빈은 패거리들이 그녀를 여자애라기보다 도둑으로 먼저 생각하게끔 하고 살았다.

'하지만 지금 난 뭐지?'

목욕을 해서 향기가 나지만 도제 직공의 갈색 바지와 단추 달린 셔츠를 입고 있는 그녀는 매우 뻘쭘했다. 나쁜 일이었다. 자기가 어색하게 느낀다면 남에게도 분명 어색해 보일 것이다. 눈에 띌 만한 일이 또 하나 늘었다.

빈은 돌아서서 작업실을 보았다. 이미 아침 작업을 시작한 도제들이 여러 점의 가구에 붙어서 일하고 있었다. 그들이 뒤쪽에서 일하는 동안 클럽스는 주 전시실에서 가구에 세부적인 마무리 손질을 했다.

뒤쪽 부엌문이 갑자기 쾅 열렸다. 빈은 반사적으로 옆으로 슬쩍 피하며, 벽에 등을 대고 부엌 안을 둘러보았다.

햄이 붉은 햇빛을 뒤집어쓰고 문가에 서 있었다. 그는 헐렁한 셔츠와 조끼를 입었는데, 둘 다 소매가 없었다. 그는 커다란 꾸러미 몇 개를 들고 있었다. 그의 몸은 검댕으로 더럽지 않았다. 빈이 몇 번 보는 동안 이 패거리는 아무도 더러운 모습을 보인 적이 없었다.

햄은 부엌을 지나 작업실로 들어왔다. 그는 꾸러미들을 내려놓으며 말했다.

"그런데 내 방 어딘지 누가 알아?"

"마스터 클래던트에게 물어보겠습니다." 도제 한 명이 말하고 앞방으로 들어갔다.

햄은 미소를 짓고 기지개를 펴더니 빈 쪽을 보았다.

"안녕, 빈. 있잖아, 나 때문에 숨을 필요 없어. 우린 같은 팀이야."

빈은 긴장을 풀었지만 있던 곳에 그대로 서 있었다. 거의 완성된 의자들이 줄줄이 늘어선 곳이었다.

"당신도 여기서 살 거예요?"

"스모커를 근처에 두려면 언제나 대가가 드니까." 햄은 그렇게 말하고 돌아서서 도로 부엌으로 사라졌다. 그는 잠시 후 커다란 베이랩 네 개를 무더기로 들고 들어왔다. "켈이 어디 있는지 누구 알아?"

"자고 있어요. 간밤에 늦게 들어와서 아직 일어나지 않았어요." 빈이 말했다.

햄이 베이랩을 한입 먹으며 투덜거렸다.

"독스는?"

"3층 자기 방에 있어요. 일찍 일어나서 내려와 먹을 걸 갖고 도로 위층으로 올라갔어요." 빈은 열쇠 구멍으로 들여다보니 그가 책상에 앉아 종이에 뭘 끼적이고 있더라는 말은 덧붙이지 않았다.

햄은 한쪽 눈썹을 치켜세웠다.

"넌 언제나 그렇게 모든 사람이 어디 있는지 계속 신경 쓰니?"

"네."

햄은 잠시 말을 못 하다가 싱긋 웃었다.

"이상한 애구나, 빈."

도제가 들어오자 그는 꾸러미를 주워 모으고 도제를 따라 위층으로 올라갔다. 빈은 일어서서 그들의 발소리에 귀를 기울였다. 그들은 첫 번째 복도에서 반쯤 가다 멈추었다. 그녀의 방에서 문 몇 개 떨어진 곳일 것이다.

끓인 보리 냄새가 그녀를 유혹했다. 빈은 부엌을 바라보았다. 햄은 부엌에 들어가서 음식을 갖고 왔다. 그녀도 똑같이 해도 될까?

자신 있게 보이려고 빈은 성큼성큼 부엌으로 걸어 들어갔다. 베이랩이 무더기로 접시에 쌓여 있었다. 도제들이 일할 때 가져다줄 것인 듯했다. 빈은 그중 두 개를 집었다. 부엌 여자들은 아무도 그녀를 막지 않았다. 몇 명은 그녀에게 정중하게 고개를 끄덕이기까지 했다.

'난 이제 중요한 인물인가 봐.'

그녀는 상당히 불편한 마음으로 생각했다. 그들은 그녀가…… 미스트본이라는 걸 알까? 아니면 그냥 손님이기 때문에 존경심을 담아 대하고 있는 것일까?

결국 빈은 세 번째 베이랩까지 집어 자기 방으로 도망갔다. 그건 그녀가 먹을 수 있는 양보다 많았다. 그러나 그녀는 보리를 긁어내고 납작한 빵을 남길 작정이었다. 빵은 나중에 필요하게 될 때까지 잘 간직할 것이다.

문에서 노크 소리가 났다. 빈은 문으로 가서 조심스럽게 문을 당겨 열었다. 젊은 남자 하나가 밖에 서 있었다. 전날 밤 클럽스가 카몬의 은신처로 돌아올 때 함께 왔던 소년이었다.

회색 옷을 입은 그는 마르고 크고 어색해 보였다. 그는 열네 살 정도 되는 것 같았지만 키 때문에 나이가 더 들어 보였다. 왠지 몰라도 그는 초조한 것 같았다.

"왜?" 빈이 물었다.

"음……."

빈은 얼굴을 찌푸렸다.

"뭐야?"

"너 오래." 그는 강한 동쪽 억양으로 말했다. "그 일 하게 위로 올라오래. 마스터 점프스와 같이 3층으로. 어, 나 가봐야겠어."

소년은 얼굴을 붉히더니 돌아서서 재빨리 계단으로 올라갔다.

빈은 말문이 막힌 채 자기 방 문가에 서 있었다.

'이런 식으로 해도 되는 거야?' 그녀는 궁금했다.

빈은 복도를 바라보았다. 소년은 그녀가 자기를 따라올 거라고 생각한 것 같았다. 결국 그녀는 그렇게 하기로 하고 조심스럽게 계단을 올라갔다.

복도 끝 열린 문에서 여러 사람의 목소리가 흘러나오고 있었다. 다가가서 모퉁이 주위를 둘러보자 훌륭하게 꾸민 방이 있었다. 멋진 러그와 편안한 의자들이 놓여 있고, 방 옆쪽에선 벽난로가 불타고 있으며, 의자들은 칠판대 위에 놓인 거대한 칠판을 바라보도록 배열되어 있었다.

켈시어가 일어서서 와인 한 잔을 손에 든 채 한쪽 팔꿈치를 벽돌 벽난로에 기대고 있었다. 몸의 각도를 약간 바꾸자, 그가 브리즈에게 이야기하고 있는 모습이 보였다. 수더는 정오쯤 도착했고, 클럽스의 도제들 절반쯤을 무단으로 부려서 자기 짐을 풀었다. 빈은 도제들이 잡동사니 상자로 위장한 짐을 브리즈의 방으로 들고 올라가는 모습을 자기 창문에서 지켜보았다. 브리즈 자신은 손가락 하나 움직이지 않았다.

햄이 그 방에 있었고 독슨도 있었다. 클럽스는 브리즈에게서 제일 멀리 있는, 커다랗고 속을 빵빵하게 채운 의자에 앉아 있었다. 빈을 데려온 소년은 클럽스 옆의 등받이 없는 의자에 앉았고, 그녀를 쳐다보지 않으려 애쓰고 있는 게 눈에 보였다. 마지막으로, 전처럼 흔한 스카 일꾼의 옷을 입은 예덴이 앉아 있었다. 그는 사치스러운 의자가 못마땅하다는 듯 등받이에 등을 기대지 않은 채 의자에 앉아 있었다. 빈이 생각하는 스카 일꾼답게 그의 얼굴은 검댕이 묻어 검었다.

빈 의자가 두 개 남아 있었다. 켈시어는 빈이 문가에 서 있는 것을 알아차리고 초대하는 듯한 미소를 지었다.

"음, 왔네. 들어와."

빈은 방을 살펴보았다. 창문이 하나 있었다. 하지만 덧문은 다가오는 어둠을 막으려는 듯이 닫혀 있었다. 빈 의자는 켈시어를 둘러싼 반원 안에만 있었다. 그녀는 체념하고 앞으로 나가 독슨 옆의 빈 의자에 앉았다. 의자가 너무 컸다. 그녀는 의자에 무릎을 꿇고 앉았다.

"이게 우리 전부야." 켈시어가 말했다.

"마지막 의자는 누구 거야?" 햄이 물었다.

켈시어는 미소를 짓고 윙크했지만 질문에 대답하지 않았다.

"좋아, 이야기를 시작하자. 우리 앞에는 꽤 큰 일이 놓여 있으니 계획의 윤곽을 빨리 잡을수록 좋을 거야."

"난 자네한테 계획이 있는 줄 알았지." 예덴이 언짢아하며 말했다.

"뼈대는 있어. 난 무슨 일을 해야 하는지 알고, 그걸 어떻게 해야 할지 아이디어도 몇 가지 있어. 하지만 이런 패거리를 모았으면 그냥 뭘 하라고 시키는 게 아니라고. 계획이 제대로 이루어지려면 해결해야 하는 문제의 목록부터 시작해서 다 함께 짜야 해."

"음. 먼저 그 뼈대를 분명히 알려줘. 계획은 예덴에게 군대를 모아주고, 루서델에 혼란을 일으키고, 궁전을 점령하고, 로드 룰러의 아티움을 훔치고, 그다음 정부가 무너지게 놔두는 거야?" 햄이 말했다.

"본질적으로는 그래." 켈시어가 말했다.

"그럼 우리에게 가장 큰 문제는 주둔군이야. 루서델에 혼란을 일으키고 싶다면, 치안을 유지하는 병력 2만 명을 여기 둬서는 안 돼. 성벽 위에서 무장하고 저항하는 세력이 있다면 예덴의 병력이 절대로 도시를 차지할 수 없다는 사실은 말할 것도 없고."

켈시어는 고개를 끄덕였다. 그는 분필 한 조각을 집어 들고 칠판에 '루서델 주둔군'이라고 썼다.

"다른 건?"

"아까 이야기한 혼란을 루서델에 일으킬 방법이 필요해." 브리즈가 와인 잔을 들고 몸짓하며 말했다. "친구, 네 본능은 옳아. 이 도시에는 미니스트리의 본부가 있고, '대가문'들이 여기서 자기들의 상업 제국을 운영해. 로드 룰러의 통치를 끝장내고 싶다면 루서델을 무너뜨려야 해."

"귀족 얘기를 하면 또 다른 문제가 나오는데." 독슨이 덧붙였다. "'대가문'들의 경비 병력은 모두 도시에 있어. 알로맨서는 말할 것도 없고. 우리가 예덴에게 도시를 넘겨주려면 귀족들을 처리해야 할 거야."

켈시어는 고개를 끄덕이며 칠판의 '루서델 주둔군' 옆에 '혼란'과 '대가문'이라고 썼다.

"미니스트리." 클럽스가 말했다. 그는 플러시 천 의자에 한껏 푹 기대앉아 있는 탓에 빈에게는 그의 부루퉁한 얼굴이 거의 보이지 않았다. "강철 심문관들이 입이라도 뻥긋할 수 있는 한 정부는 변하지 않을 거야."

켈시어는 칠판에 '미니스트리'라고 덧붙였다.

"또 다른 건?"

"아티움." 햄이 말했다. "그것도 저 위에 써두는 게 좋을 거야. 일단 전반적인 아수라장이 시작되면, 우리는 궁전을 신속히 점령하고 다른 누구도 보물 창고에 들어갈 기회를 잡지 못하도록 만들어야 해."

켈시어는 고개를 끄덕이며 '아티움: 비밀 보물 창고'라고 칠판에 썼다.

"예덴의 병력을 모을 방법도 찾아야지." 브리즈가 덧붙였다. "조용하지만 빠르게 모아야 하고, 그들을 어디선가 훈련시켜야 해. 로드 룰러가 찾지 못할 곳에서."

"또 스카 반역도가 루서델을 통제할 준비가 되어 있는지도 확인해야겠지." 독슨이 덧붙였다. "궁전을 점령하고 수비하는 건 멋진 이야깃거리가 되겠지. 하지만 일단 모든 일이 다 끝나면 예덴과 그의 부하들이 실제로 통치할 준비가 되어 있어야 할 거야."

'병력'과 '스카 반역도'가 칠판에 더해졌다.

"그리고 난 '로드 룰러'를 덧붙이겠어." 켈시어가 말했다. "다른 선택지가 없어진다면 적어도 그를 도시 밖으로 끌어낼 계획은 있어야 할 거야."

'로드 룰러'라고 목록에 쓴 다음 그는 모인 사람들을 다시 바라보았다.

"뭐 빠진 게 있나?"

"뭐, 만약 우리가 극복해야 할 문제들을 늘어놓고 있는 거라면, 거기 우리 모두 제정신이 아니라는 것도 써야 할 거야. 그 사실을 고칠 수 있을지는 의심스럽지만." 예덴이 냉담하게 말했다.

사람들은 빙긋 웃었고 켈시어는 칠판에 '예덴의 나쁜 태도'라고 썼다. 그런 다음 뒤로 물러서서 목록을 살펴보았다.

"이렇게 나눠놓으니까 그렇게 나쁘지 않아 보여. 그렇지?"

빈은 얼굴을 찌푸리며 켈시어가 지금 농담하는 건지 아닌지 판단하려고 애썼다. 그 목록은 그냥 주눅이 드는 정도가 아니라 가히 충격적이었다. 제국 군인 2만 명? 고위 귀족들의 선발 병력과 권력? 미니스트리? '강철 심문관' 한 명은 천 명의 병력보다 더 강력하다고들 했다.

그러나 마음이 더 불편해지는 구석은, 그들이 그 문제를 아주 사무적으로 바라보고 있다는 사실이었다. 어떻게 로드 룰러에게 저항한다는 생각을 할 수 있는 걸까? 그는…… 음, 그는 '로드'다. 그는 전 세계를 지배한다. 창조자, 보호자 그리고 인류의 징벌자다. 그는 그들을 '디프니스'에서 구했지만 사람들의 믿음 부족을 벌하기 위해 재와 안개를 가져왔다. 빈은 별로 종교적이지는 않았다. 영리한 도둑이라면 '강철 미니스트리'를 피해야 한다는 걸 아니까. 하지만 그녀조차도 그 전설은 알았다.

그렇지만 패거리는 그 '문제' 목록을 투지 어린 눈으로 바라보았다. 그들은 진지하게 즐거워하고 있었다. '마지막 제국'을 전복하는 것보다 밤에 해가 뜨게 만들 가능성이 차라리 더 크다는 걸 그들도 알고 있는 것 같았다. 그래도 그들은 여전히 시도할 것이었다.

"로드 룰러여, 맙소사." 빈이 속삭였다. "여러분 진심이군요. 진짜 할 생각이에요."

"맹세할 때 그 이름을 사용하지 마, 빈." 켈시어가 말했다. "신성 모독도 그놈에겐 영광이야. 네가 그 괴물의 이름으로 욕을 하면, 네 신으로 인정하는 거야."

빈은 입을 다물고 약간 멍한 채로 도로 의자에 앉았다.

"아무튼 이 문제들을 어떻게 극복할지, 누구든지 무슨 생각이 있으면 말해. 물론 예덴의 태도는 제외하고. 우리 모두 그건 가망이 없다는 걸 아니까." 켈시어가 가볍게 미소를 지으면서 말했다.

방이 조용해지고, 사람들은 생각에 잠겼다.

"무슨 생각 있어? 생각할 다른 각도나 인상이라도?" 켈시어가 물었다.

브리즈가 고개를 저었다.

"이제 저기 다 적어놓고 나니 저 아이가 정곡을 찌르지 않았나 생각할 수밖에 없는데. 이건 벅찬 일이야."

"하지만 해낼 수 있어." 켈시어가 말했다. "도시를 무너뜨리는 방법부터 시작하자. 아주 위협적이어서 귀족들을 혼란에 던져 넣고, 궁전 경비대까지 도시로 나와 우리 병력에 노출되게 하려면 우리가 뭘 해야 할까? 우리가 병력을 진입시켜 공격하는 동안 미니스트리와 로드 룰러의 정신을 딴 데 팔도록 할 수 있는 일이 뭐가 있을까?"

"음, 전반적인 민중 혁명이 떠오르는데." 햄이 말했다.

"안 될 거야." 예덴이 단호하게 말했다.

"왜 안 돼?" 햄이 물었다. "민중이 어떤 취급을 받는지 알잖아. 그들은 빈민가에 살고, 하루 종일 공장과 대장간에서 일해. 그런데도 절반쯤은 여전히 굶고 있어."

예덴은 고개를 저었다.

"이해 못 하겠어? 반역도는 천 년 동안 이 도시의 스카들을 봉기

시키려고 했어. 하지만 결코 이루지 못했어. 그들은 너무 짓밟혀왔어. 그들에겐 저항의 의지나 희망이 없어. 그래서 자네들에게 군대를 얻으려고 온 거야."

방이 조용해졌다. 그러나 빈은 천천히 고개를 끄덕였다. 그녀도 그것을 보았고 느꼈다. 인간은 감히 로드 룰러와 싸우지 않는다. 사회 변두리에 숨어 도둑질로 살아가는 신세일지라도 그녀는 그 사실을 알았다. 반역은 일어나지 않을 것이다.

"안타깝지만 그 말이 옳아." 켈시어가 말했다. "현재 상태에서 스카는 봉기하지 않을 거야. 이 정부를 타도하려면 대중의 도움 없이 해내야 해. 그들 가운데서 우리 편 군인을 징집할 수는 있겠지. 하지만 인민 전체에 의지할 수는 없어."

"우리가 어떤 재앙을 일으킬 수는 없을까? 화재라든지?" 햄이 물었다.

켈시어는 고개를 저었다.

"얼마 동안 무역을 방해할 수는 있겠지만, 우리가 원하는 효과를 낼 수 있을지 의심스러워. 게다가 스카들의 희생이 너무 커질 거야. 돌로 만들어진 귀족 아성이 아니라 빈민가가 불탈 테니까."

브리즈가 한숨을 쉬었다.

"그럼 우리한테 뭘 시킬 거야?"

켈시어가 눈을 반짝이며 미소 지었다.

"'대가문'들이 서로 등을 돌리게 만들면 어떨까?"

브리즈는 침묵했다.

"가문 전쟁이라……." 그가 생각에 잠겨 와인을 한 모금 마시며 말했다. "그런 일이 도시에서 일어난 지 좀 됐지."

"즉, 긴장이 태동할 시간이 충분히 있었다는 이야기지." 켈시어가 말했다. "고위 귀족들은 점점 더 강력해지고 있어. 로드 룰러는 이제 그들을 거의 통제하지 않아. 그래서 우리가 그의 통제를 깨뜨릴 가능성이 있는 거지. 루서델의 '대가문'들이 관건이야. 그들은 제국의 무역을 통제할 뿐만 아니라, 스카 대부분을 노예로 쓰고 있어."

켈시어는 칠판을 가리키며 '혼란'과 '대가문' 줄 사이를 손가락으로 짚었다.

"루서델 안에 있는 가문들을 서로 반목하게 할 수 있다면 도시를 무너뜨릴 수 있어. 미스트본은 가문 지도자들을 암살하기 시작할 거야. 재산에도 타격을 입겠지. 오래지 않아 거리에서 공공연하게 전투가 일어날 거야. 예덴과 우리가 한 계약에는 그에게 도시를 직접 장악할 기회를 준다는 것도 있어. 이보다 더 나은 거 생각해낼 수 있어?"

브리즈는 미소를 지으며 고개를 끄덕였다.

"재치 있는 생각인데. 난 귀족들이 서로 죽이게 만든다는 아이디어가 좋아."

"자네는 언제나 다른 사람이 실제 일을 행하게 만드는 걸 더 좋아하지, 브리즈." 햄이 말했다.

"친구여, 삶의 의미는 다른 사람들이 자네 대신 자네 일을 하도록 만드는 방법을 찾는 거야. 기초 경제학에 대해 아무것도 모르나?"

햄은 한쪽 눈썹을 치켜세웠다.

"사실 난……."

"그냥 말장난이야, 햄." 브리즈가 눈을 굴리며 끼어들었다.

"그런 게 제일 나빠!" 햄이 대답했다.

"철학은 나중에 이야기하고, 햄. 일에 집중하자." 켈시어가 말했다. "내 제안을 어떻게 생각해?"

"그건 효과가 있을 거야." 햄이 도로 의자에 앉으며 말했다. "하지만 로드 룰러가 거기까지 사태가 굴러가게 놔둘지 모르겠는걸."

"그가 달리 쓸 방법이 없도록 만드는 게 우리가 할 일이야." 켈시어가 말했다. "그는 자기 귀족들이 자립하지 못하게 서로 옥신각신하도록 놔둔다고 해. 우리는 그 긴장을 부채질한 다음 어떻게든 주둔군이 도시 밖으로 빠져나가게 해야지. 귀족들이 진심으로 싸우기 시작하면, 로드 룰러가 그들을 막기 위해 할 수 있는 일이라곤 궁전 경비대를 거리에 들여보내는 것뿐일 거야. 우린 그가 바로 그렇게 해주기를 바라는 거고."

"그가 콜로스 군대를 보낼 수도 있어." 햄이 말했다.

"맞아." 켈시어가 말했다. "하지만 콜로스는 적당한 거리를 두고 배치할 수밖에 없어. 우리가 이용해야 할 결점이 그거지. 콜로스 병력은 대단한 전사들이지만, 문명화된 도시에서 떨어져 있어야 해. '마지막 제국'의 중심부는 노출돼 있지만 로드 룰러는 자기 힘에 자신이 있지. 왜 안 그러겠어? 몇 세기 동안 심각한 위협을 당한 적이 없는데. 대부분의 도시에는 적은 경찰력만이 필요할 뿐이야."

"2만 명은 절대로 '적은' 숫자가 아니잖아." 브리즈가 말했다.

"전국적인 규모로 볼 때 그렇다는 거지." 켈시어가 한 손가락을 들어 올리며 말했다. "로드 룰러의 병력은 대부분 반란 위협이 제일 심한 제국 변경에 배치되어 있어. 그러니까 우리는 그를 여기서, 바로 여기 루서델에서 칠 거야. 그럼 성공할 거야."

"주둔군만 처리할 수 있다면." 독슨이 말했다.

켈시어가 고개를 끄덕이고 돌아서서 '대가문'과 '혼란' 아래 '가문 전쟁'이라고 썼다.

"좋아, 그럼. 주둔군 이야기를 하자. 주둔군을 어떻게 할까?"

"음." 햄이 생각에 잠겨 말했다. "역사적으로 보면, 거대한 병력을 처리하는 최선의 방법은 이쪽도 거대한 병력을 갖는 거야. 우리가 예덴에게 군대를 모아줄 텐데 왜 그 군대로 주둔군을 공격하지 않지? 애초에 군대를 만드는 의미가 그거 아니야?"

"그건 효과 없을 거야, 해먼드." 브리즈가 말했다. 그는 자기의 빈 와인 잔을 바라보더니, 클럽스 옆에 앉은 소년 쪽으로 들어 올렸다. 소년은 즉시 종종걸음을 쳐서 잔을 다시 채워 왔다.

"주둔군을 이기고 싶으면 적어도 그만한 크기의 병력이 필요할 거야." 브리즈가 말을 계속했다. "우리 병력은 새로 훈련시켜야 하니까, 훨씬 더 큰 병력이 있으면 좋을 테고. 우린 예덴에게 군대를 모아줄 수 있겠지. 심지어 얼마 동안 도시를 장악할 수 있을 만큼 큰 병력을. 하지만 주둔군 요새 안에서 주둔군과 대결할 만한 군대를 만들어준다고? 그런 계획이라면 지금 포기하는 게 나을걸."

모임이 조용해졌다. 빈은 의자 속에서 꼼지락거리며 사람들을 한 명 한 명 차례로 바라보았다. 브리즈의 말은 엄청난 효과를 가져왔다. 햄이 뭐라고 말하려고 입을 열다가 다물더니, 뒤로 기대앉아 다시 생각에 잠겼다.

"좋아." 켈시어가 마침내 말했다. "주둔군은 좀 있다 얘기하고, 우리 군대 문제를 보자. 상당한 규모의 군대를 모아 로드 룰러에게서 숨겨두려면 어떻게 해야 할까?"

"그것도 어려울 거야." 브리즈가 말했다. "로드 룰러는 '중앙 지배지*'에 있으면 안전하다고 느낄 만한 훌륭한 이유가 있어. 도로와 수로마다 순찰을 끊임없이 도는 데다, 마을이나 농장과 마주치지 않고는 하루도 여행할 수 있는 길이 없어. 주의를 끌지 않고 군대를 모을 수 있는 곳이 아니지."

"반역도들에게는 북쪽 동굴들이 있어. 그곳에 사람을 좀 숨겨놓을 수 있을 거야." 독슨이 말했다.

예덴이 창백해졌다.

"아고이스 동굴**을 알고 있어?"

켈시어가 눈을 굴렸다.

"로드 룰러도 알고 있어, 예덴. 그곳 반역도들이 아직 위험하지 않아서 그가 신경을 쓸 정도가 아닌 것뿐이야."

"루서델과 루서델 주위에, 동굴들까지 포함해서, 사람들이 얼마나 많아, 예덴? 우리가 몇 명으로 시작해야 해?"

---

* 중앙 지배지(CENTRAL DOMINANCE): '지배지(DOMINANCE)'는 '마지막 제국'을 열 부분으로 나눈 봉건식 영토다. 지배지를 지배하는 영주들은 모두 로드 룰러 수하에 있다.
** 아고이스 동굴(ARGUOIS CAVERNS): 중앙 지배지에 있는 동굴계. '하스신의 갱' 근처에 있다.

예덴은 어깨를 으쓱했다.

"아마 300⋯⋯. 여자와 아이들까지 포함해서."

"그럼 그 동굴에는 얼마나 많이 숨길 수 있을 것 같아?" 햄이 물었다.

예덴은 다시 어깨를 으쓱했다.

"확실히 동굴에는 더 많은 무리가 들어갈 수 있어." 켈시어가 말했다. "만 명 정도. 나도 거기 가봤어. 반역도들은 몇 년 동안이나 그곳에 사람들을 숨겼지만, 로드 룰러는 그들을 없애려고 한 적이 한 번도 없었어."

"난 왜 그런지 알겠어." 햄이 말했다. "동굴전은 고약해. 특히 공격자에게는. 로드 룰러는 패배는 최소한으로 하는 걸 좋아해. 그는 자존심 빼면 시체야. 아무튼 만 명이면 괜찮은 숫자야. 그 정도면 궁전을 쉽게 장악할 수 있어. 성벽이 있는 곳이라면 도시도 지킬 수 있을 거야."

독슨은 예덴을 보았다.

"군대를 만들어달라고 했을 때, 어느 정도 크기를 생각하고 있었어?"

"만 명이면 훌륭한 수라고 생각해." 예덴이 말했다. "사실⋯⋯ 내 생각보다 더 커."

브리즈는 잔을 살짝 기울여 안에 든 와인을 돌렸다.

"또 엇나가는 소리를 하는 것 같아 아주 싫지만―그건 보통 해먼드가 하는 일이지―아까 문제로 돌아가야겠어. 만 명 가지고는 주둔군에게 겁도 주지 못할 거야. 우린 잘 훈련되고 무장한 병력 2만

명을 처리할 방법을 논의하고 있다고."

"일리가 있는 말이야, 켈." 독슨이 말했다. 그는 어딘가에서 작은 공책을 찾아내 회의 내용을 기록하기 시작했다.

켈시어는 얼굴을 찌푸렸다.

햄이 고개를 끄덕였다.

"어떤 식으로 봐도 주둔군은 끊기 힘든 고리일 거야, 켈. 우린 귀족에게만 집중해야 할지도 몰라. 우리가 충분히 큰 규모로 혼란을 일으키면 주둔군도 진압하지 못할 수 있어."

켈시어는 고개를 저었다.

"그럴지 의심스러워. 주둔군의 주요 임무는 도시 질서 유지야. 그 병력을 처리하지 못하면 이 일을 절대로 해내지 못할 거야." 그는 말을 멈추더니 빈을 보았다. "어떻게 생각하니, 빈? 무슨 제안이 있니?"

그녀는 얼어붙었다. 카몬은 한 번도 그녀에게 의견을 물은 적이 없었다. 그녀는 의자를 약간 더 끌어당겨 몸을 파묻다가, 패거리의 다른 사람들이 모두 고개를 돌려 자기를 바라보고 있다는 걸 깨달았다.

"난……." 빈이 천천히 말했다.

"아이고, 그 가엾은 애한테 겁주지 마, 켈시어." 브리즈가 손을 저으며 말했다.

빈은 고개를 끄덕였다. 그러나 켈시어는 그녀에게서 눈을 돌리지 않았다.

"아니야, 정말이야. 네 생각을 말해봐, 빈. 훨씬 더 많은 적이 너를 위협하고 있어. 어떻게 할 거야?"

"음." 그녀는 천천히 말했다. "그와 싸우지 않을 거예요. 그건 확실해요. 어떻게든 이긴다고 해도, 너무 타격을 받고 약해져서 다른 누구도 싸워 물리칠 수가 없게 될 테니까요."

"사리에 맞네." 독슨이 말했다. "하지만 선택의 여지가 없을 수도 있어. 우리는 그 군대를 어떻게든 없애야 해."

"그럼 그냥 그 군대가 도시를 떠나면요?" 그녀가 물었다. "그것도 효과가 있지 않을까요? 내가 거물과 상대해야 한다면, 먼저 그가 나를 가만 놔두도록 그의 정신을 딴 데로 돌려볼 거예요."

햄이 빙긋 웃었다.

"루서델에서 주둔군이 떠날 정도의 행운이라. 로드 룰러는 가끔씩 순찰 부대를 파견하지만, 주둔군 전체가 떠난 건 내가 알기로는 반세기 전 커틀린에서 스카 반란이 일어났을 때뿐이야."

독슨이 고개를 저었다.

"빈의 아이디어는 그렇게 쉽게 무시할 만한 게 아니야. 사실 내 생각에도 우린 주둔군과 못 싸워. 적어도 그들이 견고하게 성을 지키고 있는 동안에는 말이야. 그러니까 어떻게든 놈들이 도시를 떠나도록 만들어야 해."

"그래." 브리즈가 말했다. "하지만 주둔군이 얽히게 될 정도라면 특별한 위기여야 할 거야. 그 문제가 별로 위협적이지 않다면 로드 룰러는 주둔군을 전부 보내지 않을 거야. 하지만 또 너무 위험하다면 주둔군을 움직이는 대신 콜로스를 보내겠지."

"가까운 도시 한 군데에서 반역이 일어나면?" 햄이 제안했다.

"그럼 아까와 똑같은 문제가 생겨." 켈시어가 고개를 저으며 말했다. "여기서 스카 반란을 일으킬 수 없다면 도시 밖에서도 절대로 못 해."

"그러면 속임수는 어떨까?" 햄이 물었다. "우린 상당 규모의 군인들을 모을 수 있다고 가정했잖아. 그들이 근처 어딘가를 공격하는 척하면, 로드 룰러는 그곳을 돕기 위해 주둔군을 내보낼 거야."

"그가 다른 도시를 보호하기 위해 주둔군을 보낼지 의심스러운데." 브리즈가 말했다. "그것 때문에 루서델 안에서 병력 없이 노출되어야 한다면 그렇게 하지 않을 거야."

모임은 다시 생각에 잠겨 조용해졌다. 빈은 주위를 둘러보다가, 켈시어의 눈이 그녀에게 머물러 있다는 것을 깨달았다.

"뭐지?" 그가 물었다.

그녀는 아래를 내려다보며 약간 꼼지락거렸다.

"'하스신의 갱'은 얼마나 멀리 떨어져 있어요?" 그녀가 머뭇거린 끝에 물었다.

패거리는 모두 말을 잃었다.

마침내 브리즈가 웃었다.

"오, 그 아이디어는 앙큼한걸. 귀족들은 '갱'에서 아티움이 생산된다는 걸 모르니 로드 룰러는 큰 소동을 벌일 수 없어. 소동을 벌이게 되면 그 '갱'에 매우 특별한 물건이 있다는 걸 드러내게 될 테니까. 그렇다면 콜로스는 못 쓴다는 뜻이지."

"콜로스는 어쨌든 제때 도착하지 못할 거야." 햄이 말했다. "'갱'은 겨우 이틀 걸리는 거리야. 그곳이 위협받으면 로드 룰러는 재빨리 반격해야 할 거야. 그런데 타격 거리 안에 있는 군대는 주둔군 뿐일걸."

켈시어가 눈을 빛내며 미소 지었다.

"그리고 '갱'을 위협하는 데 많은 군대가 필요하지도 않아. 천 명이면 돼. 그들을 공격대로 보내고, 주둔군이 떠나면 더 큰 두 번째 군대를 진군시켜 루서델을 점령하는 거야. 주둔군이 속았다는 걸 깨달아도 제때 돌아와 우리가 성벽을 빼앗지 못하게 막을 수는 없을걸."

"하지만 우리가 그걸 지킬 수 있을까?" 예덴이 불안한 듯이 물었다.

햄은 열렬히 고개를 끄덕였다.

"스카 만 명이면 주둔군에 대항해 도시를 지킬 수 있어. 로드 룰러는 콜로스를 보내야 할걸."

"그때쯤에는 우리가 아티움을 손에 넣겠지." 켈시어가 말했다. "그리고 '대가문'들은 우리를 막을 처지가 못 될 거야. 내부 싸움 때문에 힘이 빠지고 약해져 있을 테니까."

독슨은 공책에 맹렬히 적고 있었다.

"그러면 예덴의 동굴이 필요해지겠군. 그 동굴은 우리 목표물을 양쪽 다 타격할 수 있는 거리에 있고, '갱'보다 루서델에 더 가까워. 우리 군대가 거기서 출발한다면, 주둔군이 '갱'에서 돌아오기 전에 여기 닿을 수 있어."

켈시어가 고개를 끄덕였다.

독슨은 계속 적었다.

"난 그 동굴들에 보급품을 비축해야겠어. 그곳 조건을 살펴보기 위해 여행을 해야겠지."

"그런데 어떻게 그곳에 군인들을 모으지?" 예덴이 물었다. "거기는 도시 밖 일주일 거리야. 그리고 스카는 자기 혼자 여행하지 못하게 되어 있어."

"거기엔 이미 우리를 도와줄 사람이 있어." 켈시어가 '루서델 주둔군' 아래 '"하스신의 갱" 공격'이라고 쓰면서 말했다. "북쪽으로 가는 운하용 보트를 운행하도록 위장해줄 친구가 있거든."

"자네들이 처음에 한 가장 중요한 약속을 지킬 수 있다면 말이지. 난 자네들에게 군대를 모아달라고 돈을 지불했어. 만 명은 엄청난 숫자야. 하지만 아직 그들을 어떻게 모을 것인지 제대로 된 설명을 듣지 못했어. 우리가 루서델에서 모병하려고 했을 때 생기는 문제점은 내가 이미 이야기했고." 예덴이 말했다.

"전체 대중이 우리를 지원할 필요는 없어." 켈시어가 말했다. "그냥 그중에서 약간의 비율이면 돼. 루서델 안과 주위에 있는 일꾼이 거의 백만 명이야. 우리에겐 세상에서 제일 위대한 수더가 있으니까, 이건 사실 계획에서 제일 쉬운 부분이 될 거야. 브리즈, 난 너와 네 알로맨서들이 우리가 멋지게 모병을 하도록 힘써줄 거라고 믿어."

브리즈는 와인을 마셨다.

"이봐, 켈시어. 난 네가 내 재능을 언급할 때 '힘' 같은 단어를 안 썼으면 좋겠어. 난 사람들을 격려할 뿐이야."

"그럼, 우리가 군대를 일으키도록 격려해줄 수 있어?" 독슨이 물었다.

"시간을 얼마나 줄 건데?" 브리즈가 물었다.

"1년." 켈시어가 말했다. "우린 다음 가을에 이 일을 진행할 계획이야. 일단 우리가 도시를 점령한 후 로드 룰러가 예덴을 공격하려고 병력을 모은다면, 그가 겨울에 일하게 만드는 편이 좋겠지."

"1년도 안 되는 시간에 반대하는 사람들 가운데서 만 명을 모은다." 브리즈가 미소 지으며 말했다. "확실히 큰 도전이군."

켈시어가 싱긋 웃었다. "자네가 그렇게 말하면 된다는 거나 마찬가지지. 루서델에서 시작하고, 그다음 주위 도시들로 가. 동굴에 모일 수 있을 정도로 가까이 있는 사람들이 필요하니까."

브리즈가 고개를 끄덕였다.

"무기와 물자도 필요할 거야. 그리고 사람들을 훈련시켜야 할 테고." 햄이 말했다.

"무기를 얻을 계획은 이미 세워놨어." 켈시어가 말했다. "훈련시킬 만한 사람들을 찾을 수 있을까?"

햄이 잠시 말을 멈추고 생각에 잠겼다.

"아마 될 거야. 로드 룰러의 진압 작전에서 싸웠던 스카 군인들을 내가 좀 알거든."

예덴이 창백해졌다.

"배신자들!"

햄은 어깨를 으쓱했다.

"그들도 대부분 자기가 한 일을 자랑스러워하진 않아. 하지만 대부분 먹고살고 싶어 하지. 세상 살기 힘들어, 예덴."

"내 부하들은 그런 자들과 절대 같이 일하지 않을 거야." 예덴이 말했다.

"해야 할걸." 켈시어가 준엄하게 말했다. "스카 반란은 대체로 부하들이 훈련을 형편없이 받았기 때문에 실패해. 우린 자네에게 좋은 장비를 갖추고 잘 먹은 군대를 만들어줄 거야. 그런데 그들이 칼날을 잡아야 하는지 칼자루를 잡아야 하는지 배우지 못해서 학살되도록 놔둔다면 난 지옥에 갈 거야."

켈시어는 말을 멈추고 햄을 쳐다보았다.

"하지만 억지로 그런 일을 해야 했기 때문에 '마지막 제국'에 비판적이 된 사람을 찾는 쪽이 좋겠지. 난 주머니 속의 박싱에 충성을 바치는 사람들은 믿지 않으니까."

햄은 고개를 끄덕였고, 예덴은 조용해졌다. 켈시어는 몸을 돌려 칠판에 쓴 '병력' 아래 '햄: 훈련', '브리즈: 모병'이라고 썼다.

"네가 무기를 어떻게 얻을 계획인지 궁금해." 브리즈가 말했다. "대체 어떻게 로드 룰러의 의심을 사지 않고 만 명을 무장시킬 작정이야? 그는 무기의 흐름을 매우 주의 깊게 감시하는데."

"우리가 무기를 만들 수 있어." 클럽스가 말했다. "매일 전쟁용 스태프(Staff) 한두 개 만들 정도의 목재 여분은 충분해. 화살도 만들어 줄 수 있을 거야."

"그 제안은 고마워, 클럽스." 켈시어가 말했다. "그건 좋은 아이디어라고 생각해. 하지만 스태프보다 더 많은 물건이 필요할 거야. 칼, 방패, 갑옷이 필요하고, 훈련을 시작하려면 빨리 준비해야겠지."

"그럼 그걸 어떻게 만들 거지?" 브리즈가 물었다.

"'대가문'들은 무기를 얻을 수 있어." 켈시어가 말했다. "그들은 아무 문제없이 개인 수행원들을 무장시킬 수 있잖아."

"그들에게서 훔치자는 거야?"

켈시어는 고개를 저었다.

"아니, 이번만은 좀 합법적으로 일할 거야. 우리가 무기를 살 거야. 아니, 우리 대신 그걸 사줄, 우리에게 동조하는 귀족이 있어."

클럽스가 대놓고 웃었다.

"스카에게 동조하는 귀족이라고? 그런 일은 절대 안 일어날걸."

"음, 그럼 얼마 전에 '절대' 없을 그 일이 생긴 거네. 난 이미 우릴 도와줄 사람을 찾았거든."

방이 조용해지면서 벽난로 타닥거리는 소리만 들려왔다. 빈은 의자 속에서 약간 꿈지럭거리며 다른 사람들을 살펴보았다. 그들은 충격을 받은 것 같았다.

"누군데?" 햄이 물었다.

"이름은 로드 르노야." 켈시어가 말했다. "며칠 전에 그 지역에 도착했어. 그는 펠리스에 머물고 있어. 루서델에 자기 지위를 굳힐 정도로 영향력을 갖고 있지는 않아. 게다가 난 르노가 로드 룰러로부터 좀 떨어져 있는 곳에서 활동하는 쪽이 신중하다고 생각해."

빈은 고개를 갸웃했다. 펠리스는 루서델 밖 한 시간 거리에 있는 작은 교외 스타일의 도시였다. 그녀와 린은 수도로 옮겨오기 전에 그곳에서 일했다. 켈시어가 어떻게 이 로드 르노라는 사람을 설득했을까? 뇌물을 먹였을까, 아니면 사기를 쳤을까?

"난 르노를 알아." 브리즈가 천천히 말했다. "서부의 영주지. 그는

'가장 먼 지배지*에서 아주 큰 힘을 갖고 있어."

켈시어가 고개를 끄덕였다. "최근에 로드 르노는 자기 가문을 고위 귀족으로 승격시키려고 결심했어. 공식적으로는 상업 활동을 확장하기 위해 남쪽으로 왔다고 되어 있지. 그는 남쪽의 좋은 무기를 북쪽으로 수송해서 돈을 많이 벌고 연줄도 충분히 만들어서 10년쯤 뒤에 루서델에 아성을 만들려고 해."

방이 조용했다.

"그런데 그 무기들이 우리에게 대신 오는 거군." 햄이 천천히 말했다.

켈시어가 고개를 끄덕였다.

"만약을 대비해서 선적 기록을 위조해야겠지."

"아주…… 어마어마한 위장인데, 켈." 햄이 말했다. "우리 편에서 일하는 로드 가문이라니."

"하지만 켈시어, 자네는 귀족들을 증오하잖아." 브리즈가 어리둥절한 모습으로 말했다.

"이 귀족은 달라." 켈시어가 교활한 미소를 지으며 말했다.

패거리는 켈시어를 살펴보았다. 그들은 귀족과 일하는 것을 마음에 들어 하지 않았다. 빈은 그걸 쉽게 알 수 있었다. 르노가 아주 강력하다는 건 별로 도움이 안 될 것이다.

갑자기 브리즈가 웃었다. 그는 의자에 기대며 와인을 다 비워버

---

* 가장 먼 지배지(FARMOST DOMINANCE): '서부 지배지(WESTERN DOMINANCE)' 너머 북서쪽에 있다.

렸다.

"이 미친놈 같으니! 자넨 그를 죽였군, 안 그래? 르노를 죽이고 가짜로 바꿔치기했어."

켈시어의 미소가 더 커졌다.

예덴은 투덜거렸지만 햄은 미소만 지었다.

"아하, 이제 말이 되는군. 적어도 네가 '무모한 켈시어'라면 말이 돼."

"르노는 펠리스에 영구적인 저택을 둘 거야." 켈시어가 말했다. "뭐든 공식적인 일을 해야 할 필요가 있으면 그가 우리 행동을 위장해줄 거야. 예를 들어, 그를 이용해서 무기와 물자를 사면 돼."

브리즈는 생각에 잠겨 고개를 끄덕였다.

"효율적이군."

"효율적이라고?" 예덴이 물었다. "자넨 귀족을 죽였어, 매우 중요한 귀족을!"

"예덴, 자네는 전 제국을 전복시키려는 계획을 짜고 있잖아." 켈시어가 말했다. "그 작은 시도에서 나오는 귀족 사상자는 르노로 끝나지 않을걸."

"그래, 하지만 그로 변장한다고?" 예덴이 물었다. "그건 좀 위험하게 들리는데."

"이 사람아, 자네는 놀라운 결과를 얻고 싶어서 우리를 고용했잖아." 브리즈가 잔을 들면서 말했다. "우리 직업에서는 놀라운 결과를 얻으려면 보통 놀라운 위험을 감수해야 해."

"우리는 가능한 한 위험을 최소화해, 예덴." 켈시어가 말했다. "내가 고른 배우는 아주 훌륭해. 하지만 우리는 이 작업을 하면서 위험한 일들을 하게 될 거야."

"내가 자네들에게 그중 몇 가지를 그만두라고 명령한다면?" 예덴이 물었다.

"자넨 이 일을 언제든지 그만둘 수 있어." 독슨이 자기 장부에서 고개를 들지 않고 말했다. "하지만 일이 진행되는 동안에는 켈시어가 계획과 목표, 절차의 최종 결정권을 갖고 있어. 이게 우리가 일하는 방식이야. 우릴 고용할 때 그 정돈 알고 있었잖아?"

예덴은 유감스러운 듯이 고개를 저었다.

"그래서?" 켈시어가 물었다. "계속할까, 그만할까? 결정은 자네 몫이야."

"그만두는 건 마음대로 해도 돼, 친구." 브리즈가 기꺼이 도와주겠다는 목소리로 말했다. "우리가 기분 나쁠까 봐 걱정하지는 마. 나로서는, 공돈은 좋은 거라고 봐."

빈은 예덴의 얼굴이 약간 창백해지는 것을 보았다. 빈의 생각으로는, 켈시어가 돈만 가져가고 가슴을 찌르지 않은 것만 해도 그는 운이 좋았다. 그러나 여기서는 그런 식으로 일하지 않는다는 걸 그녀는 점점 더 확신하고 있었다.

"이건 미친 짓이야." 예덴이 말했다.

"로드 룰러를 타도하려는 거?" 브리즈가 물었다. "응, 맞아, 사실 그래."

"좋아." 예덴이 한숨을 쉬면서 말했다. "계속해."

"좋아." 켈시어가 '병력' 아래 '켈시어: 장비'라고 썼다.

"또, 르노로 위장하면 우린 루서델 상류 사회에 '내부 사람'이 하나 생겨. 이건 매우 중요한 이점이야. 전쟁을 시작할 거라면 '대가문'들의 정치를 주의 깊게 계속 파악할 필요가 있을 테니까."

"가문 전쟁은 자네 생각처럼 쉽게 일어나지 않을 수도 있어, 켈시어." 브리즈가 경고했다. "현재 고위 귀족들 대다수는 조심스럽고 분별력 있는 집단이야."

켈시어가 미소를 지었다.

"그러면 자네가 여기 끼어서 도와주니 다행이군, 브리즈. 자네는 사람들이 자네가 원하는 대로 하도록 만드는 데 전문가잖아. 나와 함께 고위 귀족들이 서로 공격하게 만들 계획을 짜자고. 주요 가문들의 전쟁은 두어 세기마다 일어나는 것 같아. 현재 귀족 집단이 노련하다는 건 그들이 더 위험한 짐승이라는 뜻일 뿐이야. 그러니 그들을 화나게 하는 건 그리 어렵지 않을 거야. 사실, 나는 이미 그 일을 시작했어······."

브리즈는 한쪽 눈썹을 치켜세우며 햄을 보았다. 써그는 약간 투덜거리면서 금으로 된 10박싱 동전을 꺼내 방 맞은편의 브리즈에게 튕겨 보냈다. 브리즈는 매우 만족스러운 것 같았다.

"그건 뭐야?" 독슨이 물었다.

"켈시어가 간밤의 소동에 얽혀 있는지 아닌지 내기했거든." 브리즈가 말했다.

"소동? 무슨 소동?" 예덴이 물었다.

"누가 벤처 가문을 습격했어. 소문으로는 다름 아닌 스트라프 벤처를 암살하기 위해 최고의 미스트본 세 명이 왔다더군."

켈시어는 코웃음을 쳤다.

"셋이라고? 스트라프는 정말 자기를 높이 평가하는군. 난 그 양반 근처에도 안 갔어. 아티움 때문에 거기 간 거야. 눈에 띌 만한 소동도 피울 겸 해서."

"벤처는 누구를 탓해야 할지 모르고 있어." 브리즈가 말했다. "하지만 미스트본이 얽혀 있기 때문에 모두 '대가문' 중 하나가 원흉일 거라고 추측해."

"바로 그거야." 켈시어가 즐거워하며 말했다. "고위 귀족들은 미스트본 공격을 매우 심각하게 받아들이지. 서로 암살할 때 미스트본을 쓰지 않는다는 암묵적인 합의가 있거든. 이런 공격이 몇 번 더 일어나면, 그들은 겁에 질린 짐승처럼 서로를 물어뜯을 거야."

그는 돌아서서 칠판의 '대가문' 아래 '브리즈: 계획'과 '켈시어: 전반적인 아수라장'을 덧붙였다.

"아무튼 어느 '가문'들이 동맹을 맺고 있는지 알아내려면 이곳 정치판을 계속 감시해야 할 거야. 그들이 벌이는 행사에 스파이를 보내야 한다는 뜻이지."

"정말 그럴 필요가 있어?" 예덴이 불편해하며 물었다.

햄은 고개를 끄덕였다.

"사실 루서델에서 어떤 작업을 해도 거쳐야 하는 표준적인 절차야. 얻어야 할 정보는 궁정 권력자들의 입술을 통해서 나오게 돼. 그 사회 안에서 움직여 다니는 열린 귀 한 쌍을 두면 언제나 돈벌이가 된다고."

"뭐, 그건 쉽겠는걸. 그냥 대역을 데려와 파티에 보내면 되잖아."

브리즈가 말했다.

켈시어가 고개를 저었다.

"불행히도, 로드 르노는 직접 루서델에 올 수가 없어."

예덴이 얼굴을 찌푸렸다.

"왜 안 돼? 자네의 대역은 자세히 조사하면 들통나나?"

"오, 그는 로드 르노처럼 보일 뿐이야. 사실 로드 르노와 꼭 빼닮았지. 하지만 '심문관' 근처에는 절대 가게 할 수 없어."

"아." 브리즈가 햄과 시선을 교환했다. "그들이군. 됐어, 그럼."

"뭐? 무슨 뜻이야?" 예덴이 물었다.

"자넨 알고 싶지 않을걸." 브리즈가 말했다.

"내가?"

브리즈가 고개를 끄덕였다.

"켈시어가 로드 르노를 대역으로 바꿔치기했다고 말했을 때, 자네가 얼마나 동요했는지 알아? 이건 열 배는 더 좋지 않아. 정말이야. 자네는 적게 알수록 마음이 더 편할 거야."

예덴은 켈시어를 바라보았다. 켈시어는 활짝 미소 짓고 있었다. 예덴은 창백해지더니 도로 의자에 등을 기댔다.

"아마 자네 말이 옳겠지."

빈은 방 안의 다른 사람들을 바라보며 얼굴을 찌푸렸다. 그들은 켈시어가 무슨 말을 하는지 아는 것 같았다. 그녀도 언젠가 로드 르노를 살펴봐야 할 것이다.

"아무튼 우린 사교 행사에 사람을 보내야 해. 그러니까 독스가 르노의 조카이자 상속자 역할을 할 거야. 최근에 로드 르노의 호의를 얻은 인척 가문의 자손이지.”

“잠깐만, 켈. 너 나한테 이 이야기는 안 했잖아.” 독슨이 말했다.

켈시어가 어깨를 으쓱했다.

“누군가 귀족들과 어울릴 얼간이 노릇을 해야 해. 네가 그 역할에 맞을 거라고 생각하는데.”

“난 못 해. 겨우 두어 달 전에 ‘아이저’ 작업을 하는 동안 꼬리를 잡혔다고.” 독슨이 말했다.

켈시어가 얼굴을 찌푸렸다.

“뭐? 이번엔 무슨 이야기인지 알고 싶은데?” 예덴이 말했다.

“미니스트리가 그를 지켜보고 있다는 뜻이야.” 브리즈가 말했다. “귀족으로 가장했는데, 그들이 알아냈어.”

독슨이 고개를 끄덕였다.

“로드 룰러가 직접 나를 본 적이 한 번 있어. 그의 기억력은 완벽해. 그를 간신히 피한다고 해도, 결국 누군가가 반드시 날 알아볼 거야.”

“그러면…….” 예덴이 말했다.

“그러면 로드 르노의 상속자 역할을 할 만한 다른 사람이 필요하다는 거지.” 켈시어가 말했다.

“날 보지 마.” 예덴이 불안해하며 말했다.

“날 믿어. 아무도 자네는 안 봐.” 켈시어가 단호히 말했다. “클럽스도 안 돼. 그는 이 지역에서 스카 기능공으로 너무 유명해.”

“나도 안 돼.” 브리즈가 말했다. “난 이미 귀족 사회에서 가명을 몇 개나 갖고 있어. 그중 하나를 쓸 수는 있겠지만 주요 무도회나

파티에는 나갈 수 없어. 나를 다른 가명으로 알고 있는 사람을 만나면 얼마나 당황스럽겠어."

켈시어는 얼굴을 찌푸리며 생각에 잠겼다.

"내가 할 수는 있어. 하지만 내가 연기를 전혀 못하는 건 알지?" 햄이 말했다.

"내 조카는 어때?" 클럽스가 옆에 있는 젊은이에게 고갯짓을 하면서 말했다.

켈시어는 그 소년을 살펴보았다.

"애야, 네 이름이 뭐지?"

"레스티번스요."

켈시어는 한쪽 눈썹을 추켜세웠다.

"길고 복잡한 이름이군. 별명은 없어?"

"아직요."

"그건 고쳐야겠군. 언제나 동쪽 거리 속어를 쓰니?"

소년은 어깨를 움츠렸다. 이렇게 관심의 중심에 서게 된 것에 대해 그는 초조해하고 있었다.

"어렸을 때 거기 있었어요."

켈시어가 독슨을 보자, 그는 고개를 저었다.

"좋은 생각 같지 않아, 켈."

"내 생각도 그래." 켈시어가 빈을 보더니 미소 지었다.

"그러면 너만 남는 것 같은데. 귀족 아가씨를 얼마나 잘 흉내 낼 수 있겠어?"

빈은 약간 창백해졌다.

"오빠가 나한테 조금 가르쳐줬어요. 하지만 한 번도 실제로 해본 적은……."

"넌 잘할 거야." 켈시어는 '대가문' 아래 '빈: 잠입'이라고 쓰면서 말했다.

"좋아. 예덴, 자네는 이 일이 전부 끝나면 제국을 어떻게 통치해야 할지 계획을 세워야 할 거야."

예덴은 고개를 끄덕였다. 빈은 이 완전히 터무니없는 계획이 그를 얼마나 압도하는지 보고 그 남자가 약간 안됐다고 느꼈다. 그러나 켈시어가 이 계획 안에서 그녀가 할 역할에 대해 방금 한 말을 생각하면, 그에게 동정을 느낄 수가 없었다.

'귀족 아가씨인 척하라고?' 그녀는 생각했다. '더 잘할 수 있는 다른 사람이 분명히 있을 텐데…….'

브리즈는 여전히 예덴의 불편해하는 모습에 주의를 기울이고 있었다.

"그렇게 근심하지 마, 이 사람아." 브리즈가 말했다. "이봐, 자네가 실제로 도시를 지배할 일은 절대 없을 거야. 그런 일이 일어나기 훨씬 전에 우리 모두 붙잡혀서 처형당할걸."

예덴은 파리하게 미소 지었다.

"그런데 만약 성공한다면? 날 그냥 칼로 찌르고 자네들이 제국을 접수하는 걸 어떻게 막지?"

브리즈는 눈을 굴렸다.

"이 사람아, 우린 도둑이야. 정치가가 아니라. 나라라는 건 우리가 시간 들여 운영하기엔 너무 거추장스러운 물건이야. 일단 아티움을 손에 넣으면 우린 만족할 거야."

"부자가 되는 건 말할 필요도 없고." 햄이 덧붙였다.

"두 단어는 동음이의어야, 해먼드." 브리즈가 말했다.

"게다가 우린 자네에게 제국 전체를 줄 수 없어." 켈시어가 예덴에게 말했다. "희망 사항이지만, 일단 루서델이 불안정해지면 제국은 산산조각이 날 거야. 자네는 이 도시를 갖고, 아마 '중앙 지배지'의 상당 부분을 손에 넣겠지. 이 지역 군대들에게 뇌물을 먹여 지원받을 수 있다면."

"그럼…… 로드 룰러는?" 예덴이 물었다.

켈시어는 미소를 지었다.

"아직 그를 개인적으로 처리할 계획을 짜는 중이야. 열한 번째 금속을 어떻게 작동시키는지 알아내기만 하면 돼."

"그런데 자네가 못 하면?"

"뭐, 그를 속여 도시 밖으로 끌어낼 방법을 찾아봐야겠지." 켈시어가 칠판의 '스카 반란' 아래 '예덴: 준비와 통치'라고 쓰면서 말했다. "아마 그가 군대를 이끌고 '갱'으로 가서 그곳에 있는 걸 지키도록 만들 수 있을 거야."

"그다음엔 어쩌지?" 예덴이 물었다.

"그를 처리할 방법은 자네가 찾아." 켈시어가 말했다. "자넨 로드 룰러를 죽이라고 우릴 고용하진 않았어, 예덴. 그건 가능하다면 덤으로 내가 받고 싶은 특전일 뿐이야."

"너무 걱정 마, 예덴." 햄이 덧붙였다. "돈과 군대가 없으면 그도 대단한 일은 못 할 거야. 그는 강력한 알로맨서지만 전능하지는 않다고."

브리즈가 미소를 지었다.

"하지만 생각해보라고. 권좌에서 밀려난 적대적인 가짜 신이라면, 유쾌하지 않은 이웃일 거야. 어떻게든 그 문제를 해결해야 할걸."

예덴은 그 아이디어가 별로 마음에 안 드는 것 같았지만, 입씨름을 계속하지는 않았다.

켈시어가 돌아섰다.

"그럼 그렇게 하고."

"어, 미니스트리는 어쩌고?" 햄이 말했다. "적어도 '심문관'들을 계속 살필 방법은 있어야 하지 않아?"

켈시어는 미소 지었다.

"그들은 우리 형이 알아서 할 거야."

"퍽이나 그러겠다." 새로운 목소리가 방 뒤쪽에서 말했다.

빈은 펄떡 뛰어 일어나 빙글 돌아서 그늘진 문가를 보았다. 그곳에 한 남자가 서 있었다. 키가 크고 어깨가 넓었으며, 조각상처럼 단단해 보였다. 옷차림은 수수했다. 소박한 셔츠와 바지에 느슨한 스카 재킷을 걸쳤다. 그는 불만이 가득한 태도로 팔짱을 끼었고, 딱딱하고 네모진 얼굴은 약간 낯익어 보였다.

빈은 켈시어를 보았다. 확실히 닮았다.

"마쉬?" 예덴이 일어섰다. "마쉬, 당신이군요! 켈시어는 당신이 이 일에 낄 거라고 장담했지만, 나는…… 도…… 돌아와서 반가워요!"

마쉬는 계속 무표정했다.

"내가 '돌아왔는지' 아닌지는 잘 모르겠어, 예덴. 다들 괜찮다면 동생과 둘이서만 이야기하고 싶어."

켈시어는 마쉬의 거친 어조에 겁먹지 않은 것 같았다. 그는 패거리에게 고개를 끄덕였다.

"우리가 오늘 저녁에 할 얘기는 다 끝났어, 여러분."

사람들이 천천히 일어나서 떠나며 마쉬에게 자리를 내주었다. 빈은 그들을 따라 문을 닫고 계단을 내려가 자기 방으로 돌아가는 척했다.

삼 분도 안 되어 그녀는 도로 문가로 와서, 방 안에서 오가는 대화에 조심스레 귀를 기울였다.

7

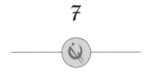

라셰크는 키가 큰 남자였다. 물론 테리스인들은 대부분 키가 크다. 그는 젊은데도 다른 행상인들에게 매우 존경받고 있었다. 그는 카리스마가 있고, 궁정 여인들이 본다면 아마도 다부지게 잘생겼다고 표현할 것이다.

그러나 그토록 증오를 역설하는 이에게 사람들이 주의를 기울인다는 게 놀랍다. 그는 클레니움을 한 번도 보지 못했으면서 그 도시를 저주한다. 그는 나에 대해 모르지만 이미 그의 눈에서는 분노와 적개심이 보인다.

3년이 지났는데도 마쉬의 모습은 많이 바뀌지 않았다. 그는 여전히 켈시어가 어릴 때부터 알던 그대로 엄격하고 위엄 있는 사람이었다. 그의 눈에는 여전히 실망의 빛이 번뜩였고, 그는 여전히 못마땅한 분위기를 띤 채로 말했다.

그러나 독슨의 말을 믿는다면, 마쉬의 태도는 3년 전 그날부터 많이 바뀌었다. 켈시어는 여전히 형이 스카 반역도 대표를 그만두었다는 것을 믿기 힘들었다. 그는 언제나 자기 일에 아주 열정적이었기 때문이다.

하지만 그 정열은 약해진 것 같았다. 마쉬는 앞으로 걸어와 비판적인 눈으로 칠판을 바라보았다. 그의 얼굴은 스카치고는 상대적으로 깨끗했지만, 옷은 검은 재로 약간 얼룩져 있었다. 그는 켈시어가 적은 것들을 훑어보며 잠시 서 있었다. 마침내 마쉬는 돌아서서 켈시어의 옆자리 의자에 종이 한 장을 던졌다.

"이건 뭐야?" 켈시어가 그것을 집어 들며 물었다.

"네가 간밤에 마구 죽인 열한 명의 이름이다. 적어도 네가 알고는 싶을지도 모른다고 생각했지."

켈시어는 타닥거리는 벽난로 속에 종이를 던졌다.

"'마지막 제국'을 위해 일하던 사람들인데 뭘."

"사람들이야, 켈시어." 마쉬가 쏘아붙였다. "그들에게는 생활이 있고, 가족들도 있어. 몇 명은 스카였어."

"배신자들이야."

"사람들이야. 삶이 자기에게 준 것에 최선을 다하려던 사람들." 마쉬가 말했다.

"뭐, 내가 하고 있는 일도 바로 그거야." 켈시어가 말했다. "그리고 다행히, 삶은 내게 그런 사람들을 건물 꼭대기에서 밀어버릴 수 있는 능력을 주었고. 그들이 귀족들처럼 내게 저항한다면 귀족처럼 죽게 해주지."

마쉬의 표정이 어두워졌다.

"어떻게 너는 이런 일에 그렇게 경망스러울 수가 있니?"

"왜냐하면, 마쉬. 나한테 남은 건 유머뿐이니까. 유머와 투지." 켈시어가 말했다.

마쉬는 조용히 코웃음 쳤다.

"형은 기분이 좋아야 하잖아." 켈시어가 말했다. "수십 년 동안 형의 설교를 들은 내가 마침내 내 재능으로 가치 있는 일을 하기로 결심한 건데. 이제 형이 여기 와서 도와준다니, 난……."

"난 도와주려고 온 게 아니야." 마쉬가 말을 가로막았다.

"그럼 왜 온 거야?"

"너한테 물어보려고."

마쉬는 앞으로 걸어 나와 켈시어 바로 앞에 섰다. 둘은 키가 비슷했지만, 마쉬의 엄격한 인상 때문에 언제나 그가 우뚝 커 보였다.

"너 어떻게 이럴 수가 있니?" 마쉬가 조용히 물었다. "난 '마지막 제국'을 타도하는 데 평생을 헌신했어. 너와 네 도둑 친구들이 파티를 할 때 나는 도망자들을 숨겨줬지. 네가 시시한 도둑질을 꾸미는 동안 습격을 준비했고. 네가 사치스럽게 사는 동안 난 용감한 사람들이 굶어 죽어가는 걸 지켜봤어."

마쉬는 손을 들어, 한 손가락으로 켈시어의 가슴을 찔렀다.

"어떻게 네가? 어떻게 네가 네 하찮은 '작업'을 위해 반역도들을 이용하려들 수가 있어? 어떻게 이 꿈을 네가 부자가 될 방법으로 이용할 수가 있어?"

켈시어는 마쉬의 손가락을 밀어냈다.

"이 일은 그런 것 때문이 아니야."

"오, 그래?" 마쉬가 칠판 위의 '아티움'이라는 단어를 두드리며 물었다. "왜 이런 장난을 치지, 켈시어? 왜 '고용주'로 받는 척하면서 예덴을 끌어들여? 왜 스카에 대해서 신경 쓰는 척하지? 우리 둘 다 네가 진짜로 노리는 게 뭔지 알잖아."

켈시어는 이를 악물었다. 그에게 남아 있던 마지막 유머 한 조각이 사라져버렸다.

'형은 언제나 날 이렇게 만들 수 있었지.'

"형은 이제 날 몰라." 켈시어가 조용히 말했다. "이건 돈 때문이 아니야. 난 세상 그 누가 쓸 수 있는 것보다 더 많은 돈을 가져본 적도 있어. 이 일은 다른 것 때문이야."

마쉬는 바싹 다가서서 켈시어의 눈에서 진실을 찾아보려는 듯이 그의 눈을 바라보았다. 그가 마침내 말했다.

"넌 언제나 대단한 거짓말쟁이였지."

켈시어는 눈을 굴렸다.

"좋아, 마음대로 생각해. 하지만 나한테 설교는 하지 마. 제국을 타도하는 건 옛날 형의 꿈이었어. 하지만 이제 형은 착하고 시시한 스카가 돼서, 가게 안에 죽치고 앉아 귀족들이 방문하면 알랑거리지."

"난 현실과 직면한 거야." 마쉬가 말했다. "넌 한 번도 제대로 현실을 바라본 적이 없지. 이 계획이 진심이라고 해도 넌 실패할 거야. 습격, 절도, 죽음…… 반역도가 했던 일들은 아무것도 성취되지 못했어. 우리가 최선을 다해 노력해봤자 로드 룰러에게는 가벼운 짜증거리도 되지 않았다고."

"아, 하지만 난 짜증거리가 되는 일은 아주 잘해. 사실 '가벼운' 짜증 정도로 그치지 않지. 사람들 말로는 내가 완전한 좌절감을 줄 수 있다더군. 이 재능을 선한 대의를 위해 쓰는 편이 낫잖아, 응?"

마쉬는 한숨을 쉬며 돌아섰다.

"이건 '대의' 때문에 벌이는 일이 아니잖아, 켈시어. 복수 때문이고, 너 때문이지. 모든 게 언제나 그랬던 것처럼. 네가 돈을 추구하는 게 아니라는 건 믿겠어. 심지어 네게 돈을 주는 것 같은 예덴에게 군대를 모아줄 작정이라는 것도 믿겠어. 하지만 네가 '대의'를 운운하는 건 믿지 못하겠어."

"형의 틀린 지점이 바로 거기야." 켈시어가 조용히 말했다. "형이 나를 판단할 때 언제나 틀리는 지점이었어."

마쉬는 얼굴을 찌푸렸다.

"어쩌면 그렇겠지. 아무튼, 어떻게 이 일을 시작한 거야? 예덴이 너에게? 아니면 네가 그에게?"

"그게 중요해?" 켈시어가 물었다. "이봐, 마쉬. 난 미니스트리에 잠입할 사람이 필요해. 우리가 '심문관'들을 계속 감시할 방법을 찾아내지 못한다면 이 계획은 아무런 진전도 없을 거야."

마쉬가 다시 돌아섰다.

"너 정말로 내가 널 도울 거라고 생각하는 거야?"

켈시어는 고개를 끄덕였다.

"말이야 어떻든 간에 형은 그래서 여기 온 거잖아. 형이 나한테 이렇게 말한 적이 있어. 내가 가치 있는 목적에 전념한다면 위대한 일을 할 수 있을 거라고 생각한다고. 자, 내가 지금 하고 있는 일이란 이런 거야. 그리고 형은 도와줄 거고."

"그게 이제 그렇게 쉽지가 않아, 켈." 마쉬가 고개를 저으면서 말했다. "어떤 사람들은 이제 달라졌어. 다른 사람들은…… 죽어버렸지."

켈시어가 입을 다물었고 방이 조용해졌다. 심지어 벽난로의 불마저 꺼져가기 시작했다.

"나도 그녀가 그리워."

"그렇겠지. 하지만 너한테 솔직히 말해야겠어, 켈. 그녀가 그런 일을 했는데도…… 때때로 나는 '갱'에서 살아나온 게 네가 아니었으면 하고 생각해."

"난 매일 같은 생각을 해."

마쉬는 시선을 돌려, 차갑고 통찰력 있는 눈으로 켈시어를 바라보았다. 시커의 눈이었다. 켈시어의 마음에서 어떤 모습이 떠오르는 것을 보았는지는 몰라도, 마침내 마쉬는 그것을 인정했다.

"난 가겠어." 마쉬가 말했다. "하지만 왠지 몰라도 넌 이번엔 정말 진지해 보이는구나. 네가 어떤 미친 계획을 짜냈는지 돌아와서 들어볼게. 그다음엔…… 뭐, 어떻게 되나 보자."

켈시어는 미소를 지었다. 겉보기와는 달리 마쉬는 좋은 사람이었다. 예전의 켈시어보다 더 나은 사람이었다. 마쉬가 문으로 향할 때, 켈시어는 문가 아래에서 그림자가 살짝 움직이는 것을 보았다. 그는 즉시 철을 태웠고, 반투명한 파란 선이 그의 몸에서 쏘아져 나가 가장 가까이 있는 금속 원천에 연결되었다. 물론 마쉬의 몸에는 아무것도 없었다. 동전 하나 없었다. 조금이라도 돈이 있어 보이는 사람이 시내의 스카 지역을 지나왔다면 매우 위험했을 것이다.

그러나 다른 누군가는 아직 몸에 금속을 갖고 다니지 말아야 한다는 것을 배우지 못했다. 파란 선은 가늘고 약했다. 나무를 잘 뚫지 못하기 때문이었다. 그러나 그 선은 복도에 있는 사람 허리띠의 자물쇠 위치를 켈시어에게 알려주었다. 그 사람은 조용한 발걸음으로 문에서 재빨리 멀어져갔다.

켈시어는 속으로 미소 지었다. 소녀는 매우 노련했다. 그러나 그녀가 거리에서 보낸 시간은 그녀에게 매우 큰 상처를 남기기도 했다. 그는 그 기술을 발전시키고 상처를 치유하도록 돕고 싶었다.

"내일 돌아올게." 마쉬가 문으로 가면서 말했다.

"너무 일찍 오지만 마." 켈시어가 윙크하며 말했다. "오늘 밤에 할 일이 좀 있거든."

빈은 어두운 자기 방에서 조용히 기다렸다. 쿵쿵거리는 발자국 소리가 계단에서 1층으로 내려왔다. 그녀는 문 옆에 웅크리고 앉아 두 사람 다 계단을 계속 내려오는 건지 아닌지 가늠하려고 했다. 복도는 고요해졌고, 마침내 그녀는 조용히 안도의 한숨을 내쉬었다.

머리에서 겨우 몇 인치 떨어진 곳에서 노크 소리가 났다.

그녀는 깜짝 놀라 땅에 쓰러질 뻔했다.

'대단한 사람이구나!' 그녀는 생각했다.

그녀는 재빨리 머리를 헝클고 눈을 문질러 자고 있었던 것처럼 꾸몄다. 셔츠를 바지 밖으로 내고, 노크 소리가 다시 날 때까지 기다렸다. 그다음 문이 열렸다.

켈시어는 복도에 단 하나뿐인 등불로 등 뒤에서 조명을 받으며 문틀에 기대서 있었다. 키 큰 남자는 그녀의 부스스한 상태를 보고 한쪽 눈썹을 치켜세웠다.

"네?" 빈은 졸린 듯한 소리를 내려고 하면서 물었다.

"그래, 넌 마쉬를 어떻게 생각하니?"

"모르겠어요. 많이 보지도 못했는데요. 그가 우리를 쫓아냈잖아요." 빈이 말했다.

켈시어가 미소 지었다.

"넌 나한테 들켰다는 걸 인정하지 않겠구나, 그렇지?"

빈은 마주 미소 지을 뻔했다. 린의 훈련 덕분에 그러지 않을 수 있었다. '너더러 자기를 믿으라고 하는 사람이 네가 제일 무서워해야 하는 사람이야.' 오빠의 목소리는 마치 그녀의 머릿속에서 속삭이는 것 같았다. 켈시어를 만난 다음부터 그 목소리는 더 강해졌다. 그녀의 본능이 날카롭게 곤두서 있는 것처럼.

켈시어는 그녀를 잠시 살펴본 후 문틀에서 뒤로 물러섰다.

"셔츠 집어넣고 날 따라오렴."

빈은 얼굴을 찌푸렸다.

"어디로 가요?"

"네 훈련을 시작하러."

"지금요?" 빈은 방의 어두운 덧문을 바라보며 물었다.

"물론이지. 산책하기에 더할 나위 없이 좋은 밤이야." 켈시어가 말했다.

빈은 옷매무새를 다듬고 복도에 있는 그에게 갔다. 실제로 그가 그녀를 가르쳐줄 작정이라면 시간이야 어떻든 불평할 이유가 없었다. 그들은 계단을 걸어 내려가 1층으로 갔다. 작업실은 어두웠고 반쯤 완성된 가구들이 어둠 속에 놓여 있었다. 그러나 부엌은 불이 켜져 있어 밝았다.

"잠깐만."

켈시어가 부엌으로 걸어가면서 말했다.

빈은 어두운 작업실 안에 멈춰 서서 켈시어 혼자 부엌문 여는 것을 지켜보았다. 안쪽이 살짝 보였다. 독슨, 브리즈, 햄이 클럽스와 도제들과 함께 넓은 테이블에 앉아 있었다. 양은 적었지만 와인과 맥주가 있었고, 사람들은 튀긴 보리 케이크와 반죽 입힌 채소로 차린 소박한 저녁 간식을 열심히 먹고 있었다.

웃음이 흘러나와 작업실까지 들려왔다. 카몬의 테이블에서 자주 들리던 요란하고 거친 웃음이 아니었다. 좀 더 부드러운 웃음, 진짜 기쁨과 온화한 즐거움을 담은 웃음이었다.

빈은 왜 자기가 부엌 바깥에 머물러 있는지 확실히 알지 못했다. 그녀는 마치 빛과 유머에 가로막힌 듯이 주저하다가, 들어가는 대신에 조용하고 엄숙한 작업실에 남아 있었다. 그러나 안에 들어가 고픈 열망을 완전히 억누르지는 못한 채 어둠 속에서 지켜보았다.

켈시어는 잠시 후 자기 꾸러미와 작은 옷 뭉치를 갖고 돌아왔다. 빈이 호기심에 차서 그 옷 뭉치를 바라보자, 그는 미소를 지으며 그녀에게 그것을 주었다.

"선물이야."

빈의 손가락 안에 들어온 옷은 매끄럽고 부드러웠다. 그녀는 그것이 무엇인지 재빨리 깨달았다. 회색 천을 손가락으로 펼치자 미스트본 클록이 드러났다. 켈시어가 전날 밤 입은 옷처럼, 서로 분리돼 있는 리본 같은 긴 천 조각으로 만들어져 있었다.

"놀란 것 같아 보이네." 켈시어가 말했다.

"난…… 이건 어떻게든 벌어서 얻어야 할 거라고 생각했어요."

"벌어서 얻을 게 뭐가 있어?" 켈시어가 자기 클록을 펼치면서 말했다. "이건 너의 정체성이야, 빈."

그녀는 잠시 가만있다가, 어깨 위에 클록을 걸치고 매어보았다. 느낌이…… 이상했다. 어깨 위에서는 두껍고 무거웠지만, 팔과 다리 주위에서는 가볍고 자유로웠다. 맨 위에 리본이 붙어 있어 원하면 망토를 단단히 여밀 수 있었다. 그녀는…… 폭 감싸인 느낌, 보호받는 느낌이 들었다.

"느낌이 어때?" 켈시어가 물었다.

"좋아요." 빈이 간단히 말했다.

켈시어는 고개를 끄덕이며 유리병 몇 개를 꺼냈다. 그는 그녀에게 그중 두 개를 건네주었다.

"하나 마셔. 필요할 때에 대비해서 하나는 갖고 있고. 나중에 새로 병을 만드는 방법을 가르쳐줄게."

빈은 고개를 끄덕이며, 첫 번째 병을 비우고 두 번째 병을 허리띠에 집어넣었다.

"네가 입을 새 옷을 좀 맞추고 있어." 켈시어가 말했다. "금속이 하나도 붙어 있지 않은 옷을 입는 습관을 붙여야 하거든. 버클 없는 벨트, 끈 없이 미끄러뜨려 신고 벗는 신발, 죔쇠 없는 바지 같은 것들. 나중에, 네가 용기가 생기면 여자 옷도 갖다 줄게."

빈의 얼굴이 약간 붉어졌다.

켈시어가 웃었다.

"널 놀린 것뿐이야. 하지만 넌 이제 새로운 세계로 들어오고 있어. 도적 패거리보다는 젊은 아가씨로 보이는 쪽이 훨씬 더 유리한 상황이 생길지도 몰라."

빈은 고개를 끄덕이며 켈시어를 따라갔다. 켈시어는 가게 앞문으로 걸어가 문을 열었다. 움직이는 짙은 안개의 벽이 드러났다. 그는 그 안으로 걸어 들어갔다. 빈은 깊이 숨을 들이쉰 다음, 그를 따라갔다.

켈시어가 그들 뒤의 문을 닫았다. 자갈 덮인 거리에서 소리는 더 작아지는 것 같았고, 움직이는 안개 때문에 모든 것이 조금 축축했다. 어느 쪽도 멀리까지는 보이지 않았고, 거리 끝은 무(無)로, 길들은 영원으로 사라지는 것 같았다. 머리 위에는 하늘이 없고 겹겹이 소용돌이치는 회색의 흐름뿐이었다.

"좋아, 시작하자." 켈시어가 말했다. 조용하고 텅 빈 거리에서 그의 목소리는 커다랗게 들렸다. 그의 어조에는 자신감이 있었다. 사방으로 안개에 둘러싸인 빈은 전혀 느낄 수 없는 감정이었다.

"네가 배울 첫 번째 수업은 알로맨시가 아니라 태도에 대한 거야." 켈시어가 거리를 걸어 내려가며 말했다. 빈은 옆에서 그를 따라갔다. 그는 앞으로 손을 휙 흔들어 보였다. "이거야, 빈. 이건 우리 거야. 밤과 안개, 이것들은 우리의 세상이야. 스카는 안개를 죽음처럼 피하지. 도둑과 군인들은 밤에 밖에 나가지만 그래도 그걸 두려워해. 귀족들은 아랑곳하지 않는 척하지만 마음 불편해하고."

그는 돌아서서 그녀를 바라보았다.

"안개는 네 친구란다, 빈. 널 숨기고, 널 보호해······. 그리고 네게 힘을 줘. 스카들은 거의 모르는 '미니스트리' 교리는, 미스트본은 로드 룰러가 '승천'하기 전 시절에 로드 룰러에게 충성을 지켰던 사람들의 후손들이라고 주장해. 하지만 다른 전설들은 우리가 로드 룰러의 힘마저도 넘어선 어떤 존재, 안개가 처음 이 땅에 온 그날 태어난 존재라고 속삭인단다."

빈은 약간 고개를 끄덕였다. 켈시어가 이렇게 공공연히 말하는 것을 들으니 기분이 이상했다. 거리 양쪽에는 잠자는 스카들이 가득 찬 건물들이 높이 솟아 있었다. 그러나 어두운 덧문과 조용한 공기 속에서, 빈은 '마지막 제국' 전체에서 가장 붐비는 도시에 자신과 켈시어 단둘만 남아 있는 것처럼 느꼈다.

켈시어는 계속 걸었다. 그의 탄력 있는 발걸음은 짙은 어둠과 어울리지 않았다.

"군인들은 걱정하지 않아도 되나요?" 빈은 조용히 물었다. 그녀 패거리는 언제나 주둔군의 밤 시간 순찰을 조심해야 했다.

켈시어는 고개를 저었다.

"우리가 부주의하게 들킨다고 해도, 제국의 어떤 순찰병도 감히 미스트본을 귀찮게 하지는 않을 거야. 그들은 우리 클록을 보면 못 본 척해. 기억해두렴, 미스트본은 거의 모두 '대가문' 사람들이야. 나머지는 루서델의 소가문 출신이고. 어느 쪽이든 그들은 매우 중요한 사람들이야."

빈은 얼굴을 찌푸렸다.

"그래서 경비병들이 미스트본을 그냥 못 본 척해요?"

켈시어는 어깨를 으쓱했다.

"옥상에 몰래 숨어 있는 사람을 보고 실제로는 그분이 매우 유명하고 높으신 로드나, 심지어 레이디라는 걸 아는 척하면 예의가 형편없는 거지. 미스트본은 너무 드물어서 가문들은 그들에게 성별 편견을 적용할 만한 여유도 없어.

아무튼 미스트본은 대부분 두 가지의 삶을 살아. 궁정에 드나드는 귀족의 삶과, 살금살금 다니며 간첩질을 하는 알로맨서의 삶. 미스트본의 정체는 철저히 지켜지는 가문의 비밀이야. 누가 미스트본이냐 하는 소문은 언제나 고위 귀족들 사이에서 수다의 초점이 되지."

켈시어는 다른 거리로 접어들었고, 빈은 여전히 약간 초조해하며 따라갔다. 그가 어디로 데려가고 있는지 알 수 없었기 때문이다. 밤에는 길을 잃기 쉬웠다. 어쩌면 목적지는 아예 없고, 그는 그녀에게 안개를 익혀주고 있는 것뿐인지도 모른다.

"좋아. 기본 금속을 익히자." 켈시어가 말했다. "네 금속 저장량을 느낄 수 있니?"

빈은 잠시 가늠해보았다. 집중하면 그녀는 자기 안에 있는 여덟 가지 힘의 원천을 구분할 수 있었다. 그 힘 하나하나가, 켈시어가 그녀를 시험하던 날의 그녀의 힘 두 가지를 합친 것보다 컸다. 그녀는 그 뒤로 '행운'을 잘 사용하지 않게 되었다. 자기가 한 번도 제대로 이해한 적 없는 무기를 이제껏 사용하고 있었다는 사실을 비로소 깨달았기 때문이었다. 게다가 그 무기는 우연히도 '강철 심문관'의 주의를 끌고 말았다.

"그걸 태워봐. 한 번에 하나씩." 켈시어가 말했다.

"태운다고요?"

"알로맨시 능력을 활성화시키는 걸 우리는 그렇게 불러." 켈시어가 말했다. "그 힘과 관련된 금속을 '태우는' 거지. 해보면 무슨 말인지 알게 될 거야. 네가 아직 모르는 금속부터 시작해봐. 언젠가 나중에는 감정을 '달래고' '격동시키는*' 것도 해볼 거야."

빈은 고개를 끄덕이고 거리 한가운데 멈춰 섰다. 잠시 망설이다가, 그녀는 새로운 힘의 원천에 마음을 뻗었다. 그중 하나는 약간 낯익었다. 전에 알지도 못한 채 그걸 사용한 적이 있는 걸까? 그 힘은 어떤 것일까?

'알아내는 방법은 하나뿐……'

정확히 어떻게 해야 하는지는 잘 몰랐지만, 빈은 그 힘의 원천을

---

* 격동시키다(RAGE): 말 그대로 감정을 불태우고 격동시킨다. 아연(ZINC)을 사용하는 라이오터(RIOTER)의 능력이다.

움켜쥐고 써보려고 했다.

즉시 가슴속에서 뜨거운 불길이 치솟았다. 불편하지는 않았지만 분명하고 뚜렷하게 느낄 수 있었다. 온기와 함께 다른 느낌─원기가 회복되고 힘이 나는 느낌도 왔다. 그녀는…… 뭔지는 몰라도 좀 더 단단해졌다고 느꼈다.

"어떠니?" 켈시어가 물었다.

"느낌이 달라졌어요." 빈이 말했다. 손을 들어보자 사지가 너무 빨리 반응하는 것 같았다. 근육이 격렬히 움직였다. "몸이 이상해요. 이제 피곤하지 않고 정신도 맑아진 것 같아요."

"아, 백랍을 태웠구나." 켈시어가 말했다. "그건 네 육체적 능력을 강화시켜서 널 더 강하게 하고, 피로와 고통을 더 잘 견딜 수 있게 해준단다. 그걸 태우고 있으면 네 반응은 더 빨라지고, 몸은 더 강인해질 거야."

빈은 시험 삼아 몸을 풀어보았다. 근육은 더 커진 것 같지 않았지만, 그 속의 힘이 느껴졌다. 근육 속만 그런 것이 아니었다. 뼈, 살, 피부…… 그녀의 모든 부분에서 힘이 넘쳐났다. 그러나 저장량에 마음을 뻗어보자 그것이 줄어들고 있는 것이 느껴졌다.

"다 떨어져가고 있어요." 그녀가 말했다.

켈시어가 고개를 끄덕였다.

"백랍은 상대적으로 빨리 타버려. 네가 마신 병에는 계속 태울 때 약 십 분 정도 태울 수 있는 분량이 담겨 있어. 하지만 네가 자주 폭발시키면 더 빨리 없어지고, 주의해서 사용하면 더 천천히 없어지겠지."

"폭발시킨다고요?"

"해보면, 네 금속을 좀 더 강하게 태울 수 있어." 켈시어가 말했다. "그러면 금속은 훨씬 더 빠르게 닳고, 그 상태를 오래 유지하기는 어려워. 하지만 힘을 추가로 더 쓸 수 있지."

빈은 얼굴을 찌푸리고 그가 말한 대로 하려고 했다. 그렇게 노력을 기울이자, 가슴속에서 불꽃을 더 세게 피워 백랍을 폭발시킬 수 있었다.

대담하게 도약하기 직전 숨을 들이켠 것 같았다. 갑자기 기운과 힘이 밀려들었다. 몸이 다음 동작을 기대하며 긴장했고, 잠시 동안 천하무적이 된 기분이었다. 다음 순간 그 느낌은 지나갔고 몸이 천천히 이완되었다.

'재미있는데.' 그녀는 자기 백랍이 그 짧은 순간 얼마나 빨리 타버렸는지 알아차렸다.

"이제 알로맨시 금속들에 대해서 네가 알아야 할 것이 있어."

안개 속을 함께 걸어 나아가면서 켈시어가 말했다.

"금속은 순수할수록 효과가 커. 우리가 준비한 병에는 알로맨서들을 위해 특별히 준비해 파는 순수한 금속이 담겨 있어.

최대로 힘을 내고 싶다면 금속의 혼합 비율이 딱 맞아야 하기 때문에 백랍 같은 합금은 더 까다롭지. 사실 금속을 살 때 조심하지 않으면 완전히 잘못된 합금을 사고 말 수도 있어."

빈은 얼굴을 찌푸렸다.

"누가 날 속일 수도 있다는 뜻인가요?"

"일부러 그러는 건 아니고." 켈시어가 말했다. "문제는, 진지하게 따져보면 황동, 백랍, 구리 같은 흔히 쓰는 용어 대부분이 실은 아주 모호하다는 거야. 예를 들어 백랍은 보통 납과 주석의 합금으로 알려져 있어. 사용처나 상황에 따라서 구리나 은이 좀 들어갈 수도 있고. 하지만 알로맨서의 백랍은 91퍼센트의 주석과 9퍼센트 납의 합금이야. 금속에서 최대의 힘을 얻고 싶으면 그 비율로 사용해야 해."

"그런데…… 만약 비율이 잘못된 금속을 태우면요?"

"혼합물 비율이 약간만 다른 정도라면 여전히 어느 정도 힘을 얻을 수 있을 거야. 하지만 너무 다르다면, 그걸 태우면 네가 고통스러워지겠지."

빈은 천천히 고개를 끄덕였다.

"난…… 전에 이 금속을 태워본 것 같아요. 때때로, 아주 조금씩요."

"미량 금속이야. 금속으로 오염된 물을 마시거나, 백랍 그릇을 사용해 먹어서 모인 거야." 켈시어가 말했다.

빈은 고개를 끄덕였다. 카몬의 은신처에 있던 머그잔 중 몇 개는 백랍으로 만들어져 있었다.

"좋아. 백랍을 끄고 다른 금속을 써보자." 켈시어가 말했다.

빈은 켈시어의 말에 따랐다. 힘이 사라지면서 그녀는 약하고, 지치고, 무방비 상태인 느낌이 되었다.

"이제 넌 네가 비축한 금속들이 서로 쌍을 짓는다는 걸 알아야해." 켈시어가 말했다.

"두 가지 감정의 금속들처럼요." 빈이 말했다.

"바로 그거야. 백랍과 연결된 금속을 찾아봐."

"보여요." 빈이 말했다.

"모든 힘에는 두 가지 금속이 있어." 켈시어가 말했다. "하나는 '밀고', 하나는 '당기'는데, 두 번째 것은 보통 첫 번째 것을 써서 만든 합금이야. 감정은 네 몸 바깥으로 작용하는 정신적 힘인데, 그걸 쓰려면 아연으로 '당기고' 황동으로 '밀어'. 너는 방금 백랍을 써서 네 몸을 '밀었'어. 그건 내부적이고 육체적인 힘이야."

"햄처럼요. 햄은 백랍을 태우죠." 빈이 말했다.

켈시어는 고개를 끄덕였다.

"백랍을 태우는 미스팅들을 써그(깡패)라고 불러. 상스러운 용어라고 나는 생각하지만, 사실 그 사람들은 좀 상스러운 경향이 있어. 우리의 소중한 해먼드는 예외지."

"그러면, 다른 내부적인 육체적 금속은 무슨 작용을 하나요?"

"시험해보렴."

빈이 기꺼이 그렇게 하자, 주위 세상이 갑자기 밝아졌다. 아니…… 음, 딱 맞는 말은 아니었다. 더 잘 보이고 더 멀리 보였지만, 안개는 여전히 그곳에 있었다. 안개는 그냥…… 더 반투명해졌다. 주위에 있던 은은한 빛이 왜인지 더 밝아 보였.

다른 변화도 있었다. 옷이 느껴졌다. 그녀는 언제나 그 감촉을 느낄 수 있었지만 보통 때는 무시했다. 그러나 지금은 더 자세히 느껴졌다. 옷의 감촉이 느껴지고, 천이 몸에 딱 붙어 있는 곳들을 정확히 알 수 있었다.

배가 고팠다. 그녀는 그것도 무시하고 있었다. 그러나 이제는 배고픈 감각이 훨씬 더 다급하게 느껴졌다. 피부는 더 축축한 것 같았고, 맑은 공기에 섞인 먼지, 검댕, 쓰레기 냄새를 맡을 수 있었다.

"주석은 감각을 강화시켜." 켈시어가 말했다. 그의 목소리가 갑자기 아주 커진 것 같았다. "그리고 가장 느리게 타는 금속이야. 병속에 있던 주석은 몇 시간 동안 충분히 태울 수 있어. 미스트본은 대부분 안개 속에 나올 때마다 주석을 계속 켜둬. 난 우리가 가게에서 나올 때부터 켜놓고 있었어."

빈은 고개를 끄덕였다. 여러 가지 감각이 압도적일 정도로 풍부하게 밀어닥쳤다. 어둠 속에서 삐걱거리고 옥신각신하는 소리들이 들려왔고, 그 소리에 누군가가 뒤에서 살금살금 다가온다고 생각한 빈은 놀라 펄쩍 뛸 뻔했다.

'이건 익숙해지는 데 시간이 좀 걸리겠어.'

"그건 계속 태우고 있어." 켈시어가 손짓으로 자기 옆에서 걸으라고 하면서 말했다. 그는 계속 거리를 내려갔다. "예민해진 감각에 적응해야 할 테니까. 계속 폭발시키지만 마. 금속이 다 떨어지는 시간이 매우 빨라질 뿐만 아니라, 끊임없이 금속을 폭발시키면…… 몸에 이상한 일들이 생기니까."

"이상하다고요?" 빈이 물었다.

"금속들은 몸에 부담을 줘, 특히 주석과 백랍은. 금속을 폭발시키면 이런 부담이 더 커질 뿐이야. 너무 오래, 너무 많이 부담을 주면 망가지기 시작해."

빈은 불편한 마음으로 고개를 끄덕였다. 켈시어는 조용해졌고, 그들이 계속 걸어가는 동안 빈은 자신의 새로운 감각과 주석이 드러낸 더 세밀해진 세계를 탐험했다. 아까는 그녀의 시력이 어둠 속

작은 공간으로 제한되어 있었다. 그러나 이제는 움직이고 소용돌이치는 안개의 담요에 싸여 있는 도시 전체가 보였다. 아성들은 멀리 있는 작고 어두운 산처럼 보였고, 어둠 속에 난 바늘구멍같이 창에서 나오는 빛의 얼룩이 보였다. 그리고 위로는…… 하늘에서 빛나는 빛들이 보였다.

그녀는 멈춰 서서 위를 쳐다보며 경이를 느꼈다. 주석으로 강화된 눈에도 불빛은 희미하고 흐릿했다. 그러나 그녀는 간신히 그것들을 알아볼 수 있었다. 수백 개, 수천 개를. 그것들은 방금 끈 촛불에서 죽어가는 깜부기불처럼 아주 작았다.

"별들이야." 켈시어가 그녀 옆에서 천천히 걸으며 말했다. "주석이 있어도 별로 자주 보이지는 않아. 아주 맑은 날이어야 해. 옛날 사람들은 매일 밤 위를 쳐다보고 별을 보는 데 익숙했지. 안개가 오기 전 얘기야. '재의 산*'이 하늘로 재와 연기를 내뿜기 전에."

빈은 그를 바라보았다.

"그런 걸 어떻게 알아요?"

켈시어는 미소를 지었다.

"로드 룰러는 그 시절 기억을 없애버리려고 매우 애썼지. 하지만 몇 가지는 아직 남아 있어."

사실은 그녀의 질문에 대답한 것이 아니라는 듯이, 그는 돌아서서 계속 걸어갔다. 빈은 그를 따라갔다. 주석을 태우자, 갑자기 주위의 안개가 그렇게 불길하게 보이지 않았다. 켈시어가 어떻게 그

---

* 재의 산(ASHMOUNT): '마지막 제국'의 거대한 화산들.

렇게 밤에 자신 있게 걸어 다닐 수 있는지 알 것 같았다.

"좋아." 켈시어가 마침내 말했다. "다른 금속을 시험해보자."

빈은 고개를 끄덕이며, 주석을 켜놓은 채로 놔두고 함께 태울 다른 금속을 골랐다. 그녀가 그 금속을 태우자 매우 이상한 일이 일어났다. 그녀의 가슴에서 수많은 희미한 파란 선이 솟아올라, 빙빙 도는 안개 속으로 쏜살같이 흘러갔다. 그녀는 얼어붙은 채 약간 숨을 헐떡이면서 자기 가슴을 내려다보았다. 선은 대부분 반투명한 실처럼 얇았지만, 두 개는 방적사처럼 두꺼웠다.

켈시어가 싱긋 웃었다.

"그 금속과 그 금속의 짝은 당분간 놔둬. 그건 다른 것들보다 좀 더 복잡해."

"어떻게……?" 빈은 파란 빛의 선들을 눈으로 좇으며 물었다. 선들은 물체를 마구잡이로 가리켰다. 문, 창문…… 심지어 두 개는 켈시어를 가리키고 있었다.

"나중에 하자." 그가 약속했다. "그걸 *끄고* 나머지 둘 중에서 하나 시도해봐."

빈은 그 이상한 금속을 *끄고* 그 금속의 짝도 무시한 후, 마지막 금속 중 하나를 골랐다. 즉시 이상한 진동이 느껴졌다. 빈은 멈춰 섰다. 소리는 들리지 않았지만, 그녀는 그 파동이 몸을 휩쓸고 지나가는 것을 느낄 수 있었다. 그 진동은 켈시어에게서 나오는 것 같았다. 그녀는 얼굴을 찌푸리며 그를 쳐다보았다.

"아마 청동일 거야. 내적이고 정신적인 '미는' 금속. 누가 가까운 곳에서 알로맨시를 사용하고 있으면 느끼게 해주지. 우리 형 같은 시커들이 사용해. 보통 그렇게 쓸모 있는 건 아니야. 네가 스카 미스팅을 찾고 있는 '강철 심문관'이 아니라면."

빈은 창백해졌다.

"심문관들이 알로맨시를 쓸 수 있어요?"

켈시어는 고개를 끄덕였다.

"그들은 모두 시커야. 시커들을 선택해서 심문관으로 만드는 건지, 아니면 심문관이 되는 과정에서 그 힘을 얻는지는 잘 모르겠어. 어느 쪽이든, 그들의 주 임무는 혼혈 아이들과 알로맨시를 부적절하게 사용하는 귀족들을 찾는 거니까 그들에게는 쓸모 있는 기술이야. 불행하게도 그들에게 '쓸모 있다'는 건 우리에게는 '상당히 성가시다'는 뜻이지."

빈은 고개를 끄덕이다가 얼어붙었다. 파동, 즉 맥박이 멈췄던 것이다.

"무슨 일이 일어난 거죠?" 그녀가 물었다.

"내가 구리를 태우기 시작했어." 켈시어가 말했다. "청동의 짝이지. 구리를 태우면 네가 힘을 쓰는 걸 다른 알로맨서들이 느끼지 못하게 감춰줘. 하고 싶으면 지금 태워보렴. 많은 걸 느끼지는 못하겠지만."

빈은 구리를 태워보았다. 안에서 약간 떨리는 느낌이 드는 것 외엔 아무런 변화가 없었다.

"구리는 필수적으로 배워야 하는 금속이야. 너를 심문관들에게서 숨겨주니까. 오늘 밤은 아무 걱정 할 필요 없을 거야. 심문관들은 우리가 훈련을 하러 나온 보통 미스트본이라고 생각할 테니까.

하지만 네가 스카 변장을 하고 금속을 태울 필요가 생기면, 먼저 구리를 켰는지부터 확인해봐." 켈시어가 말했다.

빈은 고마워하며 고개를 끄덕였다.

"사실 미스트본 중에는 구리를 내내 켜놓고 있는 사람이 많아. 천천히 타고 다른 알로맨서들에게 보이지 않게 해주니까. 구리는 널 청동에게서 숨겨주고 다른 자가 네 감정을 조작하지 못하게 막아주지." 켈시어가 말했다.

빈의 얼굴에 생기가 돌았다.

"네가 흥미를 느낄 줄 알았다. 구리를 켜놓은 사람은 누구든지 감정 알로맨시에 면역이 생겨. 게다가 구리의 영향력은 구리를 쓰는 사람 주위에 거품처럼 일어나. 이 구름을 구리구름이라고 부르는데, 안에 있는 사람은 누구든 시커의 감각으로부터 숨겨주지. 네가 면역되는 것처럼 감정 알로맨시 면역까지 시켜주지는 않겠지만."

"클럽스. 스모커가 하는 일이 그거로군요." 빈이 말했다.

켈시어가 고개를 끄덕였다.

"시커가 우리를 알아차린다 해도 도로 은신처로 도망쳐 사라질 수 있겠지. 또 들킬 걱정 없이 능력을 실습할 수도 있고. 도시의 스카 지역 가게에서 알로맨시의 맥박이 나온다면 지나가는 심문관이 재빨리 알아차릴 거 아냐."

"하지만 당신은 구리를 태울 수 있잖아요. 패거리에 넣을 스모커를 찾는 일을 왜 그렇게 걱정했어요?" 빈이 말했다.

"맞아, 난 구리를 태울 수 있어. 그리고 너도 할 수 있어." 켈시어가 말했다. "우리는 모든 힘을 쓸 수 있어. 하지만 우리가 모든 곳에 있을 수는 없어. 패거리 두목이 성공하려면 일을 나누는 법을 알아야 한단다. 특히 이렇게 큰 작업에서는. 보통은 습관적으로 은신처에 구리구름을 내내 깔아놔. 클럽스는 그 일을 자기가 전부 하지는 않아. 도제들 중에도 스모커가 몇 명 있어. 클럽스 같은 사람을 고용한다는 건, 작전 기지와 너를 언제나 숨겨줄 만큼 유능한 스모커 팀을 그에게서 제공받는 거라고 생각하면 돼."

빈은 고개를 끄덕였다. 하지만 그녀는 자기 감정을 보호하는 구리의 능력에 더 흥미가 있었다. 구리는 내내 켜놓을 수 있을 정도로 충분히 찾아두어야 할 것이다.

그들은 다시 걷기 시작했고, 켈시어는 그녀가 주석을 태우는 데익숙해지도록 시간을 더 주었다. 그러나 빈의 마음은 다른 곳을 헤매기 시작했다. 뭔가…… 이상했다. 왜 켈시어는 이걸 그녀에게 전부 말해주고 있는 것일까? 그는 자기 비밀을 너무 쉽게, 거저 주고 있는 것 같았다.

'하나만 제외하고.' 그녀는 미심쩍게 생각했다. '파란 선이 나가던 그 금속. 그건 아직 가르쳐주지 않았어.'

아마 그는 계속 알려주지 않을 것이다. 빈에 대한 지배력을 유지하기 위해 감추어둔 힘일 테니까.

'분명히 강한 힘일 거야. 여덟 가지 중에서 제일 강력한 것이겠지.'

함께 조용한 거리를 걷는 중에, 빈은 망설이며 내부로 마음을 뻗었다. 그녀는 켈시어를 훔쳐본 다음 그 미지의 금속을 조심스럽게 태웠다. 다시, 선이 그녀 주위로 튀어 나갔다. 보기에는 마구잡이로 방향을 가리키는 것 같았다.

그 선들은 그녀와 함께 움직였다. 선의 한쪽 끝은 그녀의 가슴에 붙어 있었지만, 다른 쪽 끝은 거리의 여러 장소에 붙어 남아 있었다. 그녀가 걸어가면서 새로운 선들이 나타나고, 오래된 선들은 희미해지면서 뒤에서 사라졌다. 선들의 너비는 각양각색이었고, 어떤 선은 다른 선보다 더 밝았다.

빈은 호기심에 차서, 선들의 비밀을 알아내려고 마음으로 그 선들을 시험해보았다. 그녀는 특히 작고 무해해 보이는 선에 초점을 맞추었다. 그러자 집중하면 그것을 개별적으로 느낄 수 있다는 것을 깨달았다. 만질 수도 있을 것 같았다. 그녀는 마음을 밖으로 뻗어 그 선을 살짝 잡아당겨보았다.

선이 흔들리더니, 뭔가가 즉각 어둠 속에서 그녀에게로 날아왔다. 빈은 깍 소리를 지르며 뛰어서 피하려고 했다. 그러나 그 물건은 곧장 그녀에게 쏜살같이 날아왔다. 녹슨 못이었다.

갑자기 뭔가가 못을 잡더니, 어둠 속으로 던져버렸다.

빈은 뒹굴던 자세에서 일어나 긴장한 채 웅크렸다. 미스트클록이 그녀 주위에서 펄럭였다. 그녀는 어둠 속을 살펴본 다음 켈시어를 쳐다보았다. 그는 부드럽게 웃고 있었다.

"네가 그걸 시험해볼 거라고 생각했어야 했는데." 그가 말했다.

빈은 당황해서 얼굴이 빨개졌다.

"자, 다친 데는 없어." 그가 손을 흔들어 그녀를 부르며 말했다.

"못이 날 공격했어요!"

그 금속이 물건을 살아나게 만들었을까? 그렇다면 정말 믿을 수 없는 힘이다.

"사실은 네가 너 자신을 공격한 거야." 켈시어가 말했다.

빈은 조심스럽게 일어나 그와 함께 다시 거리를 걸어 내려가기 시작했다.

"네가 무슨 일을 했는지 금방 설명해줄게." 그가 약속했다. "그보다 먼저, 네가 알로맨시에 대해 알아야 할 게 있어."

"또 규칙인가요?"

"오히려 철학 쪽이야. 그건 결과에 대한 거야." 켈시어가 말했다.

빈은 얼굴을 찌푸렸다.

"무슨 뜻이에요?"

"우리가 하는 행동은 전부 결과를 낳아, 빈." 켈시어가 말했다. "나는 알로맨시와 인생 양쪽 다 자기 행동의 결과를 제일 잘 판단할 수 있는 사람이 가장 성공한다는 걸 깨달았어. 예를 들어 백랍을 태운다고 치자. 결과가 어떻게 되지?"

빈은 어깨를 으쓱했다.

"더 강해지지요."

"네 백랍이 닳아가는데 무거운 걸 들고 있으면 무슨 일이 일어날까?"

빈은 잠시 입을 다물었다.

"떨어뜨릴 것 같아요."

"그런데 그게 너무 무겁다면, 넌 심하게 다칠 수도 있어. 싸우는 동안 지독한 부상을 당하고도 무시했던 미스팅 써그들은 매우 많앉어. 그 결과 백랍이 닳아버리면 부상 때문에 바로 죽어버렸지."

"알겠어요." 빈이 조용히 말했다.

"하!"

빈은 충격 때문에 펄쩍 뛰면서 예민해진 귀를 허둥지둥 손으로 가렸다.

"아우!" 그녀는 켈시어를 노려보면서 불평했다.

켈시어가 미소 지었다.

"주석을 태우는 데에도 결과가 따르지. 누가 갑작스럽게 빛이나 소리를 내면 눈이 멀거나 얼어붙을 수 있어."

"하지만 그게 마지막 두 금속과 무슨 상관이죠?"

"철과 강철은 주위의 다른 금속들을 조종할 수 있는 능력을 줘." 켈시어가 설명했다. "철을 태우면 금속의 원천을 네 쪽으로 '당길' 수 있어. 강철은 '밀어낼' 수 있지. 아, 이제 다 왔다."

켈시어가 멈춰 서서 위를 쳐다보았다. 안개 사이로 거대한 성벽이 그들 위에 솟아 있었다.

"우리가 여기서 뭘 하나요?"

"'철-당기기'와 '강철-밀기'를 연습할 거야." 켈시어가 말했다. "하지만 우선 몇 가지 기초부터 하고."

그는 허리띠에서 뭔가를 꺼냈다. 가장 값싼 동전인 클립이었다. 그는 그녀 앞으로 동전을 들어 올리고 옆쪽으로 섰다.

"강철을 태워봐. 네가 조금 전 태운 금속의 짝이야."

빈은 고개를 끄덕였다. 다시 파란 선이 주위에 솟아올랐다. 그중 하나는 켈시어의 손에 들린 동전을 똑바로 가리키고 있었다.

"좋아. 그걸 밀어봐." 켈시어가 말했다.

빈은 맞는 선을 골라 마음을 뻗어 살짝 '밀었다'. 동전은 켈시어의 손가락에서 튕겨져 날아가, 빈에게서 똑바로 멀어졌다. 그녀는 그 동전에 계속 초점을 맞춰 '밀어'보려고 했다. 마침내 동전은 근처 집 벽에 툭 맞았다.

빈이 갑자기, 급격하게 뒤로 던져졌다. 켈시어가 그녀를 잡아 땅에 쓰러지지 않게 막아주었다.

빈은 비틀거리면서 몸을 바로 세웠다. 이제 그녀의 조종에서 풀려난 동전이 거리 건너편 땅에 땡그랑 떨어졌다.

"무슨 일이 일어났지?" 켈시어가 물었다.

그녀는 고개를 저었다.

"모르겠어요. 동전을 '밀었'더니 날아갔어요. 하지만 동전이 벽을 때리면서 내가 밀려났어요."

"왜?"

빈은 얼굴을 찌푸리고 생각에 잠겼다.

"내 생각엔…… 내 생각엔 동전이 아무 데도 갈 수가 없었어요. 그래서 내 쪽이 움직여야 했던 것 같아요."

켈시어는 만족스럽게 고개를 끄덕였다.

"그게 결과야, 빈. 너는 '강철-밀기'를 하면서 네 몸무게를 썼어. 너의 닻보다 네가 훨씬 무거우면 닻이 네게서 날아가게 돼. 동전이 그랬던 것처럼. 하지만 만약 그 물건이 너보다 무겁다면, 아니면 너보다 무거운 것에 부딪치면 너는 '밀려날' 거야. '철-당기기'도 비슷해. 네가 물체 쪽으로 '당겨지든가' 아니면 그게 네 쪽으로 '당겨

지든가' 할 거야. 양쪽 무게가 비슷하다면 둘 다 움직이겠지.

이건 알로맨시 중에서도 위대한 기술이야, 빈. 강철이나 철을 태울 때 네가 얼마나 많이, 아니면 얼마나 적게 움직일지 알면 적수보다 커다란 이점을 갖게 돼. 이 두 가지가 네 능력 중에서 가장 쓸모가 많다는 것도 알게 될 거야."

빈은 고개를 끄덕였다.

"자, 기억해." 그가 말을 계속했다. "두 경우 다, 네가 '밀거나' '당기는' 힘은 곧장 네 쪽으로 오거나 네게서 멀어졌어. 네 마음으로 물건의 방향을 휙 돌려서 어디든지 네가 원하는 곳으로 가게 조종할 수는 없어. 알로맨시는 그런 식으로 작동하지 않아. 물리적 세계가 그런 식으로 작동하지 않기 때문이지. 알로맨시로건 네 손으로건, 뭔가 밀면 그 물체는 곧장 반대 방향으로 가게 돼. 힘, 반응, 결과. 알겠니?"

빈은 다시 고개를 끄덕였다.

"좋아." 켈시어가 기분 좋게 말했다. "이제 저 벽을 뛰어넘자."

"뭐라고요?"

그녀를 거리에 멍하니 서 있게 남겨둔 채, 그는 벽 기슭으로 다가갔다. 그녀는 그 모습을 지켜보다가 허둥지둥 그가 있는 곳으로 갔다.

"제정신이 아니군요!" 그녀는 조용히 말했다.

켈시어는 미소를 지었다.

"넌 오늘 나한테 그 말을 두 번째 하는 것 같은데, 주의력을 더 길러야겠어. 네가 다른 사람들 말에 귀 기울이고 있었다면 내 제정신이 오래전에 날 떠났다는 걸 알았을 거야."

"켈시어." 그녀가 벽을 올려다보며 말했다. "난 못해요……. 그러니까, 오늘 저녁 전까지만 해도 난 진짜로 알로맨시를 써본 적도 없다고요!"

"그래, 하지만 넌 아주 진도가 빠른 학생이야." 켈시어가 클록 아래에서 뭔가 꺼내면서 말했다. 허리띠 같아 보였다. "여기, 이걸 차. 여기에는 금속 추가 매달려 있어. 뭐가 잘못돼도 아마 널 붙잡을 수 있을 거야."

"'아마'라고요?" 빈이 그 허리띠를 차면서 신경질적으로 말했다.

켈시어는 미소를 짓더니, 발치에 커다란 금속 잉곳을 떨어뜨렸다.

"그 잉곳 위에 똑바로 선 다음 '강철-밀기'를 기억해. '철-당기기'가 아니야. 벽 꼭대기에 닿을 때까지는 계속 '밀어'."

그다음 그는 몸을 구부렸다가, 뛰어올랐다.

켈시어는 공중으로 쏜살같이 날아갔다. 그의 어두운 그림자가 소용돌이치는 안개 속으로 사라졌다. 빈은 잠시 기다려보았으나, 그는 곤두박질쳐 떨어지지 않았다.

그녀의 예민해진 귀에도 사위가 조용했다. 안개는 주위에서 장난치듯 소용돌이쳤다. 그녀를 놀리고 그녀를 도발하며.

그녀는 잉곳을 내려다보고 강철을 태웠다. 파란 선이 희미하고 유령같이 빛났다. 그녀는 잉곳 위로 올라서서 양쪽 끝에 각각 발을 벌리고 섰다. 위쪽 안개 속을 쳐다본 다음 마지막으로 아래를 보았다.

마침내, 그녀는 깊은숨을 들이쉬고 온 힘을 다해 잉곳을 '밀었다'.

8

"그는 그들이 나아갈 길을 지켜야 해. 하지만 부수기도 해야 해. 그는 그들의 구세주가 될 거야. 하지만 그들은 그를 이단자라고 하겠지. 그의 이름은 '불화'가 될 테지만, 그들은 그것 때문에 그를 사랑할 거야."

빈은 공중으로 솟아올랐다. 그녀는 비명을 억누르고, 무섭지만 '밀기'를 계속해야 한다는 것을 기억했다. 돌벽은 겨우 몇 피트 떨어진 곳에서 흐릿할 정도로 맹렬하게 움직였다. 땅은 아래쪽에서 사라졌고, 잉곳을 가리키는 파란 선은 점점 더 희미해졌다.

'이게 사라지면 어떻게 되지?'

그녀의 속도가 느려지기 시작했다. 선이 희미해질수록 속도는 줄어들었다. 겨우 몇 초 날아간 다음, 그녀는 슬금슬금 멈추었다. 그리고 이제 거의 보이지 않게 된 파란 선 위의 공중에 매달린 채 서 있었다.

"난 언제나 이 위에서 보는 경치가 좋더라."

빈은 옆을 슬쩍 보았다. 약간 떨어진 곳에 켈시어가 서 있었다. 그녀는 어찌나 집중했던지 자기가 성벽 꼭대기에서 겨우 몇 피트 떨어진 곳에 떠 있다는 것도 알아차리지 못하고 있었다.

"도와줘요!"

그녀는 떨어지지 않으려고 필사적으로 계속 '밀면서' 말했다. 그녀

몸 아래의 안개는 저주받은 영혼들의 어두운 대양처럼 움직이며 빙빙 돌고 있었다.

"너무 걱정 마." 켈시어가 말했다. "닻이 삼각형 모양으로 놓여 있으면 공중에서 균형 잡기가 더 쉬워. 하지만 닻 하나로도 넌 잘할 수 있어. 네 몸은 균형을 잡는 데 익숙해져 있으니까. 네가 걷기를 배웠을 때부터 하던 일들이 알로맨시에도 어느 정도 통하는 거야. '밀기' 능력을 한껏 쓰면서 가만히 있으면 너는 아주 안정적으로 있을 수 있어. 네 정신과 몸은 아래에 있는 닻의 중심에서 조금이라도 벗어나면 자세를 바로잡고 네가 옆으로 떨어지지 않게 막아줄 거야.

하지만 네가 뭔가 다른 것을 '밀거나', 한쪽으로 너무 많이 움직이게 되면…… 음, 아래의 닻을 놓칠 테고 더 이상 똑바로 위로 밀 수 없겠지. 그럼 문제가 생길 거야. 아주 높은 장대 꼭대기에 달린 납추처럼 기울어지겠지."

"켈시어……." 빈이 말했다.

"네가 높은 곳을 두려워하지 않았으면 좋겠어, 빈." 켈시어가 말했다. "그건 미스트본으로서는 아주 불리한 거거든."

"난…… 높은…… 곳이…… 무섭지…… 않아요." 빈은 이를 갈며 말했다. "하지만 난 저 망할 거리 위 100피트 공중에 떠 있는 데 익숙하지도 않아요!"

켈시어는 싱긋 웃었지만, 빈은 자기 허리띠를 당기는 힘을 느꼈다. 그 힘은 공중에서 그녀를 켈시어 쪽으로 당겼다. 그는 그녀를 붙잡고 돌 울타리 위로 끌어올린 다음 자기 옆에 내려놓았다. 그는 한 팔을 벽면 위로 뻗었다. 일 초 후에 잉곳이 벽면을 긁으며 공중으로 날아올라와, 기다리고 있던 켈시어의 손으로 휙 들어왔다.

"잘했어. 이제 도로 내려가자."

그는 잉곳을 어깨 너머로 툭 넘기더니, 벽 맞은편의 어두운 안개 속에 던졌다.

"우리 정말 밖으로 나갈 거예요? 성벽 밖으로? 밤에?" 빈이 물었다.

켈시어는 그답게, 상대방 속을 긁는 방식으로 미소 지었다. 그는 걸어가서 성가퀴 위로 올라갔다. "네가 '밀거나' '당기는' 힘을 조절하는 건 어렵지만 할 수는 있어. 그냥 조금 떨어지다가 '밀어서' 속도를 늦추는 게 나을 거야. 조금 더 떨어진 다음 다시 '밀어'봐. 리듬만 제대로 타면 땅에 잘 내려갈 수 있어."

"켈시어." 빈이 벽으로 다가가며 말했다. "난……."

"넌 지금 성벽 꼭대기에 있어, 빈." 그는 공중으로 걸어 나가며 말했다. 그는 멈춰 서서 아까 자기가 설명한 대로 공중에 뜬 채 균형을 잡았다. "내려가는 길은 두 가지 뿐이야. 네가 뛰어내리든가, 아니면 저기 순찰 경비병에게 왜 미스트본이 그들 계단을 쓸 필요가 있는지 설명하거나."

빈이 걱정스럽게 돌아보자, 짙은 안개 속에서 각등 불빛이 흔들거리며 다가오는 것이 보였다.

그녀는 다시 켈시어를 보았으나 그는 이미 사라지고 없었다. 그녀는 투덜거리며 벽면 너머로 몸을 굽히고 안개 속을 내려다보았다. 뒤에서 경비병들이 벽을 따라 걸으면서 서로 조그맣게 이야기하는 소리가 들렸다.

켈시어가 옳았다. 그녀가 선택할 길은 많지 않다. 화가 난 채로 그녀는 성가퀴 위로 올라갔다. 그녀는 높은 곳을 그다지 두려워하지는 않았지만, 성벽 꼭대기에 서서 죽음의 높이를 내려다보고 있는데 누가 불안해하지 않겠는가? 심장이 떨리고 배 속이 꼬였다.

'켈시어가 내 길에서 비켜서 있으면 좋겠는데.'

그녀는 파란 선을 살펴 자기가 잉곳 위에 있다는 것을 확인하면서 생각했다. 그녀는 발걸음을 내딛었다.

그녀는 즉시 땅으로 떨어지기 시작했다. 그녀는 반사적으로 강철을 '밀었'지만, 궤도가 빗나갔다. 잉곳 위로 똑바로 떨어지는 것이 아니라 그 옆쪽으로 떨어지고 있었다. 결과적으로 '강철-밀기' 때문에 몸이 옆으로 더 멀리 밀리면서 그녀는 공중에서 굴러떨어지기 시작했다.

겁에 질려 그녀는 다시 '밀었다'. 이번에는 강철을 폭발시키며 더 세게 '밀었다'. 갑자기 힘을 쓰자 몸이 도로 위로 튀어 올랐다. 성벽 꼭대기와 같은 높이로 공중으로 튀어 오르면서 옆으로 호를 그렸다. 지나가던 경비병들이 놀라서 빙글 돌아보았으나, 그들의 얼굴이 곧 희미해지면서 빈은 다시 땅으로 떨어졌다.

공포로 엉망진창이 된 마음으로 그녀는 반사적으로 힘을 뻗어 잉곳을 '당겨'서 자기 몸을 그쪽으로 끌어가려고 했다. 그러나 물론, 잉곳이 순순히 그녀 쪽으로 쏘아져 올라왔다.

'죽었구나.'

다음 순간 몸이 휘청하더니 허리띠를 잡혀 위로 당겨졌다. 내려가는 속도가 점점 느려지다 마침내 조용히 공중에 떠 있게 되었다. 켈시어가 안개 속에서 나타나 그녀 아래쪽 땅 위에 서 있었다. 그는 물론 미소 짓고 있었다.

그는 그녀가 마지막 몇 피트를 떨어지게 놓아두었다가 붙잡은 다음, 부드러운 땅에 똑바로 세워놓았다. 그녀는 겁을 먹어 밭은 숨을 쉬며 잠시 벌벌 떨며 서 있었다.

"자, 재밌었지." 켈시어가 가볍게 말했다.

빈은 대답하지 않았다.

켈시어는 근처 바위 위에 앉아 그녀가 정신 차릴 시간을 주었다. 결국 그녀는 백랍을 태워 굳세진 느낌으로 신경을 안정시켰다.

"잘했어." 켈시어가 말했다.

"난 죽을 뻔했어요."

"처음엔 모두 그래." 켈시어가 말했다. "'철-당기기'와 '강철-밀기'는 위험한 기술이야. 금속 조각을 몸 쪽으로 '끌어당기'다가 자기 몸을 찌를 수도 있고, 뛰다가 닻을 지나쳐 너무 앞에 떨어질 수도 있고, 그런 식으로 저지를 수 있는 실수가 수십 가지야.

내 경험이 전부는 아니지만, 누가 널 지켜볼 수 있을 때 그런 극단적인 상황을 일찍 겪어보는 편이 나아. 아무튼 알로맨서가 가능하면 몸에 금속을 지니지 않는 게 왜 중요한지는 이해했겠지."

빈은 고개를 끄덕이다가 동작을 멈추고 귀로 손을 가져갔다.

"내 귀걸이. 이것도 그만 차야겠어요."

"뒤에 클립이 있니?" 켈시어가 물었다.

빈은 고개를 저었다.

"그냥 작은 스터드예요. 뒤의 핀은 아래로 굽어져 있고요."

"그럼 괜찮을 거야." 켈시어가 말했다. "몸속에 있는 금속은 '밀거나 '당길' 수 없어. 일부분만 몸에 들어가 있어도 마찬가지야. 그렇지 않으면 네가 금속을 불태우는 동안 다른 알로맨서가 네 배 속에서 금속을 떼어낼 수 있을 거 아냐."

'알게 되어 다행이네.' 빈이 생각했다.

"심문관들이 강철 대못 한 쌍을 머리에 박은 채로 그렇게 자신 있게 걸어 다닐 수 있는 이유도 그거지. 그들의 몸에 박혀 있는 금속은 다른 알로맨서의 영향을 받지 않아. 귀걸이는 계속 달고 있으렴. 작아서 그걸로 큰일은 할 수 없겠지만, 비상시에 무기로 쓸 수 있을 거야."

"알았어요."

"이제 갈 준비 됐니?"

그녀는 성벽을 쳐다보고, 다시 뛰어오를 준비를 한 후에 고개를 끄덕였다.

"도로 올라가는 게 아니야. 이리 와." 켈시어가 말했다.

켈시어가 안개 속으로 걸어 나가기 시작하는 것을 보고 빈은 얼굴을 찌푸렸다.

'그럼 결국 목적지가 있었던 거야? 아니면 그냥 조금 더 걸어 다니기로 한 걸까?'

이상하게도, 그의 상냥하고 태연한 태도 때문에 오히려 그의 속을 읽을 수가 없었다.

안개 속에 혼자 남고 싶지는 않았기 때문에 빈은 서둘러 그를 따라잡았다. 루서델 주변의 풍경은 덤불과 잡초를 빼면 황량했다. 그들이 걸어갈 때, 아까 떨어진 화산재가 덮여 있는 가시와 마른 잎이 그녀의 다리에 스쳤다. 안개 이슬로 약간 젖은 덤불이 으드득거렸다.

때때로 그들은 도시 밖으로 실어낸 잿더미를 지나쳤다. 그러나 재는 대부분 도시를 가로질러 흐르는 채너럴 강에 던져졌다. 결국은 물이 재를 분해한다. 적어도 빈은 그렇게 추측했다. 그렇지 않았다면 대륙 전체가 오래전에 파묻혔을 것이다.

빈은 켈시어 가까이 붙어서 걸어갔다. 그녀는 전에도 도시 밖을 여행해본 적이 있지만 언제나 보트맨 무리에 섞여 움직였다. 보트맨은 거룻배를 조종해 '마지막 제국'의 수많은 운하 길을 오르내리는 스카 일꾼들이었다. 귀족들은 배 끄는 길로 보트를 끌 때 대부분 말 대신 스카를 이용했기 때문에 그것은 매우 힘든 일이었다. 그렇지만 여행을 하고 있다는 생각을 하면 어느 정도 자유가 느껴졌다. 대부분의 스카들, 심지어 스카 도둑들도 절대 자기 농장이나 도시를 떠나지 않기 때문이었다.

도시에서 도시로 끊임없이 옮겨 다니는 삶은 린이 선택한 것이었다. 그는 강박적일 정도로 절대 통제받으려 하지 않았다. 보통 암흑가 패거리들이 운행하는 운하 배를 타고 이곳저곳으로 다녔고, 결코 한 장소에 1년 이상 머물지 않았다. 그는 계속 움직였고, 언제나 어디론가 갔다. 마치 무언가에서 도망치듯이.

그들은 계속 걸었다. 밤에는 황량한 언덕과 덤불로 덮인 들판마저도 분위기가 으스스했다. 빈은 아무 말도 하지 않았지만, 가능한 한 소리 내지 않으려고 했다. 그녀는 밤에 집 밖에 돌아다니는 것들의 이야기를 들으며 살았고, 사방을 가린 안개 때문에—지금은 주석으로 꿰뚫어볼 수 있다고 해도—누군가가 그녀를 지켜보는 것같이 느껴졌다.

길을 가면서 그 느낌에 그녀는 점점 더 용기를 잃었다. 곧 어둠 속에서 여러 가지 소리가 들렸다. 작고 희미한 소리였다. 잡초가 타닥거리는 소리, 메아리치는 안개 속에서 발을 끌며 걷는 소리.

'넌 편집증적으로 굴고 있는 것뿐이야!' 그녀는 반쯤 상상 속에서 나온 소리를 듣고 펄쩍 뛰면서 생각했다. 그러나 결국 그녀는 더 견딜 수 없었다.

"켈시어!" 그녀는 다급하게 속삭였지만, 소리는 예민해진 귀에 너무나 커다랗게 들렸다. "여기 뭔가 있는 것 같아요."

"응?" 켈시어가 물었다. 그는 자기 생각에 빠져 있는 것 같았다.

"뭔가가 우리를 따라오고 있는 것 같아요!"

"아, 그래. 네 말이 맞아. 그건 안개유령이야."

빈은 가던 걸음을 뚝 멈추었다. 그러나 켈시어는 계속 걸어갔다.

"켈시어!" 그녀가 부르자 그는 멈춰 섰다.

"안개유령이 진짜 있다는 말이에요?"

"물론 있지." 켈시어가 말했다. "그 이야기들이 전부 어디서 나왔다고 생각하니?"

빈은 충격을 받아 말문이 막힌 채 서 있었다.

"보고 싶니?" 켈시어가 물었다.

"안개유령을 본다고요?" 빈이 물었다. "당신……." 그녀는 말을 멈추었다.

켈시어는 싱긋 웃더니, 다시 그녀에게로 걸어왔다.

"안개유령은 좀 보기 흉할 수도 있지만, 비교적 해는 없어. 대체로 스캐빈저들이거든. 이리 와."

그는 왔던 길을 되짚어가며 그녀에게 따라오라고 손짓했다. 마지못한 걸음으로, 그러나 소름 끼치는 호기심을 느끼며 빈은 그를 따라갔다. 켈시어는 앞장서서 상대적으로 덤불이 없는 언덕 꼭대기로 활발하게 걸어갔다. 그는 웅크려 앉더니 빈에게도 그렇게 하라고 손짓했다.

"안개유령의 청력은 별로 좋지 않아." 그녀가 자기 옆의 거칠고 재로 덮인 흙 속에 무릎을 꿇자 그가 말했다. "하지만 후각은, 아니 오히려 미각은 아주 날카로워. 아마 우리가 온 자취를 따라오면서 우리가 뭔가 먹을 수 있는 걸 버리나 보고 있을 거야."

빈은 눈을 가늘게 뜨고 어둠 속을 바라보았다.

"안 보이는데요." 그녀가 안개 속에서 어두운 그림자를 찾으며 말했다.

"저기." 켈시어가 나지막한 언덕을 가리켰다.

빈은 언덕 꼭대기에 웅크린 채 그녀를 지켜보고 있는 생물을 상상하고 얼굴을 찌푸리며 그런 모습을 한 뭔가가 있나 찾아보았다.

그때 언덕이 움직였다.

빈은 가볍게 펄쩍 뛰었다. 10피트 높이에 그 두 배 길이쯤 되는 검은 언덕이 발을 질질 끄는 기묘한 걸음걸이로 휘청거리며 앞으로 움직였다. 빈은 더 잘 보려고 앞으로 몸을 기울였다.

"주석을 폭발시켜봐." 켈시어가 말했다.

빈은 고개를 끄덕이며 알로맨시 힘을 더욱 폭발시켰다. 즉시 모든 것이 더 밝아졌다. 안개가 시야를 훨씬 덜 가렸다.

그녀는 그 모습을 보고 떨었다. 매혹되고, 혐오감을 품고, 크게 동요했다. 그 생물의 피부는 연기색에 반투명해서, 그 아래로 뼈가 보였다. 다리는 수십 개였는데 하나하나가 각기 다른 동물들에게서 취한 것 같았다. 인간의 손, 소의 발굽, 개의 뒷다리……. 다른 것들은 알아볼 수도 없었다.

그 생물은 그렇게 어울리지 않는 다리들로 걸었다. 걸었다기보다 어기적거리는 것에 더 가까웠지만. 그것은 서툰 지네처럼 움직이며 천천히 기어갔다. 사실 다리 중 여러 개는 어떤 기능을 하는 것 같지도 않았다. 그것들은 그 생물의 살에서 부자연스럽게 뒤틀린 채 튀어나와 있었다.

몸은 둥글넓적하고 길게 늘어나 있었다. 그러나 그냥 점액질 같지는 않았다……. 그 모습에는 이상하게 논리적인 구석이 있었다. 그 생물은 뚜렷한 골격을 갖고 있었으며, 주석으로 예민해진 눈을 가늘게 뜨고서 살펴보니 뼈를 감싸고 있는 반투명한 근육과 힘줄도 보이는 것 같았다. 그 생물은 움직일 때 기묘하게 뒤죽박죽인 근육들을 풀었고, 십여 개나 되는 갈비뼈를 드러냈다. 몸통을 따라 여러 개의 팔다리가 불안한 각도로 매달려 있었다.

그리고 머리들……. 여섯 개인 것 같았다. 피부는 반투명했지만, 말 머리가 사슴 머리 옆에 붙어 있는 것을 알아볼 수 있었다. 다른 머리가 그녀 쪽을 돌아보았는데, 그 머리에선 인간의 두개골이 보였다. 머리는 긴 등골 위에 놓여 있고, 등골은 동물 몸통 같은 것에 붙어 있었다. 그 몸통은 기이하게 뒤죽박죽된 뼈 위에 붙여져 있었다.

빈은 구역질이 나려고 했다.

"저건 무슨……? 어떻게……?"

"안개유령들은 몸을 펴서 늘일 수 있어." 켈시어가 말했다. "어떤 골격 위에도 피부를 씌울 수 있고, 흉내 낼 모델이 있다면 근육과 기관을 재창조할 수도 있지."

"그 말은……?"

켈시어는 고개를 끄덕였다.

"시체를 발견하면 그들은 그 시체를 둘러싸고 근육과 기관을 천천히 소화시켜. 그다음에는 자기가 먹은 것을 패턴으로 활용해서 죽은 생물을 똑같이 복사하지. 몸의 부분들은 약간 재배치해. 원치 않는 뼈는 체외로 배출하고, 반면에 자기 몸이 되었으면 하는 뼈는 덧붙이지. 그러면서 저기 보이는 것 같은 뒤죽박죽 이상한 생물이 되는 거야."

빈은 그 생물이 그녀의 자취를 따라 어기적거리며 들판을 가로지르는 것을 지켜보았다. 아랫배 부분에서 늘어져 펄럭대는 끈적끈적한 피부가 땅바닥에 질질 끌렸다.

'후각이야. 우리가 지나온 자리의 냄새를 따라오고 있는 거야.'

빈은 생각했다. 그녀가 주석을 보통 태우기로 되돌리자, 안개유령은 다시 한 번 어두운 언덕이 되었다. 그러나 그 검은 윤곽은 기묘한 모습을 더욱 돋보이게 만들 따름이었다.

"그럼 저들에게는 지능이 있나요? 시체를…… 찢어서 자기가 원하는 곳에 조각조각 붙일 수 있는 거라면?" 빈이 물었다.

"지능이라고? 아니, 이렇게 어린놈에게는 없어. 지능보다는 본능이지."

빈은 다시 몸을 떨었다.

"사람들이 이것에 대해 아나요? 그러니까, 전설과 다른 부분을?"

"'사람들'이라니 누구 말이니?" 켈시어가 물었다. "알로맨서들은 알고 있는 사람이 많고, 미니스트리도 분명 알고 있을 거야. 보통 사람들은…… 그들은 밤에 절대로 밖에 나가지 않아. 스카들은 대부분 안개유령을 두려워하고 저주하지만, 사실은 평생 한 마리도 보지 못하지."

"그 사람들에겐 다행이네요." 빈이 중얼거렸다. "왜 누군가 저런 걸 어떻게 해버리지 않는 거죠?"

켈시어는 어깨를 으쓱했다.

"안개유령은 그렇게 위험하지 않아."

"저게 인간 머리를 갖고 있잖아요!"

"아마 시체를 발견한 게지." 켈시어가 말했다. "다 자란 건강한 어른을 안개유령이 습격했다는 얘기는 한 번도 들어본 적이 없어. 그래서 아마 모두 그냥 놔두는 걸 거야. 물론 고위 귀족들은 저 생물을 나름대로 이용하는 방법을 만들어냈고."

빈은 의문을 담아 그를 바라보았지만, 그는 더 이상 말하지 않고 일어서서 산비탈을 걸어 내려갔다. 그녀는 그 기묘한 생물을 한 번 더 슬쩍 바라본 다음, 켈시어를 따라 출발했다.

"이걸 보여주려고 절 여기로 데리고 나온 건가요?" 빈이 물었다.

켈시어는 싱긋 웃었다.

"안개유령은 으스스해 보일지는 몰라도, 이렇게 오래 여행해서 보러 올 가치는 없어. 아니, 우리는 저기로 가고 있어."

그의 몸짓을 따라 시선을 옮기자 앞쪽 전망이 변한 것이 보였다.

"제국 가도(街道)? 우린 도시 앞쪽으로 둥그렇게 돌아왔군요."

켈시어는 고개를 끄덕였다. 잠깐 걸어가자—그동안 빈은 안개유령이 가까이 오지 않나 확인하려고 적어도 세 번은 뒤를 돌아보았다—덤불을 떠나 평평하게 다져진 제국 가도 위에 올라설 수 있었다. 켈시어는 멈춰 서서 길 양쪽을 살펴보았다. 빈은 그가 무엇을 하는 걸까 생각하며 눈살을 찌푸렸다.

그때 그 마차가 보였다. 가도 옆에 주차되어 있었고, 그 옆에서 한 남자가 기다리고 있었다.

"여어, 세이즈드." 켈시어가 앞으로 걸어 나가며 말했다.

남자는 허리를 굽혀 절했다.

"오셨군요, 마스터 켈시어." 그의 부드러운 목소리는 밤공기 속에서 또렷이 들렸다. 목소리의 음은 보통보다 조금 높았고, 억양은 거의 음악 같았다. "안 오신다고 생각할 뻔했습니다."

"날 알잖아, 세이즈." 켈시어가 그 남자의 어깨를 유쾌하게 철썩 치며 말했다. "난 시간 엄수의 화신이라고." 그는 돌아서서 빈 쪽으로 한 손을 흔들었다. "이 불안해하는 작은 아이는 빈이야."

"아, 네."

세이즈드가 느리고 또렷한 발음으로 말했다. 그의 억양에는 어딘가 이상한 구석이 있었다. 빈은 조심스럽게 다가가며 남자를 살펴보았다. 세이즈드의 얼굴은 길고 납작했고, 몸은 호리호리했다. 키는 심지어 켈시어보다도 컸다. 좀 비정상적일 정도로 키가 컸고, 팔은 몹시 길었다.

"당신 테리스인이군요."

빈이 말했다. 그의 귓불은 길게 늘어졌고, 귀 둘레에 스터드가 빙 둘려 박혀 있었다. 그는 테리스 남자 관리인이 입는 호화롭고 다채로운 로브를 입고 있었다. 그 옷은 주인집의 상징 색 세 가지를 번갈아 써서 수를 놓고 서로 겹쳐서 V자 모양으로 만든 것이었다.

"그래요, 아가씨." 세이즈드가 허리를 굽히며 말했다. "제 종족을 많이 아시나요?"

"하나도요. 하지만 고위 귀족이 테리스인 관리인과 수행원들을 더 좋아한다는 건 알아요." 빈이 말했다.

"사실 그렇습니다, 아가씨." 세이즈드가 말했다. 그는 켈시어를 보았다. "가야 합니다, 마스터 켈시어. 시간이 늦었는데 아직 펠리스까지 가려면 한 시간이나 걸립니다."

'펠리스라고. 그러면 가짜 로드 르노를 보러 가는 거구나.' 빈이 생각했다.

세이즈드는 그들에게 마차 문을 열어준 다음, 그들이 올라타자 문을 닫았다. 빈은 플러시 시트에 앉은 채, 세이즈드가 마차 위에 올라가 말을 출발시키는 소리를 들었다.

켈시어는 마차 안에 조용히 앉아 있었다. 안개가 들어오지 못하도록 창 가리개가 닫혀 있고, 모퉁이에 반쯤 가려진 작은 등불이

걸려 있었다. 빈은 그의 바로 맞은편 의자에 올라앉아 있었다. 그녀는 무릎을 꿇고 있었고, 몸을 감싸는 미스트클록이 꼭 여며져 그녀의 팔과 다리를 숨겼다.

'저 애는 언제나 저렇게 하는구나. 어디에 있든지 가능한 한 조그맣고 눈에 띄지 않는 자세를 취하려고 해.'

켈시어는 생각했다. 빈은 앉지 않고 웅크렸다. 걷지 않고 살금살금 돌아다녔다. 탁 트인 자리에 앉아 있어도 숨으려고 하는 것 같았다.

'하지만 용감한 아이야.'

켈시어가 훈련받을 때 그는 그렇게 기꺼이 성벽 밖으로 몸을 던지지 못했다. 늙은 게멜이 억지로 그를 밀어야 했다.

빈은 조용하고 어두운 눈으로 그를 지켜보고 있었다. 그가 자기에게 주의를 쏟는 것을 알아차리자, 그녀는 시선을 돌리고 클록 속으로 몸을 약간 더 움츠렸다. 그런데 뜻밖으로 그녀가 말했다.

"당신 형 말이에요." 그녀는 작고 속삭이는 듯한 목소리로 말했다. "두 분은 잘 지내지 못하는 것 같아요."

켈시어는 한쪽 눈썹을 치켜세웠다.

"맞아, 우린 사실 한 번도 잘 지낸 적이 없어. 부끄러운 일이지. 사이가 좋아야 하는데…… 그렇지 않아."

"형이 자주 때렸어요?" 빈이 물었다.

켈시어가 얼굴을 찌푸렸다.

"날 때린다고? 아니, 전혀 안 때렸어."

"그러면 형이 못 때리게 당신이 막았어요?" 빈이 물었다. "그래서 그가 당신을 안 좋아하는 걸 거예요. 어떻게 빠져나왔어요? 도 망쳤나요, 아니면 당신이 형보다 더 셌나요?"

"빈, 마쉬가 날 때리려고 했던 적은 한 번도 없어. 그래, 우린 말다툼을 해. 하지만 진짜로 서로 다치게 하려 했던 적은 한 번도 없어."

빈은 반박하지 않았지만, 그녀의 눈을 보면 그를 믿지 않는다는 것을 알 수 있었다.

'삶이란 참…….'

켈시어는 다시 침묵하며 생각했다. 암흑가에는 빈 같은 아이들이 아주 많았다. 물론 대부분 그녀의 나이까지 오기도 전에 죽었다. 켈시어는 운이 좋은 아이였다. 그의 어머니는 고위 귀족의 재주 많은 첩이었고, 자기가 스카라는 사실을 주인에게 숨길 수 있을 정도로 영리한 여인이었다. 켈시어와 마쉬는 서얼이었지만 귀족 대접을 받는 특권을 누리며 자랐다. 그들의 아버지가 마침내 진실을 알게 될 때까지.

"왜 나한테 그런 것들을 가르쳐줬어요?" 빈이 그의 생각에 끼어들며 물었다. "그러니까, 알로맨시 말이에요."

켈시어는 얼굴을 찌푸렸다.

"가르쳐준다고 약속했잖니."

"이제 내가 당신 비밀을 다 아는데, 뭘로 날 도망가지 못하게 막으려고요?"

"아무것도 없어." 켈시어가 말했다.

다시 한 번 그녀가 불신이 가득 찬 눈길로 그를 노려보았다. 그의 대답을 믿지 않는다는 뜻이었다.

"나한테 말하지 않은 금속들이 있잖아요. 첫날 우리 모임에서, 금속이 열 가지 있다면서요."

켈시어는 고개를 끄덕이며 앞으로 몸을 숙였다.

"맞아. 하지만 너한테 뭘 숨기고 싶어서 나머지 두 가지를 뺀 게 아니야. 그건 그냥…… 익숙해지기가 어려워서 그래. 네가 기본 금속에 먼저 익숙해지면 더 쉬워질 거야. 하지만 마지막 두 가지에 대해 알고 싶다면, 일단 펠리스에 도착해서 가르쳐줄 수 있어."

빈의 눈이 가늘어졌다.

켈시어는 눈을 굴렸다.

"널 속이려는 게 아니야, 빈. 내 패거리에서 일하는 사람들은 그렇게 하고 싶기 때문에 해. 그리고 난 그들이 서로를 믿기 때문에 효과적으로 일할 수 있는 거야. 불신도, 배신도 없어."

"하나만 제외하고요. 당신을 '갱'에 가게 만든 배신요." 빈이 속삭였다.

켈시어는 얼어붙었다.

"그걸 어디서 들었니?"

빈은 어깨를 으쓱했다.

켈시어는 한숨을 쉬며 한 손으로 이마를 문질렀다. 사실 그는 이마를 문지르고 싶지 않았다. 자기 흉터를 긁고 싶었다. 손가락과 손을 온통 뒤덮고, 팔을 휘감고 올라 어깨까지 닿는 그의 흉터를. 그는 참았다.

"그건 이야기할 가치도 없는 일이야." 그가 대꾸했다.

"하지만 배신자가 있었잖아요." 빈이 말했다.

"확실한 건 몰라." 그 말은 자기 자신에게도 약하게 들렸다. "하지만 내 패거리들은 서로를 신뢰해. 그건 강제가 없다는 뜻이야. 네가 빠지고 싶으면 지금 당장 루서델로 돌아갈 수도 있어. 네게 마지막 두 가지 금속을 알려줄게. 그다음에 네가 가고 싶은 길로 갈 수 있어."

"난 혼자 살아남을 수 있을 만한 돈이 없어요." 빈이 말했다.

켈시어는 자기 클록 안에 손을 넣어 동전 주머니를 꺼내더니 그녀 옆자리로 던졌다.

"3천 박싱이야. 카몬에게서 가져온 돈."

빈은 의심을 띤 눈으로 주머니를 바라보았다.

"가져. 그걸 번 사람은 너야. 내가 모은 정보로는, 카몬이 최근에 거둔 성공의 대부분은 네 알로맨시가 뒤를 받쳐준 거였어. 그리고 오블리게이터의 감정을 '미는' 위험을 감수했던 사람은 너야."

빈은 움직이지 않았다.

'좋아.'

켈시어는 손을 올려 마부석 아래쪽을 두드리며 생각했다. 마차가 멈추고 곧 세이즈드가 창문에 나타났다.

"마차를 돌려주게, 세이즈. 우릴 도로 루서델로 데려다줘." 켈시어가 말했다.

"네, 마스터 켈시어."

얼마 후, 마차가 왔던 방향으로 되돌아가고 있었다. 빈은 침묵 속에서 지켜보고 있었지만 약간 자신감이 흔들리는 것 같아 보였다.

그녀는 동전 주머니를 쳐다보았다.

"난 진심이야, 빈." 켈시어가 말했다. "나와 같이 일하고 싶어 하지 않는 사람을 내 팀에 둘 수는 없어. 널 돌려보내는 건 벌이 아니야. 그냥 그럴 땐 그래야 하는 거야."

빈은 대답하지 않았다. 그녀를 가도록 두는 것은 도박이겠지만, 강제로 머물게 하는 것은 더 큰 도박일 것이다. 켈시어는 앉아서, 그녀의 마음을 읽으려고 그녀를 이해하려고 했다. 떠난다면 그녀가 그들을 '마지막 제국'에 밀고할까? 그는 그럴 거라고 생각하지 않았다. 그녀는 나쁜 사람이 아니었다.

다만 그녀는 다른 모든 사람이 나쁘다고 생각했다.

"난 당신 계획이 말도 안 된다고 생각해요." 그녀가 조용히 말했다.

"패거리 중에서 절반이 그래."

"당신은 '마지막 제국'을 물리칠 수 없어요."

"우리가 그럴 필요는 없어. 그냥 예덴에게 군대를 모아준 다음, 궁전을 점령하면 돼." 켈시어가 말했다.

"로드 룰러가 당신들을 막을 거예요. 당신은 그를 이길 수 없어요. 그는 불멸자예요." 빈이 말했다.

"우리에겐 열한 번째 금속이 있어. 우린 그를 죽일 방법을 찾아낼 거야." 켈시어가 말했다.

"미니스트리는 너무 강력해요. 그들은 당신들의 군대를 찾아서 없앨 거예요."

켈시어는 앞으로 몸을 기울여 빈의 눈 속을 들여다보았다.

"넌 성벽 꼭대기에서 뛰어내릴 정도로 날 믿었고, 난 널 붙잡았어. 이번에도 날 믿어야 해."

그녀는 '믿는다'는 단어를 별로 좋아하지 않는 것 같았다. 그녀는 약한 등잔불 불빛 속에서 그를 살펴보았다. 침묵이 불편해질 정도로 오랫동안 입을 다물고 있었다.

마침내 그녀는 동전 주머니를 낚아채 재빨리 자기 클록 아래에 숨겼다.

"남아 있을게요. 하지만 당신을 믿어서 그런 건 아니에요." 그녀가 말했다.

켈시어가 한쪽 눈썹을 치올렸다. "그럼 왜?"

빈은 어깨를 으쓱했다. 그리고 이 말을 할 때, 그녀는 완벽하리만치 정직해 보였다.

"왜냐하면, 일이 어떻게 될지 보고 싶어서요."

어떤 가문이 루서델에 아성을 가지면 고위 귀족 지위를 얻었다. 그러나 아성을 가진다는 것이 곧 그 안에서 살아야 한다는 뜻은 아니었다. 특히, 그 안에서 내내 살아야 한다는 말은 아니었다. 루서델의 변두리 도시 중 한 곳에 다른 거주지를 두는 가문들이 많았다.

펠리스는 사람이 덜 붐비고, 더 깨끗하고, 제국 법률을 좀 더 느슨하게 준수하는 부유한 도시였다. 웅장한 부벽식(扶壁式) 아성 대신 부유한 저택과 별장들이 가득했다. 어떤 거리에는 나무들이 줄지어 서 있기도 했다. 대부분 사시나무였다. 왜 그런지 몰라도, 옅은 다갈색을 띤 흰색 사시나무 둥치는 재에 잘 변색되지 않았다.

빈은 마차 등불을 꺼달라고 하고 창문으로 안개에 가려진 도시를 지켜보았다. 그녀는 주석을 태워서 깔끔하게 정리되고 잘 손질 된 거리를 살펴볼 수 있었다. 그녀는 펠리스의 이런 부분을 거의 본 적이 없었다. 그 도시가 아무리 화려해도, 그곳의 빈민가는 다른 모든 도시의 빈민가와 놀라울 정도로 비슷했다.

켈시어는 창으로 도시를 지켜보며 얼굴을 찌푸렸다.

"이 도시의 낭비가 마음에 안 드는 거군요." 빈이 추측했다. 그녀는 속삭이는 목소리를 냈으나 그 소리는 예민해진 켈시어의 귀에 들릴 것이다. "이 도시의 부유함을 보고 이걸 만들어내기 위해 일했을 스카를 생각하는 거죠?"

"그런 부분도 있지." 켈시어가 말했다. 그도 거의 속삭이는 목소리로 말했다. "하지만 다른 것도 있어. 여기에 돈이 얼마나 들어갔을지 생각하면, 이 도시는 아름다워야 마땅해."

빈은 고개를 갸웃했다.

"아름답잖아요."

켈시어는 고개를 저었다.

"집마다 여전히 검은 얼룩이 져 있고, 땅은 여전히 건조하고 죽어 있어. 나무들도 여전히 갈색 잎을 틔우고."

"물론 나무는 갈색이죠. 달리 무슨 색이겠어요?"

"녹색. 모두 녹색이어야 해." 켈시어가 말했다.

'녹색? 참 이상한 생각이네.'

빈은 생각했다. 그녀는 녹색 잎이 달린 나무들을 상상해보려 했지만 우스꽝스러운 이미지만 떠올랐다. 켈시어에게는 분명 이상한 구석이 있었다. 그러나 '하스신의 갱'에서 그렇게 오래 지낸 사람이라면 누구나 좀 이상해질 것이다.

그가 다시 그녀를 보았다.

"잊어버리기 전에 말해줄게. 네가 알로맨시에 대해 알아야 할 것 두 가지가 더 있어."

빈은 고개를 끄덕였다.

"첫째, 밤이 끝날 때는 사용하지 않은 몸 안의 금속을 전부 태워버려야 한다는 걸 명심해. 우리가 쓰는 금속들 중에서 어떤 것들은 소화하면 독이 될 수 있어. 네 배 속에 넣고 자지 않는 게 제일 좋아." 켈시어가 말했다.

"알았어요." 빈이 말했다.

"또 그 열 가지에 들어가지 않는 금속은 절대로 태우려고 하지 마. 불순한 금속과 합금을 쓰면 아플 수 있다고 너한테 경고했지. 만약 알로맨시에 쓸 수 없는 금속을 태우려고 하면, 치명적일 수도 있어."

빈은 진지하게 고개를 끄덕이며 생각했다.

'알아둬서 다행이야.'

"아, 다 왔구나." 켈시어가 창 쪽을 보면서 말했다. "새로 구입한 르노 저택이야. 네 클록은 벗어야 할 거야. 여기 있는 사람들은 우리에게 충실하지만 언제나 조심하는 편이 좋으니까."

빈도 전적으로 동감이었다. 그녀가 클록을 벗자 켈시어는 그것을 자기 꾸러미에 집어넣었다. 그녀가 마차 창으로 내다보니 안개 속에서 저택이 다가왔다. 구내에는 낮은 돌벽과 철문이 있었다. 세이즈드가 신분을 밝히자 한 쌍의 경비병이 길을 열었다.

문 너머 도로에 사시나무가 줄지어 서 있고, 앞쪽으로는 언덕 꼭대기에 있는 영주의 커다란 저택이 눈에 들어왔다. 저택 창문에서 유령 같은 불빛이 쏟아졌다.

세이즈드는 마차를 저택 앞에 대더니, 하인에게 고삐를 넘겨주고 마차에서 내렸다.

"르노 저택에 오신 것을 환영합니다, 미스트리스 빈."

그가 문을 열고 그녀가 내려오도록 돕겠다는 몸짓을 했다.

빈은 그의 손을 보았지만, 그 손을 잡지 않고 재빨리 내려왔다. 테리스인은 그런 거절에 기분이 상한 것 같지는 않았다.

저택으로 가는 계단은 가로등 두 줄이 늘어서 있어서 환했다. 켈시어가 마차에서 뛰어내릴 때, 빈은 한 무리의 사람들이 하얀 대리석 계단 꼭대기에 모여 있는 것을 보았다. 켈시어는 탄력 있는 큰 걸음으로 계단을 올라갔고, 빈은 뒤에서 따라가며 계단이 얼마나 깨끗한지 보았다. 재 때문에 더러워지지 않게 정기적으로 문질러 씻은 계단일 것이다. 이 건물을 유지하는 스카는 자기들 주인이 가짜라는 걸 알까? '마지막 제국'을 타도한다는 켈시어의 '자비로운' 계획이, 이 계단을 청소하는 평범한 사람들에게 무슨 도움이 되고 있을까?

마르고 늙은 '로드 르노'는 비싼 정복을 입고 귀족 안경을 쓰고 있었다. 듬성듬성한 회색 코밑수염이 입술 위에 붙어 있었고, 늙은 나이인데도 몸을 지탱할 지팡이는 갖고 있지 않았다. 그는 켈시어에게 정중하게 고개를 끄덕였으나 위엄 있는 분위기를 유지했다. 빈은 즉각 분명한 사실을 깨닫고 충격을 받았다.

'저 사람은 자기 일의 전문가야.'

카몬은 귀족으로 분장하는 데 능숙했지만, 그가 부리는 오만은 언제나 빈에게 좀 유치해 보였다. 카몬 같은 귀족들도 있는 반면, 더 위엄 있는 귀족들은 이 로드 르노 같았다. 침착하고 자신만만했다. 주위에 있는 사람들을 멸시하는 능력보다 고결한 태도에 귀족성이 배어 있는 사람들. 빈은 대역의 눈길이 그녀에게 닿았을 때 움찔하지 않으려고 애를 썼다. 그는 너무나 귀족 같아 보였고, 그녀는 그들의 주의를 피하도록 반사적으로 훈련되어 있었다.

"저택이 훨씬 더 좋아 보이는군." 켈시어가 르노와 악수하며 말했다.

"맞아, 나도 빠른 속도에 깊은 인상을 받았어. 청소반원들의 능력이 아주 뛰어나. 시간만 약간 더 있다면 로드 룰러를 초대해도 부끄럽지 않을 웅장한 저택이 될 거야." 르노가 말했다.

켈시어가 싱긋 웃었다.

"그런 디너파티도 이상하진 않겠군." 그는 뒤로 물러서서 빈 쪽을 가리켰다. "이쪽이 내가 말한 어린 아가씨야."

르노가 그녀를 살펴보자 빈은 시선을 돌렸다. 그녀는 사람들이 자기를 그런 식으로 쳐다보는 것을 좋아하지 않았다. 그들이 어떻게 자기를 이용하려 들지 생각하게 만드는 눈길이었다.

"이 문제는 더 이야기해봐야겠어, 켈시어." 르노가 대저택의 입구 쪽으로 고갯짓을 하며 말했다. "시간은 늦었지만……."

켈시어는 건물로 걸어 들어갔다.

"늦었다고? 아니, 겨우 자정인걸. 자네 하인들에게 음식을 좀 준비하라고 해. 레이디 빈과 나는 저녁을 못 먹었어."

끼니를 놓치는 건 빈에게 새삼스러운 일은 아니었다. 그러나 르노는 즉시 하인 몇 명에게 손짓을 했고, 그들은 재빨리 움직이기 시작했다. 르노가 건물로 걸어 들어가고 빈이 따라갔다. 그러나 그녀는 입구 통로에서 멈칫했다. 세이즈드는 참을성 있게 그녀 뒤에서 기다렸다.

빈이 따라오지 않는 것을 알아차리고 켈시어는 멈춰 서서 돌아보았다.

"빈?"

"여긴 너무…… 깨끗해요."

빈은 달리 묘사할 말을 생각해낼 수가 없었다. 작업을 하면서 귀족들의 집을 본 적은 종종 있었다. 그러나 그때는 밤이었고 짙은 어둠 속에서였다. 그녀는 앞에 펼쳐진 환한 광경을 볼 마음의 준비가 되어 있지 않았다.

르노 저택의 하얀 대리석 바닥은 십여 개의 등불 빛이 반사되어 마치 스스로 빛을 내는 것 같았다. 모든 것이…… 새것 같았다. 전통적인 동물 벽화들이 그려져 있는 곳만 빼면 벽은 새하얬다. 밝은 샹들리에가 이중 계단 위에서 반짝거렸고, 수정 조각품이나 사시나무 가지 묶음이 꽂힌 꽃병 같은 다른 장식품들도 검댕이나 얼룩이나 지문이 묻은 곳 하나 없이 반짝였다.

켈시어가 웃었다.

"자네의 노력을 높이 칭찬하는 반응이로군." 그가 로드 르노에게 말했다.

빈은 건물 안으로 안내받아 들어갔다. 그들은 오른쪽으로 돌아, 적갈색 가구와 커튼으로 장식되어 흰 색조가 약간 덜한 방으로 들어갔다.

르노가 멈추었다.

"레이디는 여기서 잠깐 다과를 즐겨도 될 거야. 자네와 논의해야 하는 좀…… 미묘한 문제가 있어." 그가 켈시어에게 말했다.

켈시어는 어깨를 으쓱했다.

"난 괜찮아." 그가 르노를 따라 다른 문으로 가면서 말했다. "세이즈, 내가 로드 르노와 이야기하는 동안 빈과 함께 있어주겠어?"

"물론이죠, 마스터 켈시어."

켈시어는 미소 지으며 빈을 바라보았다. 왠지 몰라도, 그녀는 자기가 엿듣지 못하게 하기 위해 그가 세이즈드를 남겨두고 갔다는 것을 알아차렸다.

그녀는 나가는 남자들을 향해 화난 시선을 쏘아붙였다.

'"믿음" 이야기는 다 뭐였어요, 켈시어?'

그러나 그녀는 자신이 불안을 느낀다는 것에 훨씬 더 화가 났다. 켈시어가 그녀를 모임에서 빼버렸다는 사실이 어째서 신경 쓰이는 걸까? 그녀는 무시당하고 쫓겨나면서 평생을 보냈다. 전에는 패거리 두목이 자기를 계획 회의에서 뺐다고 해서 마음이 안 좋았던 적이 한 번도 없었다.

빈은 빳빳한 천을 씌운 적갈색 의자에 앉아 몸 아래로 발을 끌어 올렸다. 그녀는 문제가 무엇인지 알고 있었다. 켈시어는 그녀를 너무 많이 존중해주었고, 그녀로 하여금 자신을 중요하다고 느끼게 만들었다. 그녀는 자기가 그의 신뢰를 받을 상대가 될 자격이 있다고 생각하기 시작했다. 마음 뒤편에서 린의 웃음소리가 그런 생각을 쓸어버렸다. 그녀는 앉았다. 자신과 켈시어 양쪽 모두에게 화가 나고 부끄러움을 느꼈지만, 왜 그런지는 정확히 알 수 없었다.

르노의 하인들이 과일과 빵 접시를 가져다주었다. 그들은 그녀의 의자 옆에 작은 협탁을 세우고, 반짝이는 붉은 액체로 채워진 수정같이 맑은 잔까지 주었다. 그것이 와인인지 주스인지는 알 수 없었고, 알아볼 생각도 없었다. 그러나 음식은 집어 들었다. 낯선 손이 준비한 식사라고 해도 공짜 식사는 본능적으로 거절할 수가 없었다.

세이즈드가 걸어와 그녀의 의자 바로 뒤 오른편에 섰다. 그는 몸 앞쪽으로 양손을 움켜쥐고서 눈길을 앞으로 향한 채 딱딱한 자세로 기다렸다. 경의를 보이는 자세가 분명했지만, 그렇게 우뚝 선 자세는 그녀의 기분을 조금도 나아지게 하지 못했다.

빈은 주위 환경에 집중하려고 했지만 가구들이 얼마나 비쌀까 하는 생각만 들었다. 이렇게 화려하고 귀한 물건들 사이에 끼어 있으니 불편했다. 그녀는 자기가 깨끗한 러그 위에 두드러지게 묻은 검은 얼룩같이 느껴졌다. 마루에 빵 부스러기를 떨어뜨릴까 봐 빵을 먹을 수가 없었고, 시골길을 걸어오느라 재로 얼룩진 발과 다리가 실내 장식을 망칠까 봐 걱정스러웠다.

'다 스카가 힘들여 일해서 이렇게 깨끗한 거야. 내가 왜 이걸 어지른다고 걱정해야 해?'

빈은 생각했다. 그러나 이것이 위장이라는 것을 알고 있었기 때문에 화낼 수는 없었다. '로드 르노'는 어느 정도 화려한 생활을 유지해야 한다. 그렇지 않으면 의심을 살 것이다.

게다가 그녀가 낭비에 분개할 수 없는 다른 이유가 있었다. 하인들이 행복해 보였다. 그들은 힘들고 단조로운 일을 억지로 한다는 느낌 없이, 사무적이고 전문적으로 바쁘게 일했다. 바깥 복도에서는 웃음소리가 들렸다. 이곳의 스카들은 혹사당하지 않았다. 그들이 켈시어의 계획에 가담했건 아니건 관계없었다.

그래서 빈은 앉아서 억지로 과일을 먹고 때때로 하품을 했다. 정말로 기나긴 밤이 되어가고 있었다. 하인들은 결국 그녀를 혼자 두고 나갔지만, 세이즈는 계속 그녀 바로 뒤에 우뚝 서 있었다.

'이렇게는 못 먹겠어.' 그녀는 마침내 좌절감을 느끼며 생각했다. "내 어깨 뒤에 그렇게 서 있지 않으면 안 돼요?"

세이즈드는 고개를 끄덕이고 두 걸음 앞으로 나와 그녀의 의자 뒤가 아니라 옆에 섰다. 그는 아까와 마찬가지로 우뚝 서서 똑같이 뻣뻣한 자세를 취하고 있었다.

빈은 화가 나서 얼굴을 찌푸렸지만, 다음 순간 세이즈드의 입술 위에 떠오른 미소를 보았다. 그는 자기 장난에 눈을 반짝이며 그녀를 내려다보다가, 걸어와서 그녀 옆의 의자에 앉았다.

"유머 감각이 있는 테리스인은 한 번도 본 적이 없어요." 빈이 냉담하게 말했다.

세이즈는 한쪽 눈썹을 추켜세웠다.

"테리스인을 한 번도 본 적이 없다고 하셨던 것 같았는데요, 미스트리스 빈."

빈은 잠시 말을 잇지 못했다.

"뭐, 테리스인에게 유머 감각이 있다는 얘기는 한 번도 들어보지 못했어요. 당신들은 전혀 융통성이 없고 격식을 지키는 사람들로 알려져 있잖아요."

"우리는 알아차리기 어렵게 표현할 뿐입니다, 미스트리스."

세이즈드가 말했다. 그는 뻣뻣한 자세로 앉아 있었지만⋯⋯ 어딘가 긴장이 풀린 부분이 있었다. 다른 사람들이 느긋하게 앉거나 누워 있을 때처럼 편안하게 정좌해 있는 것 같은 느낌이었다.

'그들은 그렇게 행동해야 하는 거야. "마지막 제국"에 완전히 충성하는 완벽한 시종으로.'

"무엇 때문에 신경을 쓰시나요, 미스트리스 빈?" 그녀가 세이즈드를 살펴보고 있을 때 그가 물었다.

'그는 얼마나 많이 알고 있을까? 심지어 르노가 가짜라는 걸 모를 수도 있지 않을까?' "그냥 당신이 어쩌다⋯⋯ 여기에 왔는지 궁금해하고 있었어요." 그녀가 마침내 말했다.

"그 말씀은, 어쩌다 테리스인 관리인이 '마지막 제국'을 타도하려는 반역도에 끼어들게 되었나 하는 거지요?" 세이즈드는 부드러운 목소리로 물었다.

빈은 얼굴이 붉어졌다. 그는 정말 속속들이 알고 있는 것 같았다.

"복잡한 질문입니다, 미스트리스. 확실히 제가 처한 상황이 흔한 건 아니지요. 저는 믿음 때문에 여기에 이르게 되었다고 말하겠습니다." 세이즈드가 말했다.

"믿음이라고요?"

"네." 세이즈드가 말했다. "자, 미스트리스. 당신은 무엇을 믿으십니까?"

빈은 얼굴을 찌푸렸다.

"그건 어떤 질문이에요?"

"가장 중요한 질문인 것 같습니다."

빈은 잠시 가만히 앉아 있었지만, 그는 분명히 대답을 기다리고 있었다. 그래서 그녀는 결국 어깨를 으쓱했다.

"모르겠어요."

"사람들은 그렇게 말할 때가 많죠. 하지만 저는 그게 진실인 경우가 별로 없다는 걸 압니다. '마지막 제국'을 믿으십니까?" 세이즈드가 말했다.

"그게 강하다는 걸 믿어요." 빈이 말했다.

"제국의 불멸은요?"

빈은 어깨를 으쓱했다.

"지금까지는 그랬죠."

"그럼 로드 룰러는요? 그는 '신의 승천한 화신'인가요? 미니스트리의 가르침처럼 그가 '무한의 조각'이라고 믿으십니까?"

"난…… 전에는 한 번도 그런 생각을 해본 적이 없어요."

"그래야 했을 겁니다. 조사해보고 미니스트리의 가르침이 당신에게 맞지 않는다는 걸 알게 되면 저는 당신에게 대안을 드릴 수 있어 기쁘겠지요."

"무슨 대안이요?"

세이즈드는 미소 지었다.

"경우에 따라 다르죠. 저는 옳은 믿음은 좋은 클록과 같다고 생각합니다. 몸에 잘 맞으면 몸을 따뜻하고 안전하게 지켜주지만 맞지 않으면 입은 사람을 질식시켜 죽일 수도 있죠."

빈은 얼굴을 약간 찡그리고 가만히 있었지만, 세이즈드는 미소만 짓고 있을 뿐이었다. 마침내 그녀는 도로 식사에 주의를 기울였다. 잠깐 기다리자, 옆문이 열리고 켈시어와 르노가 돌아왔다.

"자, 그럼 이 아이에 대해 논의하지." 르노가 말했다. 그와 켈시어가 자리에 앉자 한 무리의 하인들이 켈시어에게 음식 접시를 또 하나 가져다주었다. "내 상속자 역할을 시킬 남자는 구하지 못할 거라고 했지?"

"불행히도 그래." 켈시어가 자기 음식을 재빨리 우적우적 먹으며 말했다.

"그러면 일이 엄청나게 복잡해지는데." 르노가 말했다.

켈시어가 어깨를 으쓱했다.

"빈을 그냥 자네 상속녀라고 하지, 뭐."

르노가 고개를 저었다.

"이 나이의 소녀라면 상속은 할 수 있어. 하지만 내가 이 아이를 골랐다고 하면 의심을 살 거야. 르노 가문에는 훨씬 더 알맞은 후계자가 될 합법적인 남자 사촌이 얼마든지 있어. 중년 남자가 궁정의 정밀 조사를 통과하는 것만 해도 충분히 어려울 거야. 그런데 어린 여자애면…… 아냐, 그녀의 배경을 조사할 사람이 너무 많아. 우리가 위조한 가계는 일시적인 조사라면 견뎌내겠지만, 누가 실제로 이 아이의 재산을 조사하기 위해 전령을 보낸다면……."

켈시어가 얼굴을 찌푸렸다.

"게다가 또 다른 문제가 있어." 르노가 덧붙였다. "내가 젊은 미혼 소녀를 상속자로 지명한다면, 그 즉시 그녀의 손은 루서델에서 귀족들이 가장 쥐고 싶어 하는 손이 될 거야. 그렇게 주의를 많이 끌면 정보를 얻기 어려울걸."

빈은 그 생각을 하자 얼굴이 붉어졌다. 놀랍게도, 그녀는 그 가짜 귀족 노인이 하는 말에 가슴이 내려앉았다.

'켈시어가 이 계획에서 내게 준 역할은 그것뿐이야. 내가 그걸 못 하면 패거리에 무슨 쓸모가 있지?'

"그러면 뭐 방법이 있나?" 켈시어가 물었다.

"자, 이 아이가 내 상속자일 필요는 없어." 르노가 말했다. "대신 그냥 내가 루서델로 데려온 어린 친척 아이라면 어떨까? 이 아이의 부모는 촌수는 멀지만 내가 편애하는 친척이고, 내가 딸을 궁정에 소개하겠다고 그들에게 약속했다면? 내 숨은 동기는 이 아이를 고위 귀족 가문과 결혼시켜 권력층에 또 하나의 연줄을 만드는 거라고 다들 생각할 거야. 하지만 이 소녀 자체는 별로 주의를 끌지 않겠지. 지위가 낮을 테니까. 좀 촌스러운 건 말할 필요도 없고."

"그럼 다른 궁정 사람들보다 왜 좀 덜 세련됐는지도 설명이 되겠군." 켈시어가 말했다. "기분 나빠하지 마, 빈."

빈이 셔츠 주머니에 냅킨으로 싼 빵 한 조각을 숨기다 말고 쳐다보았다.

"왜 내가 기분 나빠요?"

켈시어가 미소 지었다.

"아무것도 아니야."

르노는 혼자 고개를 끄덕거렸다.

"그래, 이게 훨씬 더 잘 먹힐 거야. 모두들 르노 가문은 결국 고위 귀족이 될 거라고 생각하니까 예의상 빈을 자기네 계급으로 대해줄 거야. 하지만 빈 자신은 별로 중요하지 않으니 대부분 그녀를 무시하겠지. 이건 이 아이에게 시킬 일에 딱 맞는 이상적인 상황이야."

"마음에 들어." 켈시어가 말했다. "자네 나이에 상업에 관심 있는 남자가 무도회와 파티를 돌아다니는 고생을 할 거라고 생각하는 사람은 거의 없지만, 거절 메모 대신 젊은 사교계 명사를 보낼 수 있다면 자네 명성에도 도움이 되겠지."

"맞아. 하지만 이 아이는 좀 다듬어야겠어. 외모뿐만이 아니고." 르노가 말했다.

빈은 그들이 살펴보는 눈길 아래에서 움찔거렸다. 그녀의 역할은 계획대로 진행될 것 같았다. 그녀는 갑자기 그것이 무슨 뜻인지를 깨달았다. 르노 근처에만 있어도 마음이 불편했다. 그가 '가짜' 귀족인데도 그랬다. 방 전체에 진짜 귀족이 가득 차 있으면 그녀는 어떻게 반응하게 될까?

"세이즈드를 얼마 동안 빌려야 할 것 같군." 켈시어가 말했다.

"괜찮고말고. 사실 그는 내 시종이 아니라 자네 시종이잖아." 르노가 말했다.

"사실 난 세이즈드가 이제 누구의 시종도 아니라고 생각하지만. 안 그래, 세이즈?" 켈시어가 말했다.

세이즈가 고개를 들었다.

"주인 없는 테리스인은 무기 없는 군인과 같습니다, 마스터 켈시어. 저는 로드 르노에게 봉사하는 동안 즐거웠고, 확신하건대 다시 마스터에게 봉사하게 되어도 즐거울 겁니다."

"오, 자네는 나한테 다시 봉사하는 게 아니야." 켈시어가 말했다.

세이즈드는 한쪽 눈썹을 치켜세웠다.

켈시어는 빈 쪽으로 고갯짓을 했다.

"르노 말이 옳아, 세이즈. 빈은 어느 정도 지도를 해줄 필요가 있고, 내가 알기론 자네보다 덜 세련된 고위 귀족들도 널렸어. 이 아이가 준비하는 걸 도와줄 수 있을까?"

"이 젊은 레이디께 어느 정도 도움을 드릴 수 있을 거라고 생각합니다." 세이즈드가 말했다.

"좋아." 켈시어가 마지막 케이크 한 조각을 입에 집어넣으며 말한 후 일어섰다. "다 결정되어 기쁘군. 이제 피곤해지기 시작해서 말이야. 가엾은 빈은 과일 접시 한가운데 머리를 박고 졸 것 같은 모습이야."

"난 괜찮아요."

빈이 즉시 말했지만, 하품을 억누르는 바람에 신빙성이 약해졌다.

"세이즈드, 손님들에게 적당한 객실을 안내해주겠나?" 르노가 말했다.

"물론입니다, 마스터 르노."

세이즈드는 매끄러운 동작으로 자리에서 일어났다.

빈과 켈시어는 키 큰 테리스인을 따라 방에서 나왔고, 하인들 한 무리가 남은 음식을 가져갔다.

'내가 음식을 남겼어.'

빈은 약간 졸린 상태로 그것을 알아차렸다. 그녀는 그런 일이 일어났다는 사실을 어떻게 받아들여야 할지 알 수 없었다.

계단을 올라 측면 복도로 돌 때 켈시어가 빈 옆에 섰다.

"아까 거기에 널 남겨둬서 미안해, 빈."

그녀는 어깨를 으쓱했다.

"내가 계획을 모두 알아야 할 이유는 없으니까요."

"말도 안 돼." 켈시어가 말했다. "오늘 밤 네가 내린 결정으로 넌 다른 사람과 마찬가지로 팀의 중요한 일원이 되었어. 하지만 르노가 다른 사람이 없는 곳에서 한 말은 개인적인 것이었어. 그는 대단한 배우지만, 자기가 어떻게 로드 르노의 자리를 차지했는지 구체적으로 사람들이 아는 걸 매우 불편해. 장담하지만, 우리가 한논의는 계획에서 네가 하는 역할과 전혀 상관이 없어."

빈은 계속 걸어갔다.

"당신을…… 믿어요."

"좋아." 켈시어가 미소를 지으며 그녀의 어깨를 탁 쳤다. "세이즈, 남자 객실 구역으로 가는 길은 내가 알아. 결국 이 장소를 산 사람은 나잖아. 여기서부터는 내가 찾아갈 수 있어."

"그럼요, 마스터 켈시어." 세이즈드가 공손하게 고개를 끄덕이며 말했다. 켈시어는 빈에게 짧은 미소를 날리고 다른 복도 쪽으로 돌아서, 그 특유의 개성적이고 활기찬 걸음으로 걸어갔다.

빈은 그가 가는 것을 지켜본 후 세이즈드를 따라 다른 측면 통로로 들어갔다. 그녀는 알로맨시 훈련, 마차에서 켈시어와 나눈 이야기, 마지막으로 방금 전 켈시어가 한 약속을 곰곰 생각했다. 그녀의 허리띠에 매달려 있는 3천 박싱이라는 한재산 되는 동전의 무게가 매우 낯설게 느껴졌다.

마침내 세이즈드가 그녀에게 어떤 문을 열어주고는 안으로 들어가 등잔을 밝혔다.

"리넨은 새것입니다. 아침에 하녀들을 보내 목욕 준비를 해드리겠습니다." 그는 돌아서서 그녀에게 자기가 들고 있던 촛불을 건넸다. "다른 것이 필요하십니까?"

빈은 고개를 저었다. 세이즈드는 미소를 짓고 잘 자라는 인사를 한 후 도로 복도로 걸어 나갔다. 빈은 잠시 동안 조용히 서서 열심히 방을 살폈다. 그다음 돌아서서, 다시 한 번 켈시어가 간 방향을 흘긋 바라보았다.

"세이즈드?" 그녀가 복도를 살짝 내다보며 말했다.

시종이 멈춰 서서 돌아섰다.

"네, 미스트리스 빈?"

"켈시어는 좋은 사람이죠, 그렇죠?" 빈이 조용히 말했다.

세이즈드는 미소 지었다.

"아주 좋은 사람입니다, 미스트리스. 제가 아는 사람 중 최고입니다."

빈은 살짝 고개를 끄덕이며 조그맣게 말했다.

"좋은 사람……. 난 전에는 그런 사람을 본 적이 없는 것 같아요."

세이즈드는 미소 짓고 공손하게 고개를 숙인 다음 돌아서서 떠
났다.

빈의 방문이 닫혔다.

2권에 계속

부록

아르스 아르카눔
(ARS ARCANUM, 신비의 기술)

알로맨시에 대한 간략한 참조표

금속	효과	미스팅의 이름
☾ 철	근처의 금속을 당긴다	러처
🜂 강철	**근처의 금속을 민다**	**코인샷**
🜔 주석	감각을 강화시킨다	틴아이
🜍 백랍	**육체적 능력을 강화시킨다**	**백랍팔, 써그**
🜕 아연	감정을 격동시킨다	라이오터
🜎 황동	**감정을 달랜다**	**수더**
🜨 구리	알로맨시를 숨긴다	스모커
🜙 청동	**알로맨시를 드러낸다**	**시커**

- 외부에 힘을 미치는 금속은 기울임체로, '미는' 금속은 굵은 글씨로 나타냈다

알로맨시 참조

강철(외적/물리적/미는 금속): 강철을 태우는 사람은 반투명한 파란 선이 가까이 있는 금속 원천을 가리키는 것을 볼 수 있다. 선의 크기와 밝기는 금속 원천의 크기와 그것과의 거리에 달려 있다. 강철의 원천만이 아니라 모든 종류의 금속에서 보인다. 알로맨서는 마음속으로 이 선을 '밀어'서 그 금속의 원천을 자기에게서 밀어 보낼 수 있다. 강철을 태울 수 있는 미스팅은 코인샷이라고 한다.

구리(내적/정신적/당기는 금속): 구리를 태우는 사람은 보이지 않는 구름을 내뿜는다. 그 구름 안에 있는 사람은 누구든지 시커의 감각에 잡히지 않는다. '구리구름' 안에 있으면 알로맨서는 원하는 대로 어떤 금속이든 태울 수 있지만 누군가가 청동을 태워 알로맨시 맥박을 느낄까 봐 걱정하지 않아도 된다. 부수적인 효과로, 구리를 태우는 사람은 어떤 종류의 감정적 알로맨시('달래기'나 '격동시키기')에도 면역이 된다. 구리를 태울 수 있는 미스팅은 스모커라고 한다.

라이오터: 아연을 태울 수 있는 미스팅.

러처 : 철을 태울 수 있는 미스팅.

백랍(내적/물리적/미는 금속): 백랍을 태우는 사람은 자기 신체의 물리적 속성을 강화시킨다. 그들은 더 강해지고, 더 오래 버틸 수 있고, 더 민첩해진다. 백랍은 몸의 균형 감각과 상처에서 회복되는 능력도 증진시킨다. 백랍을 태울 수 있는 미스팅은 백랍팔이나 써그라고 한다.

백랍팔: 백랍을 태울 수 있는 미스팅.

수더: 황동을 태울 수 있는 미스팅.

스모커: 구리를 태울 수 있는 미스팅.

시커: 청동을 태울 수 있는 미스팅.

써그: 백랍을 태울 수 있는 미스팅.

아연(외적/정신적/당기는 금속): 아연을 태우는 사람은 다른 사람의 감정을 '격동시켜서' 흥분시키고 특정한 감정을 더욱 강력하게 만든다. 아연을 태워서 마음이나 감정을 읽을 수는 없다. 아연을 태우는 미스팅은 라이오터라고 한다.

주석(내적/육체적/당기는 금속): 주석을 태우는 사람은 감각이 증진된다. 그들은 더 멀리 보고 더 예민하게 냄새 맡으며, 촉각은 훨씬 더 정확해진다. 안개를 꿰뚫어 볼 수 있고, 증진된 감각으로 보는 것보다 야간에 훨씬 더 먼 곳까지 볼 수 있게 하는 부수적 효과도 있다. 주석을 태울 수 있는 미스팅은 틴아이라고 한다.

철(외적/물리적/당기는 금속): 철을 태우는 사람은 반투명한 파란 선이 가까이 있는 금속 원천을 가리키는 것을 볼 수 있다. 선의 크기와 밝기는 금속 원천의 크기와 그것과의 거리에 달려 있다. 철의 원천만이 아니라 모든 종류의 금속에서 보인다. 알로맨서는 이 선 중 하나를 잡아당겨 그 금속의 원천을 자기에게로 '당길' 수 있다. 철을 태울 수 있는 미스팅은 러처라고 한다.

청동(내적/정신적/미는 금속): 청동을 태우는 사람은 근처에서 누군가 알로맨시를 쓰고 있으면 그것을 느낄 수 있다. 근처에서 금속을 태우는 알로맨서는 '알로맨시 맥박'을 내뿜는다. 청동을 태우는 사람에게만 들리는 북소리 같은 느낌이다. 청동을 태울 수 있는 미스팅은 시커라고 한다.

코인샷: 강철을 태울 수 있는 미스팅.

틴아이: 주석을 태울 수 있는 미스팅.

황동(외적/정신적/미는 금속): 황동을 태우는 사람은 다른 사람의 감정을 '달랠' 수 있다. 즉 그 감정을 적셔서 특정한 감정이 약해지도록 만든다. 세심한 알로맨서는 단 한 가지 감정만 남기고 다른 감정을 '달래서' 없애버릴 수 있다. 본질적으로는 어떤 사람이 자기들이 원하는 대로 느끼게끔 만드는 것이다. 그러나 황동은 알로맨서가 마음이나 감정을 읽도록 만들어주지는 않는다. 황동을 태우는 미스팅은 수더라고 부른다.

www.brandonsanderson.com에
이 책의 모든 부분에 대한 저자의 주석 확장판이 있습니다.

옮긴이 **송경아**

연세대학교를 졸업하고 동 대학원 국어국문학과 박사 과정을 수료했다. 지은 책으로『책』『엘리베이터』『테러리스트』가, 옮긴 책으로는『오솔길 끝 바다』『천년의 기도』『뒤집힌 세계』『무게』와「어글리」3부작,「리치드」3부작,「수키 스택하우스」시리즈 등이 있다.

미스트본 1부
마지막 제국 I

초판 1쇄 인쇄 2017년 5월 2일
초판 1쇄 발행 2017년 5월 8일

지은이 브랜던 샌더슨
옮긴이 송경아
펴낸이 이수철
주 간 하지순
편 집 정사라
디자인 이다은
마케팅 정범용 김지운
관 리 전수연

펴낸곳 나무옆의자
출판등록 제396-2013-000037호
주소 서울시 마포구 성미산로1길 67 다산빌딩 301호
전화 02) 790-6630 팩스 02) 718-5752

페이스북 www.facebook.com/namubench9
인쇄 제본 현문자현 종이 월드페이퍼

ISBN 979-11-86748-99-2 04840
     979-11-86748-98-5 (세트)